10|18
12, avenue d'Italie — Paris XIIIe

*Du même auteur
dans la collection 10/18*

La plume du corbeau, n° 2307
Miss Silver entre en scène, n° 2308
Miss Silver intervient, n° 2362
Le point de non-retour, n° 2363
Pleins feux, n° 2406
Les lèvres qui voient, n° 2407
La route de Sainte-Catherine, n° 2437
Le chemin de la falaise, n° 2450
L'empreinte du passé, n° 2473
Le châle chinois, n° 2494
Au douzième coup de minuit, n° 2519
Le rocher de la Tête Noire, n° 2534
Un anneau pour l'éternité, n° 2575
Le masque gris, n° 2597
A travers le mur, n° 2624
Meurtre en sous-sol, n° 2654
L'héritage d'Alington, n° 2684
Le mystère de la clef, n° 2709
Le trésor de Benevent, n° 2754
L'affaire William Smith, n° 2770
Comme l'eau qui dort, n° 2792
La dague d'ivoire, n° 2826
Le manoir des dames, n° 2859
Le belvédère, n° 2878
Le marc maudit, n° 2918

LA TRACE
DANS L'OMBRE

PAR

PATRICIA WENTWORTH

Traduit de l'anglais
par Corine Derblum

10|18

INÉDIT

« *Grands Détectives* »
dirigé par Jean-Claude Zylberstein

Si vous désirez être régulièrement tenu au courant
de nos publications, écrivez-nous :

Éditions 10/18
c/o 01 consultants (titre n° 2970)
35, rue du Sergent Bauchat
75012 Paris

Titre original :
The Fingerprint

© Patricia Wentworth, 1959
© U.G.E. Poche, Éditions 10/18, 1998
pour la traduction française
ISBN 2-264-02652-9

1

Frank Abbott était agréablement occupé à oublier qu'il était inspecteur de police. Certes, en le rencontrant pour la première fois, nul n'aurait soupçonné ses attaches avec Scotland Yard et les rouages inexorables de la loi. Ou peut-être, à la rigueur, en qualité d'avocat. De fait, il se destinait autrefois au barreau, mais la mort soudaine de son père l'avait obligé à trouver un métier mieux à même de résoudre les problèmes matériels qui se posaient dans l'immédiat. Son arrière-grand-père paternel s'étant marié trois fois et ayant accompli son devoir envers l'Angleterre en engendrant deux douzaines de rejetons, Frank pouvait se flatter de compter plus de parents collatéraux que quiconque dans le pays. Il avait une vie sociale bien remplie. Il pouvait séjourner dans presque n'importe quel comté sans avoir à payer de note d'hôtel et, en ville, il croulait sous les invitations. Lorsqu'il était plus jeune, son supérieur hiérarchique, l'inspecteur principal Lamb, avait composé spécialement à son intention un sermon sur le vice et son inévitable corollaire, la luxure. Il le prononçait si souvent que Frank aurait pu l'interrompre à n'importe quel endroit et enchaîner à sa place. Bien que pratiquement tombé en désuétude, ce sermon était encore susceptible d'être exhumé, refourbi et asséné avec une vigueur intacte.

Ce soir-là, néanmoins, Frank n'était pas en service. Sa cousine Cicely et son mari Grant Hathaway, de passage à Londres, donnaient une réception pour célébrer la vente très lucrative d'un taurillon de race destiné à l'exportation. C'était une petite fête intime et amusante, d'autant plus mémorable qu'Anthony Hallam y assistait. Frank et lui passèrent une bonne partie de la soirée à évoquer le bon vieux temps et à se raconter ce qu'ils étaient devenus durant les cinq années où ils s'étaient perdus de vue. Si l'éloignement avait été synonyme d'oubli, à peine s'étaient-ils retrouvés que l'ancienne sympathie resurgissait, aussi forte qu'autrefois. Les amitiés d'antan ne durent pas éternellement, car les circonstances changent et la personnalité évolue mais, en l'occurrence, chacun des deux hommes fut secrètement surpris de la rapidité avec laquelle ce fossé avait été comblé. Quand Anthony le pressa de venir à Field End, Frank aurait fort bien pu refuser, toutefois il s'aperçut qu'il n'en avait aucune envie.

— Le vieux Jonathan Field est un cousin éloigné de ma mère, expliqua Anthony. Il n'est pas marié, mais il a deux nièces. Ils donnent un bal et m'ont chargé d'amener un ami. Ils nous hébergeront. Je suppose qu'il t'arrive d'avoir un week-end de libre, de temps en temps ?

Frank hocha la tête. Le nom de Jonathan Field lui donnait une raison supplémentaire d'accepter l'invitation, et il demanda vivement :

— Le fameux Jonathan Field ? Le collectionneur d'empreintes digitales ?

— Soi-même. Quel curieux passe-temps ! Il conserve les empreintes de tous ceux qui ont séjourné sous son toit — sa version à lui d'un livre d'or. Je lui ai demandé si quelques-uns de ses visiteurs ne cherchaient pas à se défiler, et il m'a fait valoir qu'il nourrirait les plus vifs soupçons contre quiconque s'y refuserait.

— Il a éludé ?

— Oui. Apparemment, il n'était pas d'humeur à me répondre, mais j'ai interrogé Georgina et...

— Georgina ? Qui est-ce ?

Anthony éclata d'un rire plein de gaieté et de chaleur.

— Attends de la voir, tu n'as qu'à bien te tenir ! C'est la nièce qui vit avec lui, Georgina Grey. Toute tentative de description serait en deçà de la réalité.

— N'était-il pas question de deux nièces ?

— L'autre n'est pas une nièce à proprement parler, mais une vague parente. Elle s'appelle Mirrie Field et nous a été présentée seulement depuis peu. Une toute petite chose avec des cils immenses.

A ce moment, Cicely s'approcha et leur fit la grimace.

— Dites donc, vous deux ! Si vous imaginez qu'on va vous laisser faire bande à part au lieu de danser...

— Anthony me parlait des cils de sa dernière conquête, dit Frank. Je suis impatient de les voir !

Cicely était petite et brune comme un pruneau, mais elle aussi avait de beaux cils et, quand elle était heureuse, elle ne manquait pas de charme. Son bonheur ce soir-là ne faisait aucun doute. Elle tira Frank par la main.

— Viens danser avec moi ! Toi, Anthony, tu auras

de la chance si tu as Vivia Marsden pour cavalière. Elle est en passe de devenir danseuse étoile.

Cicely était légère comme une plume. Frank la contemplait avec une affection dont sa froide élégance semblait le rendre incapable. Ses cheveux blonds lustrés, ses yeux d'un bleu glacé et ses traits altiers, hérités de sa grand-mère, la formidable Lady Evelyn Abbott, se conjuguaient pour lui donner un air intimidant. Mais il n'en avait jamais imposé à sa cousine Cicely. Levant la tête vers lui, qui baissait la sienne pour la regarder, elle lui tira la langue avec espièglerie, puis reprit son sérieux et remarqua :

— Grant s'est bien débrouillé en obtenant une telle somme pour Deepside Diggory. En réalité, cet animal est doux comme un agneau. Tu crois qu'ils le traiteront bien ?

— Comme un coq en pâte. Espérons qu'il se débrouillera aussi bien que Grant. Et maintenant, assez parlé de taureaux car j'ai atteint mon point de saturation.

Cicely se rembrunit presque imperceptiblement.

— Je n'ai jamais compris si tu détestes sincèrement la campagne ou si tu refuses d'en parler parce que, au fond, tu regrettes de ne pouvoir y vivre et exploiter la terre, comme Grant.

— Dieu m'en préserve ! se récria Frank en éclatant de rire. A propos de campagne, je vais avec Anthony à une réception donnée à Field End, la semaine prochaine. Y seras-tu, par hasard ?

— Mais oui. C'est un bal pour l'anniversaire de Georgina. Du moins, c'était prévu ainsi au début, mais maintenant ça m'a tout l'air de marquer l'entrée de Mirrie Field dans le monde. C'est une parente éloignée, dont personne n'avait jamais entendu parler avant.

— Avant quoi ?

— Oh, avant ces deux derniers mois. Le vieux Jonathan l'a rencontrée je ne sais où, a découvert qu'elle était une sorte de cousine au dix-septième degré et l'a ramenée avec lui. Elle n'a pas de famille, pas d'argent et c'est un vrai pot de colle. Ils ne sont pas près de la voir partir, si tu veux mon avis !

Frank ne s'intéressait pas à Mirrie Field — pas encore.

— T'ai-je demandé ton avis ? s'enquit-il de son ton le plus flegmatique.

Elle lui pinça le bras et lui dit qu'il tomberait sûrement amoureux de Georgina Grey.

— Seulement, je t'avertis : tu te casseras les dents car, si elle ne se marie pas avec Anthony, elle choisira probablement Johnny Fabian.

— Johnny Fabian ? Tiens ! Qu'est-ce qu'il fait dans le coin ?

— Il courtise Georgina. Ou bien Mirrie. Ou toutes les deux ! Mais plutôt Georgina, à cause de sa fortune. Il n'a pas un sou et elle passe pour l'héritière de Jonathan. Personnellement, je dirais que Mirrie est dans la course, elle aussi, seulement Johnny ne peut se permettre de lâcher la proie pour l'ombre. De toute façon, argent ou pas, Georgina commettrait une erreur monumentale en l'épousant. Je ne crois pas qu'elle tombera dans le panneau — elle le connaît trop bien. Tu sais que la belle-mère de Johnny, Mrs. Fabian, habite elle aussi à Field End.

— Ah, mais oui, je me souviens ! C'est une parente éloignée, n'est-ce pas ? Elle tenait la maison...

— Mrs. Fabian ? Elle ne saurait pas tenir un clapier ! Elle est cousine au énième degré avec le vieux

Jonathan. Quand Georgina s'est installée chez lui, il a jugé bon d'avoir une personne comme elle à la maison. Au début, il l'a surtout gardée pour se protéger des nurses et des gouvernantes qui voulaient le régenter ou l'épouser. A en croire Miss Vinnie, plusieurs s'y sont efforcées avec acharnement, aussi pourrait-on dire que Mrs. Fabian a servi de chaperon à Jonathan. D'après Miss Vinnie, il avait une sainte horreur du scandale. Et Mrs. Fabian s'est accrochée comme une sangsue... Non, je suis méchante. Elle est parfaitement inoffensive, et seulement tout à fait inefficace. Moi, je ne la supporterais pas, mais j'imagine qu'on s'habitue à tout. Pourvu que Georgina ne s'habitue pas à Johnny au point de se retrouver mariée avec lui un beau matin !

— Pourquoi ? Qu'as-tu à lui reprocher ?

Une vive rougeur colora la peau brune de Cicely.

— Comme si tu ne le savais pas ! C'est un coureur de jupons. Si Georgina l'épousait, elle devrait le tenir à l'œil tout le reste de sa vie, et ce n'est pas son genre.

— Tu m'intrigues. Quel est son genre ?

Cicely changea d'expression et leva ses beaux yeux mordorés vers son cousin.

— Elle est... vulnérable, même si elle ne le montre pas. La plupart des gens, qui ne voient que sa richesse et sa beauté, diraient qu'elle a vraiment toutes les chances. Ils n'ont rien compris. Elle ne se rend pas compte de la jalousie qu'elle suscite, elle croit que tout le monde est aussi bon qu'elle. Georgina ? Elle ne sait pas discerner la ruse et la duplicité.

— Tu es dure. Serait-ce une allusion à Johnny Fabian ?

Cicely releva le menton d'un air de défi.

— Je ne sais pas... Peut-être.

Elle se mordit les lèvres et ses jolies couleurs disparurent comme la flamme d'une bougie que l'on souffle. Frank eut l'impression que, s'ils n'avaient été en train de danser, elle aurait tapé du pied. Elle contint son irritation et lança d'une seule haleine :

— Le problème, c'est qu'elle aura beaucoup trop d'argent.

Cicely parlait en connaissance de cause[1]. Négligeant ses fils, Lady Evelyn Abbott avait légué son immense fortune à sa petite-fille de quinze ans, sa seule parente avec qui elle n'avait pas trouvé le moyen de se fâcher. La première année de mariage de Cicely avait failli tourner au désastre à cause des préjugés et des soupçons que sa grand-mère avait instillés dans son esprit. Le simple souvenir de ces mois de chagrin l'attristait.

— La plupart des gens s'en accommoderaient assez bien ! répondit Frank pour plaisanter, mais, la voyant tressaillir, il ajouta : Ne prends pas cela trop à cœur, Cis. Johnny n'y verrait aucun inconvénient.

— Oui, mais pas Anthony, répondit-elle, preste comme un chaton qui donne un coup de griffe.

— Anthony ? Tu veux rire.

— Il serait gêné d'avoir une épouse plus riche que lui. Il y a des hommes à qui cela déplaît.

— Il y a des hommes qui s'intéressent davantage à la femme qu'à l'argent. Pour ma part, j'attends évidemment une super héritière.

— Et quand tu l'auras trouvée ?

— J'abandonnerai cette vie sordide vouée à la lutte contre le crime pour retourner dans les collines

---

1. Cf. *Un anneau pour l'éternité*, coll. 10/18, n° 2575.

du Sussex où, tel Sherlock Holmes, je me consacrerai à l'apiculture.

— Tu aurais trouvé ton héritière, à l'heure qu'il est, si tu l'avais vraiment cherchée.

— Peut-être que je ne cherche pas vraiment ! admit-il en riant.

— Pourquoi, Frank ? Est-ce à cause de la fameuse Susan ? Maman a entendu dire que c'était la seule femme que tu avais réellement aimée.

— S'il fallait croire tout ce qu'on raconte à Monica !...

— Y a-t-il eu une Susan ? insista Cicely.

— Oh, même un assez grand nombre. C'est un prénom très répandu.

— Bon, très bien, puisque tu ne veux rien me dire...

— Pour que tu le confies à Monica, qui ira le répéter à toutes ses chères amies ? Non merci, cousine !

Elle ne put retenir une petite grimace de dépit.

— Il faudra bien que tu te maries un jour. Mais je ne crois pas que Georgina soit ce qu'il te faut. Elle est aussi blonde que toi. Tu devrais épouser une fille aux cheveux noirs ou châtains.

— Comme toi ?

— Mais oui, exactement. Quel dommage que je n'aie pas de sœur jumelle !

2

Le samedi soir suivant, Frank Abbott et Anthony Hallam se rendirent à Field End en voiture. Ils furent pris dans le brouillard et arrivèrent beaucoup plus tard que prévu, si bien qu'on leur montra directement leurs chambres, où ils durent se changer précipitamment. Ils avaient laissé les intempéries derrière eux, mais tout ce que Frank put voir de la demeure en empruntant l'allée principale fut son architecture carrée typique de l'époque des rois George, et la lumière filtrant entre les rideaux dans toutes les pièces. La mémoire prenant le relais, il devina les doubles vantaux grands ouverts de la porte monumentale, la cour dessinée au temps des carrosses, et la façade mangée de vigne vierge. Frank avait passé toutes ses vacances scolaires à moins de deux kilomètres de là, du temps où la vieille Lady Evelyn régnait sur Abbottsleigh et ne s'était pas encore brouillée avec lui. Il connaissait toute la région comme sa poche et, dans le village de Deeping, on continuait à l'appeler « Mr. Frank ». Il gardait au fond du cœur le souvenir de Field End sous les premières gelées de septembre, la solide façade tournée vers la route couverte d'une tapisserie de feuilles mordorées, écarlates et vermillon.

Mais en cette saison, il n'y avait sûrement plus de feuilles, seulement des entrelacs hivernaux de fines tiges brunes. Frank ne pensait pas être déjà entré dans la demeure, bien qu'il connût Jonathan Field de vue — un homme grand et mince, qui se promenait tête nue par tous les temps, ses longs cheveux gris flottant au vent.

Ayant fini de s'habiller, Anthony et Frank descendirent dans le hall où ils purent saluer leur hôte. Frank ressentit une vive surprise en trouvant le vieillard si peu changé. La silhouette élancée était restée droite, la chevelure argentée n'avait pas blanchi, tout l'aspect de sa personne était tellement conforme à l'image qu'il en conservait que Frank s'attendit presque à entendre annoncer sa grand-mère et à la voir faire une entrée imposante, parée de velours noir et de diamants.

Après cette impression fugitive mais d'une rare intensité, l'arrivée de Mrs. Fabian jeta une note discordante. Elle arrivait de la salle à manger, et Frank se rappela qu'autrefois elle était toujours pressée. Ce soir-là ne faisait pas exception. Elle était hors d'haleine. Ses cheveux, qui n'étaient plus bruns mais ne s'étaient jamais décidés à grisonner, s'échappaient d'un tortillon de mousseline mauve impuissant à les discipliner. Quant à la broche en diamants épinglée sur son épaule, elle était mal fermée et tomba pour de bon au moment où Mrs. Fabian serrait la main d'Anthony. Celui-ci ramassa le bijou et Mrs. Fabian le fixa convenablement sur sa robe tout en expliquant à Frank qu'elle le reconnaissait parfaitement.

— Vous séjourniez chez Lady Evelyn pendant les vacances scolaires. Je ne crois pas qu'on nous ait présentés dans les formes, mais j'étais toujours frappée par votre grande taille et votre minceur. Et quelle ressemblance saisissante avec votre grand-mère !

Cette entrée en matière ne se signalait pas par le tact. Bien que tout à fait conscient de sa ressemblance physique avec l'imposante dame d'Abbottsleigh, son petit-fils n'appréciait pas de se la voir rappeler. Là-bas, Lady Evelyn dominait toujours le grand salon, son portrait immortalisant son long visage pâle, son nez osseux, ses yeux trop clairs et ses cheveux blonds et lisses au-dessus d'un front altier.

— C'est ce que tout le monde me dit, convint Frank, mais déjà Mrs. Fabian poursuivait son monologue sans queue ni tête.

— Georgina était encore toute petite, à l'époque. Vous ne vous souvenez sûrement pas d'elle, néanmoins vous vous rappelez peut-être mon beau-fils, Johnny. Il passait beaucoup de temps ici. Ou était-ce plus tard ? Il y avait eu des querelles dans votre famille, n'est-ce pas, et vous ne veniez plus. Les disputes familiales sont tellement douloureuses ! Comme toutes les disputes, il est vrai. Votre cousine Cicely et son mari... Tout le monde s'est réjoui de leur réconciliation. En principe, ils seront ici ce soir. Ma pauvre maman nous exhortait à ne jamais laisser le soleil se coucher sur notre colère. Elle nous disait toujours : « Embrassez-vous et soyez amis avant que tombe la nuit. » Il y avait aussi ce poème que ma gouvernante allemande m'avait donné à apprendre... Pourvu que je ne l'aie pas oublié ! Ah oui, ça me revient !

Mrs. Fabian leva sa main où des bagues de pacotille d'une propreté douteuse étaient groupées tel un essaim d'abeilles, et déclama :

— *Und hüte deine Zunge wohl,*
Bald ist ein boses Wort gestagt,

Die Stunde kommt, die Stunde kommt,
Wenn du an Gräbern stehst und klagst.

« Mais si vous ne comprenez pas l'allemand, vous préférez sûrement que je traduise ! Fraülein Weingarten me le faisait répéter chaque jour :

Tiens bien ta langue,
Une parole de colère est vite prononcée,
L'heure viendra, l'heure viendra,
Où tu te tiendras, en pleurs, devant les tombes.

« Ce n'était pas un poème très gai pour une enfant, mais elle me reprochait toujours de bavarder à tort et à travers. Mon Dieu, que cela semble loin ! Tiens, j'ai cru entendre une voiture, remarqua-t-elle machinalement, encore pensive. Quelqu'un d'autre l'a-t-il entendue ?

De près, on se rendait compte que sa robe en dentelle noire aurait été tout à fait présentable si Mrs. Fabian n'avait eu l'idée peu lumineuse de l'agrémenter de garnitures en fourrure passée, de deux nœuds mauves et d'une grosse touffe de violettes. Là s'arrêtaient ses tentatives de coquetterie. Cette brave femme exposait aux regards ses traits quelconques, innocents de tout effort en ce sens. Il était même douteux que sa peau eût jamais connu le contact d'une houppette.

Jonathan Field consulta impatiemment sa montre.

— Que fait Georgina ? Où est-elle passée ? Mirrie et elle devraient toutes deux être en bas.

Une petite voix dit : « Oh, oncle Jonathan ! » et une jeune fille menue, aux boucles brunes, apparut à côté d'eux. Sa robe blanche était ornée de volants et de frous-frous vaporeux. Elle se pendit au bras de Jonathan et leva vers lui ses yeux noisette.

— S'il vous plaît, ne soyez pas fâché ! Elle ne sera pas longue, maintenant, elle ne va plus tarder. C'est ma faute, elle est venue m'aider. Si vous prenez votre air renfrogné, cette fête merveilleuse sera gâchée.

Elle tirait sur son bras comme une petite fille, mais avec tant de douceur que cela donnait l'impression d'une caresse.

Jonathan sourit avec indulgence. Anthony dit : « Salut, Mirrie ! » et lui présenta Frank Abbott. Les yeux noisette se tournèrent vers lui. Ils étaient exactement de la même nuance que les boucles épaisses, mais les cils étaient plus sombres et très fournis, bien qu'il fût impossible de déceler s'ils le devaient à la nature ou à l'artifice. En guise de présentation, le vieux Jonathan déclara : « Ma nièce, Mirrie Field » avec un sourire presque gâteux. La fille d'une lointaine cousine ? A d'autres ! Si elle ne finissait pas cohéritière avec la vraie nièce, Frank ne connaissait plus la nature humaine. Les yeux seuls, avec leur expression à la fois suppliante et confiante, suffisaient à faire pencher la balance en sa faveur, mais si l'on y ajoutait ces boucles, ce petit visage rond et tendre, et ces lèvres qui se tendaient en une moue enfantine, c'était couru d'avance. Frank se demanda vers quoi elles se tendaient. Des bonbons, des baisers... ou tout ce qui passait à leur portée ?

— Voilà donc ta nouvelle toilette ! dit Anthony. Très réussie. Georgina t'a aidée à te préparer ?

Mirrie le contempla, les yeux brillants de plaisir, et battit des cils. Un pied minuscule dessina des cercles sur le parquet ciré.

— Euh, non... Je n'avais pas fini tout ce que j'avais à faire, alors j'ai dû demander à Georgina. Elle est très serviable, mais j'ai peur de l'avoir contrariée et vraiment... oh, vraiment ! je n'avais pas l'intention de la retarder.

Elle releva la tête, la voix un peu tremblante. Mais Anthony s'était tourné et regardait derrière elle, à travers le hall.

— La voilà !

Juste au moment où la haute porte d'entrée s'ouvrait sur les premiers invités, Georgina Grey apparut au sommet de l'escalier.

Une entrée tardive produit presque toujours son effet. Frank se demanda, non sans un brin de cynisme, si elle l'avait calculée. En ce cas, c'était raté. Les invités affluaient et le vieux Jonathan les accueillait, la main sur l'épaule de sa nouvelle nièce qu'il leur présentait avec affection. Seuls Frank et Anthony eurent le loisir d'admirer Georgina tandis qu'elle descendait les marches.

De toute évidence, Anthony, subjugué, ne demandait pas mieux. Frank contempla la grande jeune fille en lamé argent : des cheveux d'or pâle, une silhouette ravissante, des yeux gris sombre contrastant avec une peau laiteuse et des lèvres rouges... Ses sourcils et ses cils étaient à peine plus foncés que ses cheveux, mais les iris cerclés de noir avaient l'intensité de l'océan sous un ciel d'orage. Ils pouvaient prendre toutes les nuances entre le gris et le vert, mais toujours ils retenaient l'attention. Frank, qui était expert en la matière, jugea que sa beauté résidait dans ses yeux. S'ils avaient été bleus, l'ensemble aurait été trop fade. S'ils avaient été marron... Mais comment auraient-ils pu l'être, avec cette chevelure platine ? Frank était prêt à parier que ce blond-là ne devait rien à l'eau oxygénée. Le teint de Georgina s'y accordait, et elle n'avait pas plus de maquillage qu'il ne convenait à une jeune fille. Elle descendit sans hâte, passa près d'eux en adressant un sourire à Anthony et se mêla à la foule compacte des invités pour les saluer.

On annonça une kyrielle de noms, pas toujours aisés à attribuer. Lord et Lady Pondesbury, Mr. et Mrs. Shotterleigh, Miss Mary Shotterleigh, Miss Deborah Shotterleigh, Mr. Vincent, Mr. et Mrs. Warrender. Frank reconnut Lord Pondesbury et se souvint des jumelles Shotterleigh, des fillettes guindées qui se ressemblaient comme deux gouttes d'eau et avaient peur de leur ombre. Ce soir, l'une était en rose, l'autre en bleu, et elles avaient l'air d'avoir avalé un parapluie.

Johnny Fabian, le dernier des membres de la maison, descendit en courant après Georgina. Comme toujours d'excellente humeur, il ignora le bref froncement de sourcils que lui décerna Jonathan pour se mettre à rire et à bavarder avec les invités. Les jumelles Shotterleigh s'animèrent sensiblement. Mirrie Field devint toute rose. Elle se contenta de rester près de Johnny sans dire un mot, jolie comme un cœur avec ses boucles brunes, ses volants vaporeux, son petit rang de perles sur sa gorge tendre et blanche. Ses paupières frangées de cils foncés restaient baissées, masquant la douceur de ses yeux noisette.

Quand Georgina eut échangé quelques mots aimables avec chacun, elle traversa le hall pour revenir vers les deux jeunes gens. Elle posa la main sur le bras d'Anthony en lui souriant à nouveau et répondit avec une gentillesse charmante lorsqu'il lui présenta son compagnon. Frank tourna son attention vers Johnny Fabian, frappé de le trouver si peu changé. Mais Johnny ne changerait probablement jamais. Ses cheveux noirs, qui s'obstinaient à boucler même coupés court, se clairsèmeraient sans doute au fil des ans, mais ses yeux bleus conserveraient toujours cette étincelle joyeuse, et son sourire engageant continuerait à lui valoir plus de faveurs qu'il n'était échu à la plupart des hommes. Ce sourire l'avait tiré d'affaire auprès des siens, puis à l'école et au sein de l'armée. Il le prodiguait sans distinction aux laiderons et aux beautés, aux femmes mûres, aux sages, aux sottes et aux aigries. Frank le connaissait à peine, ne l'ayant rencontré qu'occasionnellement, néanmoins il se vit gratifié d'une grande claque sur l'épaule tel un ami de longue date.

— Salut, mon vieux ! Ça fait une éternité qu'on ne s'était pas vus. Comment se porte le crime ?

— A peu près comme d'habitude, répondit Frank.

— Nous avons parmi nous un célèbre inspecteur, au cas où tu ne le saurais pas, dit Johnny en se tournant vers Georgina. L'élite de la Brigade criminelle. Ça ne manque pas d'allure, un inspecteur du Yard.

Frank éclata de rire.

— Et vous, que devenez-vous ? Vous ne deviez pas vous lancer dans l'import-export, ou une affaire de ce genre ?

— Non, pas l'import-export, mais un machin aussi embêtant qu'incompréhensible qu'on appelle l'import général. Un cousin de mon grand-père était bailleur de fonds dans une société en commandite et m'y avait fait entrer, mais au bout de six mois j'ai été renvoyé par un des associés, qui en avait assez de me voir bâiller tout court. C'était inévitable, car s'il m'est arrivé de tomber sur un travail assommant, c'est bien celui-là.

— Alors, que faites-vous en ce moment ?

— Une tante mal avisée m'a légué ses économies

il y a quelque temps, et je cherche à les investir. C'est difficile, car il me faut un travail amusant où je serai mon propre maître — une vraie sinécure ! En attendant, je retape de vieilles voitures. Je les achète bon marché et je les revends le plus cher possible, après les avoir réparées et les avoir rafraîchies avec une bonne couche de peinture.

Jonathan Field les appela de l'autre bout du hall.

— Eh bien, je pense que nous sommes au complet. Tous nos invités sont-ils là, Georgina ?

La jeune fille lâcha le bras d'Anthony pour aller rejoindre le vieil homme.

— Oui, mon oncle. Et voilà Stokes, qui vient nous annoncer que le dîner est servi. Voulez-vous donner le bras à Lady Pondesbury ?

Jonathan offrit son bras à une robuste dame, qui semblait être sortie de chez elle avec un masque couleur brique et des petits gants rouges. Entre ces deux parties brûlées par le soleil et le satin noir de sa robe, ses gros bras et une importante surface de dos et de gorge se révélaient d'un blanc de lait. Elle portait, comme elle le disait tout net, une copie du collier ancestral en diamants et rubis, dont l'original avait été vendu pour payer les droits de succession à la mort de son beau-père, quinze ans plus tôt. Son époux, Lord Pondesbury, un petit homme chevalin affligé de strabisme, s'approcha de Georgina. Jonathan Field observait toujours les usages en vigueur dans sa jeunesse. Chez lui, on continuait de se rendre au dîner deux par deux, avec ordre et décence. Frank se trouva associé à Mary Shotterleigh et vit Anthony entrer aux côtés de Mirrie Field.

3

En y repensant après coup, Frank s'aperçut qu'un certain nombre de détails se détachaient, distincts. Tel un puzzle géant composé peu à peu sur une table, la scène entière s'était déroulée sous ses yeux, et s'il est vrai qu'en réalité rien ne disparaît jamais de la mémoire, elle aurait dû pouvoir encore en resurgir. Mais quand Frank tenta de se la remémorer, on eût dit qu'un mauvais plaisant avait prélevé une poignée de morceaux çà et là pour les jeter sur ses genoux. Les uns étaient retombés en groupes, les autres isolément. Certains se trouvaient à l'endroit et d'autres à l'envers. Quelques-uns n'avaient aucun sens. Frank devait les scruter longuement pour tâcher de les réassembler. Un de ses efforts les plus probants lui permit de reconstituer la scène dans le bureau de Jonathan. C'était après le dîner ; il restait du temps avant l'arrivée des invités attendus pour le bal. Combien étaient-ils, au juste ? Il y avait Frank lui-même, et Anthony. Ce dernier avait proposé que Jonathan leur montre sa collection, et Lord Pondesbury avait répliqué :

— Non merci, mon vieux, sans façon. Je ne connais rien aux empreintes digitales et je n'en ai aucun désir. Je vais plutôt bavarder avec Marcia Warrender de son bout de chou de deux ans.

Mr. et Mrs. Shotterleigh n'avaient pas montré plus d'intérêt, cependant leurs filles étaient allées dans le bureau avec Mirrie et Mr. Vincent, mais pas Lady Pondesbury ni Georgina, restée au salon pour remplir son rôle de maîtresse de maison. Frank revit le groupe traverser le grand hall carré et pénétrer dans le bureau aux murs tapissés de livres. Les beaux doubles rideaux lie-de-vin étaient tirés sur les fenêtres. La pièce devait paraître plutôt sombre durant la journée, mais dans la lumière tamisée elle était assez agréable, avec ses fauteuils confortables et son tapis aux tonalités rouge et vert. Les volants blancs de Mirrie, les toilettes rose et bleue des jumelles Shotterleigh tranchaient sur les meubles foncés.

Quand tous furent réunis et que la porte fut close, Jonathan sortit ses lourds albums et leur ménagea de la place sur sa table de travail. Personne ne songea à s'asseoir. Johnny se posta à proximité de la porte, amusé pour l'instant mais prêt à s'éclipser s'il s'ennuyait, et Mary Shotterleigh resta auprès de lui. Elle était devenue plutôt jolie, en grandissant. Elle regardait Johnny du coin de l'œil, et il lui murmura quelques mots qui firent monter à ses joues une séduisante rougeur. Sa sœur Deborah se plaça timidement à côté de la table. Mirrie se serrait tant qu'elle pouvait contre Anthony et agrippait sa manche comme si elle craignait qu'un monstre ne jaillisse d'un album et ne la morde. Pour sa part, Frank se tenait au coin du feu avec le dénommé Vincent, fraîchement arrivé dans la région après avoir vécu des années en Amérique du Sud. D'après

Anthony, il avait une grosse fortune, mais ni épouse ni famille. Tandis qu'ils attendaient côte à côte, Mr. Vincent s'étonna qu'on s'intéressât à des empreintes digitales au point de les collectionner. Frank convint que, personnellement, cela ne le tentait pas ; toutefois, il avait entendu dire que la collection Field était unique au monde. Mr. Vincent le fixa de ses yeux tristes.

— Vraiment ? J'aurais cru que seuls les fichiers de la police méritaient ce qualificatif.

— Oh, ils ne contiennent que les empreintes de ceux qui ont manqué leur coup ! Pas celles du criminel potentiel, ou du meurtrier habile qu'on n'a jamais réussi à pincer. C'est en cela que réside la supériorité de Mr. Field. Depuis quarante ans qu'il constitue sa collection, il est si connu que c'est un honneur d'être invité à y figurer. En fait, en refusant, on serait soupçonné de ne pas avoir la conscience tranquille.

Mr. Vincent déclara que tout cela lui semblait bien peu captivant ; quant à lui, sa seule passion était la philatélie. Il entreprit d'expliquer comment il avait découvert, pour s'en voir par la suite dépouillé, un « deux *cents* » de Guyane britannique datant de 1851, dont on ne connaissait précédemment que dix exemplaires au monde. Cet épisode dramatique fut conté avec une totale platitude par cet homme sans entrain, ne possédant pas la plus infime étincelle de la flamme qui anime d'ordinaire les collectionneurs.

— Le voleur a été emporté par les rapides et le timbre a disparu avec lui. Personne n'a voulu chercher le corps vu les dangers du fleuve, si bien qu'il n'en existe à nouveau que dix exemplaires.

Il secoua la tête avec un léger regret et ajouta pour toute conclusion :

— Dommage.

Pendant ce temps, Jonathan Field avait ouvert deux gros volumes sur sa table et les feuilletait en s'aidant d'une sorte d'index ou de catalogue.

— Et maintenant, que vais-je vous montrer? Le pouce et l'index d'Hitler? C'est ce que réclament la plupart des gens. J'ai un très joli petit groupe d'empreintes de nazis : Goering, Goebbels, Bormann et Rommel.

Le livre s'ouvrit au bon endroit. Tout le monde se serra pour mieux voir. Les empreintes étaient là, similaires à celles que n'importe qui dans l'assistance aurait pu produire. Des hommes avaient voulu dominer le monde, et il leur avait glissé entre les doigts. Ils avaient disparu, ne laissant que des terres dévastées, des destins brisés et quelques traces noires dans la collection de Jonathan Field.

Toutes les empreintes étaient classées méthodiquement, une légende sous chacune d'elles indiquant un nom et parfois une date. Quel passe-temps singulier! Jonathan était sans conteste un amateur passionné. Debout derrière la table, il relatait sèchement de courtes anecdotes expliquant de quelle manière il était entré en possession des pièces exposées. Tantôt amusantes, tantôt tragiques, elles dénotaient un réel talent d'acteur. Personne ne regardait beaucoup les empreintes, mais tous étaient suspendus à ses lèvres.

Au bout d'environ une demi-heure, Georgina entra et prévint son oncle que les gens commençaient à arriver pour le bal. Cette nouvelle n'eut pas l'heur de plaire à Jonathan, qui bougonna :

— Très bien, très bien, j'arrive.

Il souleva l'album de gauche, puis le reposa.

— Les empreintes les plus intéressantes se trouvent là-dedans, mais je ne les montre jamais.

Frank admira rétrospectivement l'art de la mise en scène de leur hôte, se préparant à conclure sur un coup de théâtre.

— Je ne connais pas le nom de cet homme et je ne le saurai probablement jamais, toutefois j'ai conservé ses empreintes et je pense — je dis bien : « je pense » — que je reconnaîtrais sa voix.

Attendant sur le seuil dans sa robe en lamé argent, Georgina soupira : « Mon oncle ! » d'un ton de reproche. Mais Mirrie joignit les mains et insista anxieusement :

— Oh, oncle Jonathan, s'il vous plaît ! Vous n'allez pas en rester là ! Il faut absolument nous raconter la suite !

A cet instant, l'expression de Jonathan ne laissait aucun doute sur la nièce envers laquelle se portait sa préférence. Il lança un regard sombre à Georgina, puis se radoucit en contemplant Mirrie.

— Oh, eh bien, une autre fois ! L'histoire serait trop longue... Elle est pourtant fascinante !

Il ouvrit à demi le volume pour le refermer aussitôt. Cependant, un intervalle subsista entre les pages : une enveloppe faisait obstacle. Frank eut à peine le temps de l'apercevoir par-dessus la tête de Mirrie que déjà Jonathan enchaînait :

— Fascinante, et ô combien dramatique ! C'était pendant le Blitz. Nous étions ensevelis sous les décombres, cet homme et moi. Nous ne nous connaissions ni d'Ève ni d'Adam et c'était bien le cadet de nos soucis, car, voyez-vous, nous étions sûrs de ne jamais revoir la lumière du jour. Curieux, comme ce genre de chose vous prend ! Je ne me suis jamais senti aussi vivant de toute ma vie. Je remarquais chaque détail avec une acuité que je n'ai éprouvée ni avant ni depuis. Tout s'accélérait, s'intensifiait. La douleur était bien là, mais comme à l'extérieur de moi. Mon compagnon se trouvait juste à portée de ma main. Il n'était pas blessé, juste fou de terreur en se sachant pris au piège — il était claustrophobe. Je lui passai mon étui à cigarettes et des allumettes; tout en fumant, il me confia son histoire. Cet homme avait commis un meurtre. Deux, en fait, car ensuite il avait été forcé de supprimer un témoin gênant par mesure de prudence. Il avait élaboré tout un raisonnement pour se convaincre que le second crime ne comptait pas. D'après lui, c'était pratiquement de la légitime défense, car cette femme aurait alerté la police s'il ne l'en avait empêchée, et le seul moyen de s'assurer de son silence était de la supprimer. L'inconnu se montra parfaitement clair à ce sujet, sans que cela parût peser sur sa conscience. Néanmoins, le premier meurtre le tracassait un peu. Selon ses dires, il l'avait commis afin de récupérer une somme qui lui revenait de droit, et dont sa victime s'était emparée par l'intimidation. Il semblait penser que cela le disculpait — du moins, il l'espérait. Mais quand deux bombes tombèrent tout près de nous, il perdit de sa superbe. Peut-être avait-il tout inventé, toutefois je ne le pensai pas, sur le coup, et je n'ai pas changé d'avis. Aussi, quand il me rendit mon étui à cigarettes, je l'enveloppai dans mon mouchoir pour ne pas effacer ses empreintes et je le glissai dans ma poche-poitrine, juste au cas où.

— Et après, que s'est-il passé? interrogea Anthony.

Jonathan le regarda avec un demi-sourire.

— Ainsi s'achève l'histoire, en ce qui me concerne. Une autre bombe siffla, et tout devint noir.

Je ne me rappelle plus rien jusqu'à mon réveil à l'hôpital, avec une jambe cassée. En réalité, cette dernière bombe me sauva la vie, car le souffle de l'explosion déplaça les décombres qui nous recouvraient et les sauveteurs de la Croix-Rouge purent me dégager.

— Mais... et l'assassin ? insista Anthony.

— Je ne l'ai jamais revu. Il a dû sortir en rampant, car il n'y avait aucun cadavre. Donc, il se promène vraisemblablement quelque part en essayant de décider s'il est oui ou non un meurtrier.

Georgina, après un petit geste résigné, s'en était allée sans refermer la porte. Ce fait avait-il de l'importance ? Peut-être... N'importe qui dans le hall avait pu se rapprocher suffisamment et écouter l'anecdote. Georgina avait assisté à la scène debout dans l'encadrement de la porte, puis était partie en la laissant ouverte derrière elle. Oui, absolument n'importe qui avait pu surprendre les paroles de Jonathan Field.

4

Le bal se déroula à merveille. Frank retrouva bon nombre de vieilles connaissances. Il dansa avec Cicely, qui portait une robe rouge feu et s'amusait beaucoup. Elle lui apprit que Mr. Vincent cherchait à se caser et qu'elle n'enviait pas le sort de sa future épouse.

— S'il ne tenait qu'à Mrs. Shotterleigh, ce serait Mary ou Debbie, mais l'une et l'autre préféraient Johnny. De toute manière, ce Vincent a facilement vingt ans de plus qu'elles, et c'est l'homme le plus soporifique que j'aie jamais rencontré. T'a-t-il raconté comment il a perdu son timbre de Guyane britannique ?

— Hélas oui !

Elle pouffa de rire.

— Personne n'y échappe. T'a-t-il plongé dans la léthargie ou juste paralysé d'ennui ? Et encore, c'est l'événement le plus palpitant de toute son existence !

— Il a ses défauts. Mais parlons d'autre chose.

Quand il eut dansé avec sa tante Monica, une charmante étourdie à laquelle il était tout dévoué, il s'approcha de Mirrie, qui fit « Oh ! » en battant des cils d'un air effarouché. Si elle voulait jouer à ce petit jeu, il y était tout disposé.

— Je n'ai pas vraiment pour habitude d'arrêter les gens en plein milieu d'un bal, vous savez.

Elle lui donna tout le loisir d'admirer le brun inhabituel de ses beaux yeux et répondit dans un souffle :

— Mais vous en arrêtez quelquefois ?
— Quand l'occasion se présente.
— Ce doit être affreux pour vous !

Frank ne put s'empêcher de rire.

— Je crois qu'ils en souffrent plus que moi.

Il l'enlaça et ils entrèrent dans la danse.

La salle de bal était située à l'arrière de la demeure. L'aïeule de Jonathan avait hérité d'une considérable fortune et avait eu six filles. Cette salle de bal l'avait sans doute aidée dans sa détermination à leur trouver de bons partis. Elle formait un angle droit avec le corps principal de l'édifice, mais, une profusion de lierre et un charmant jardin rétablissant l'harmonie avec la terrasse qui s'étendait sous les fenêtres du salon, elle n'offensait plus la vue comme du temps de sa construction.

Le parquet était idéal, la musique entraînante et leurs pas s'accordaient à la perfection. Mirrie était douce et légère, et dansait bien. Frank se demanda fugitivement si elle égalait Georgina Grey. Celle-ci passa près d'eux au même moment, absorbée par Lord Pondesbury qui avait tendance à transformer n'importe quelle danse en une sorte de gigue de son invention. En la circonstance, Frank fut sensible au mérite de Georgina et à la gentillesse de son sourire.

Mirrie leva la tête pour le regarder.

— Vous dansez bien !
— Merci, Miss Field.

Elle le gratifia d'un sourire qui creusa des fossettes dans ses joues.

— Ne m'appelez pas Miss Field, juste Mirrie. C'est mon tout premier bal.

— Personne ne le devinerait. Vous êtes une excellente danseuse.

— J'adore ça, dit-elle avec ferveur. J'aurais voulu être ballerine, mais il faut commencer très jeune et nous n'étions pas assez riches pour que je prenne des leçons. Ça vous est déjà arrivé d'avoir terriblement envie de quelque chose, de le désirer de tout votre cœur et de devoir y renoncer faute d'argent ? Non, je suppose que vous n'avez jamais connu ça. Alors, vous ne pouvez pas comprendre.

Frank comprenait tout à fait, mais il n'avait pas envie de l'admettre.

— C'est dommage que vous n'ayez pu apprendre la danse. Avez-vous d'autres projets ?

Rougir lui allait bien. Les cils sombres palpitèrent et voilèrent son regard tandis qu'elle murmurait :

— Oncle Jonathan est très généreux... Et vous, aimez-vous danser ?

Alors qu'ils se reposaient pendant la valse suivante, elle interrompit soudain son babillage candide pour soulever un pli de sa robe blanche à frous-frous, qui ondoyait sur la chaise basse.

— Savez-vous que c'est ma première robe vraiment à moi ?

Frank ressentit de l'amusement et une émotion indéfinissable.

— Pourquoi, à qui appartenaient les autres ?

— Elles venaient du rebut.

— Vous voulez dire, de vos sœurs aînées qui n'en voulaient plus ?

— Non. Elles appartenaient à des parents inconnus, qui envoyaient des paquets aux pauvres. Vous ne pouvez pas imaginer comme c'est affreux d'en recevoir.

— Ne pas en recevoir aurait peut-être été pire.

— Non, rien n'aurait pu être pire, insista-t-elle avec une expression lugubre et accusatrice. Vous n'avez pas idée à quel point c'est humiliant. La plupart de ces affaires étaient très laides et n'allaient pas du tout. Je suis sûre que quelques-unes appartenaient à Georgina, malgré tout ce qu'elle peut en dire. Elle est plus vieille que moi, vous savez, et beaucoup plus grande. Comme un fait exprès, les robes que je recevais étaient toujours immenses. On y faisait plein de pinces et d'ourlets, on me disait que j'allais grandir dedans et que d'ici un an ou deux elles seraient à ma taille, mais elles ne m'ont jamais été. Je crois même qu'elles m'ont empêchée de grandir. Vous ne pensez pas que si l'on déteste un vêtement, il peut vous empêcher de grandir ? Il y avait une robe horrible, avec des rayures jaunes comme celles d'une guêpe, et j'étais obligée de la porter. Dieu ! Ce que j'ai pu haïr ma famille ! ajouta-t-elle avec un soupir qui partait du cœur.

Frank se cala nonchalamment contre son siège. Ce n'était pas la première fois qu'il recevait les confidences d'une jeune fille. Après son long apprentissage auprès de ses cousines, cela ne l'embarrassait plus du tout.

— Je ne crois pas que je me donnerais pour règle de haïr les membres de ma famille. J'en ai des centaines, tous animés des meilleures intentions.

Il pensa que si elle ne savait pas où était son avantage, elle avait intérêt à se dépêcher de le comprendre. Alors, avec une pointe de cynisme, il se rendit compte qu'elle le savait très bien.

— Oh! Vous n'avez pas cru que je parlais d'oncle Jonathan, n'est-ce pas? C'est impossible! Comment pourrais-je lui reprocher quoi que ce soit? Il n'est pas comme les autres.

— Non?

— Oh non! Lui, il ne me donne pas de vieux oripeaux, mais de jolies choses toutes neuves. Il m'a signé un chèque afin que je m'achète tout ce que je voulais, du vrai argent pour entrer dans un magasin et choisir ce qui me plaît! Et pour mon anniversaire, il m'a offert des perles! Regardez, je les ai sur moi. Elles sont belles, non? Et il a dit que cette fête n'était pas seulement pour Georgina, mais aussi en mon honneur!

L'oncle Jonathan se montrait assurément prodigue.

— Et Georgina? interrogea-t-il d'un air négligent. Est-elle gentille, elle aussi?

Mirrie tritura son collier et baissa les yeux vers ses volants blancs avant de répondre d'une voix enfantine :

— Très.

Beaucoup plus tard dans la soirée, Frank réussit à inviter Georgina. C'était une hôtesse adorable que tous se disputaient, mais à la fin il obtint sa danse, qu'il savoura pleinement. Tout en elle — la voix, l'attitude, la façon d'évoluer — était gracieux et charmant. Il se rappela qu'un jour la vieille nourrice de Cicely leur avait lu un conte de fées dont l'héroïne était aussi bonne que belle. On n'aurait pu mieux qualifier Georgina Grey.

Une vague impulsion l'incita à orienter la conversation sur Mirrie.

— Anthony m'a appris qu'elle vit avec vous depuis peu.

— C'est vrai. Elle ne devait demeurer ici que quelques jours, mais je pense qu'elle va rester.

— Elle m'a confié qu'elle aurait rêvé d'être ballerine.

— Oui, malheureusement il est trop tard à présent.

— Elle danse à la perfection.

— Oh, oui ! Cependant, la danse classique est un genre à part. Il faut commencer vers sept ans, ou même avant, et s'imposer des heures de répétitions quotidiennes pendant des années.

Il en convint, frappé par son ton sérieux et réfléchi. La conversation roula ensuite sur différents sujets et ils n'en revinrent plus à Mirrie. Toutefois, Frank fut témoin d'un incident dont il devait se souvenir par la suite.

Les invités avaient cessé de danser et affluaient dans la salle à manger où les attendait un souper. Frank escortait Cicely, et alors qu'ils venaient de s'installer confortablement, elle remarqua qu'elle avait perdu son mouchoir. Elle savait exactement où :

— Dans le bureau, Frank. Grant et moi y étions tout à l'heure et je me suis remaquillée. C'est un mouchoir en dentelle que grand-mère m'avait donné.

Il retourna donc le chercher. Il le trouva assez facilement, du reste, et venait de le ramasser quand il perçut un bruit léger en provenance de la fenêtre. Il fourra le mouchoir dans sa poche et écarta le rideau le plus proche, qui masquait une porte vitrée donnant sur la terrasse. Le bruit qu'il avait entendu était celui du battant entrouvert, heurtant le chambranle avant de se rabattre en arrière. Mais au moment où Frank tira le rideau, la porte ne s'ouvrit pas sous l'effet d'un simple courant d'air. Mirrie se tenait sur le seuil dans sa robe blanche, fixant sur lui des yeux agrandis par la peur. Elle étouffa un cri en portant la main à sa gorge.

Certes, il arrivait aux jeunes filles de s'éclipser au cours d'un bal, mais la nuit était bien froide pour sortir en robe décolletée. Et où était passé le chevalier servant ? Personne ne se promenait à une heure pareille dans un jardin glacé, à moins d'être fou ou amoureux.

— Navré de vous avoir fait peur, dit Frank. Venez prendre un peu de potage. Vous devez être gelée !

Mirrie continuait à le fixer.

— Je... j'avais chaud. Je suis sortie prendre l'air.

Ils retournèrent ensemble dans la salle à manger, et ce fut seulement quelques semaines plus tard que Frank y repensa.

5

Le week-end se poursuivit agréablement. Le dimanche après-midi, Frank et Anthony marchèrent jusqu'à Abbottsleigh où ils prirent le thé avec Grant et Cicely, après quoi Anthony retourna à Field End et Frank regagna Londres en train, par la gare de Lenton. La sinistre affaire Cressington, qui éclata le lendemain, l'absorba entièrement jusqu'à son brutal et terrible épilogue. Quand le Yard put souffler, l'inspecteur principal Lamb avait perdu six kilos, ce dont il était très contrarié même si en réalité cela ne lui faisait pas de mal. En revanche, il avait également perdu le sommeil, phénomène rarissime au point d'influer fâcheusement sur son humeur. Frank se tira de cette enquête avec un prestige accru et la conviction que jamais, jusqu'à son dernier jour, il ne frôlerait la mort d'aussi près.

Lorsqu'on y réfléchit, il est un fait curieux : tandis que, sur scène, un acteur se situe dans les limites de la pièce qu'il interprète et garde conscience en permanence de ce qu'elle est — comédie, tragédie, mélodrame ou farce —, dans la vie réelle il n'a pas de tels repères et passe d'un genre à l'autre, avec de perpétuels changements de personnages, des répliques inattendues et une intrigue d'une infinie complexité. Après une agréable scène préliminaire à Field End, semblant préluder à une comédie de salon, l'affaire Cressington relevait du plus pur mélodrame. Frank avait quitté un théâtre pour se trouver projeté sur les planches d'un autre. Mais la pièce qui se jouait à Field End continuait sans lui.

C'est à ce point de notre histoire que Maggie Bell entre en scène. Elle était infirme depuis qu'une voiture l'avait renversée dans la grand-rue de Deeping, peu avant son douzième anniversaire. Bien qu'ayant à présent dépassé la trentaine, elle n'avait pas grandi et ne s'était guère développée après ce qu'elle appelait toujours, non sans un sentiment d'importance, « mon accident ». Elle ne pouvait poser le pied par terre et ne sortait jamais. Pourtant, elle n'ignorait rien de la vie de Deeping et de ses alentours, grâce à ses trois sources majeures d'informations. Maggie demeurait étendue toute la journée sur un divan, devant la fenêtre surplombant l'« Épicerie ». Ce nom avait été choisi par le propriétaire, Mr. Bisset, un petit homme ambitieux, pour désigner ce qui n'était au début qu'un modeste bazar. Outre les divers articles annoncés par l'enseigne, Mr. Bisset vendait des salopettes, de solides sous-vêtements masculins, des légumes et des fruits de saison, des confitures et des conserves confectionnées par Mrs. Bisset, ainsi que des lacets de réglisse, une confiserie jadis très prisée mais presque totalement disparue d'Angleterre. Mrs. Bisset se targuait de les fabriquer d'après une recette connue de sa famille depuis deux cents ans, et dont le secret se transmettait de mère en fille. Les jours où elle concoctait cette friandise, les effluves s'infiltraient dans le deux-pièces loué par Mrs. Bell et se répandaient dans la grand-rue sur cinquante mètres à la ronde, ce qui, comme le remarquait judicieusement Mrs. Bisset, était encore la meilleure des publicités.

Tôt au tard, tout le monde venait faire ses courses à l'Épicerie, même ceux que Mrs. Bell appelait « les Aristocrates ». Après tout, il leur arrivait à eux aussi d'être à court de pinces à cheveux, d'épingles de nourrice, d'élastiques, sans parler de pommes, d'oignons, de tomates ou de cet aliment quasiment universel que sont les flocons de céréales. Chaque fois que le temps le permettait, Maggie laissait sa fenêtre ouverte et entendait tout ce qui se disait sur le trottoir en contrebas, où les passants s'arrêtaient pour bavarder. Elle se flattait d'avoir l'oreille la plus fine du comté. Lorsqu'il faisait beau, elle se postait à sa fenêtre et agitait la main, et presque tout le monde lui répondait par un geste amical. Mrs. Abbott, d'Abbottsleigh, ne l'oubliait jamais. Elle levait les yeux et lui adressait un très gentil sourire. Miss Cicely, qui s'appelait Mrs. Grant à présent, montait l'escalier quatre à quatre avec son petit Bramble sur les talons et une demi-douzaine de livres ou de magazines pour l'aider à passer le temps. Ce Bramble était un chien intelligent — un basset : un long corps court sur pattes, et des yeux tellement malins ! Miss Cicely l'emmenait partout et lui parlait comme s'il comprenait le moindre mot.

La deuxième source d'informations de Maggie provenait du fait que sa mère était couturière. Elle avait des doigts de fée, heureusement pour toutes deux car c'était leur unique moyen de subsistance, hormis la pension d'invalidité. Des dames élégantes lui amenaient des vêtements à copier ou à transformer. Mrs. Abbott lui avait confié la robe de mariée de la vieille Lady Evelyn afin de la refaçonner pour Cicely. Jamais, de toute sa vie, Maggie n'avait vu un tissu aussi somptueux. Rien qu'au mètre, il devait y en avoir pour plusieurs dizaines de livres ! Tout ça pour le gaspiller sur un petit pruneau comme Miss Cicely... mais, évidemment, cela ne se disait pas, sauf à sa mère, et aussitôt qu'elle lui en fit la remarque Mrs. Bell lui cloua le bec.

Le troisième moyen, et le plus important, grâce auquel Maggie se tenait au courant de tout se trouvait littéralement à portée de sa main. C'était le téléphone. Équipé d'une rallonge, il restait posé sur la table près du divan toute la journée et, le soir, il était transféré à côté du lit de Maggie. Il ne faut pas en déduire qu'elle recevait beaucoup d'appels ou que Mrs. Bell était assez riche pour téléphoner sans absolue nécessité. Il y avait, certes, des rendez-vous pour les essayages, des questions sur l'avancée du travail en cours. Toutefois, la force de Maggie résidait dans le système particulier dont Deeping était doté, d'une valeur inestimable pour la propagation de l'information : une ligne à postes groupés. Quand l'affaire de la boucle d'oreille tint toute la région en haleine, Maggie put en suivre le déroulement depuis le mystérieux appel adressé à Grant Hathaway par une inconnue à l'accent français, jusqu'à sa stupéfiante conclusion, après deux meurtres et l'imminente arrestation du mari de Miss Cicely.

Naturellement, Maggie avait porté un grand intérêt aux préparatifs du bal. Nombre d'invitées s'étaient acheté de nouvelles robes du soir, mais certaines étaient venues faire retoucher une ancienne toilette.

Lady Pondesbury, par exemple. On aurait pu croire qu'elle en avait par-dessus la tête de cette vieille mocheté en satin noir, mais non, elle la rapportait inlassablement. Et c'était toujours le même couplet : d'une façon ou d'une autre il fallait se débrouiller pour élargir. Ils consacraient tout leur argent à leurs chevaux — et pourquoi pas, si cela leur plaisait ? Mrs. Abbott, elle, avait apporté sa belle robe en dentelle noire, qui ne nécessitait qu'un léger rafraîchissement, juste une remise au goût du jour, comme qui dirait. Miss Georgina aurait une toilette neuve ravissante, tout argentée. Maggie aurait aimé la voir ainsi vêtue. Elle entendit Mirrie Field y faire allusion au téléphone, la veille du bal. Elle avait demandé un numéro à Londres et avait parlé avec un homme. Elle était folle de joie. Son oncle lui avait donné un chèque et lui avait recommandé de s'acheter une jolie robe, ce qu'elle avait fait, mais celle de Georgina était époustouflante. « La sienne est argentée, et tellement seyante ! La mienne est blanche avec tout plein de petits volants. Tu ne regrettes pas de ne pas me voir dedans ? » L'homme avait répondu qu'il la verrait peut-être, mais Miss Mirrie avait protesté qu'il ne devait pas faire de bêtise. Alors, lui avait dit : « Je t'ai envoyé un mot. Tu te rappelles bien ce que je t'ai expliqué, pour mes lettres ? » Miss Mirrie assura que oui et l'homme grogna : « Bon, eh bien, tu as intérêt à ne pas l'oublier, sinon gare à toi ! » avant de lui raccrocher au nez. Quel grossier personnage ! avait pensé Maggie, surprise que Miss Mirrie pût s'en accommoder.

Le bal était passé, aussitôt suivi de la kyrielle habituelle de coups de fil pour remercier de cette merveilleuse soirée. Rien de bien intéressant. Du moins, cette semaine-là.

Ce fut huit jours plus tard, le lundi matin, que Georgina reçut la lettre anonyme. L'enveloppe était posée à côté de son assiette sur la table du petit déjeuner et, étant la première à descendre, la jeune fille se trouvait seule lorsqu'elle l'ouvrit. Quand elle y repensa par la suite, elle en fut soulagée. Elle avait déchiré l'enveloppe, l'avait jetée sur la table, puis aussitôt s'était figée, blonde et mince dans sa jupe grise et son twin-set en lainage jaune paille. L'espace de quelques secondes, elle ne put admettre la réalité de ce qu'elle avait sous les yeux. Elle tenait dans sa main une feuille de papier à lettres bon marché, dont les lignes n'empêchaient pas l'écriture de pencher. Georgina remarqua tous ces détails, cependant son cerveau fut incapable d'aller plus loin. Elle fixait sans les voir les mots couchés sur le papier. Son esprit se fermait pour s'en protéger et, machinalement, elle regarda au verso, cherchant la signature, mais le texte s'achevait brusquement au pied de la page.

La jeune fille la retourna entre ses doigts et se mit à lire à partir du haut. Il n'y avait ni date ni adresse. Il n'y avait, à vrai dire, pas de début du tout.

Tu as une sacrée bonne opinion de toi, pas vrai, Georgina Grey ? Tu es née avec une cuiller d'argent dans la bouche, mais si tu t'imagines que ça va durer toujours, tu te mets le doigt dans l'œil. Ce qui te pend au nez, ça ne va pas te plaire. Certaines qui sont maintenant au-dessous de toi seront au-dessus et, toi, tu te retrouveras au-dessous. Quand on n'a jamais rien possédé qui vaille la peine, ça ne manque pas tant que ça, mais quand on a toujours tout eu et que d'un coup on n'a plus rien, c'est fou ce qu'on le regrette. Plus dure sera la chute, comme on dit. Tu crois que personne ne voit comment tu traites ta cousine ? Comment tu la prends de haut avec tes airs protecteurs, tout ça parce que tu lui refiles tes vieilles frusques ? Oh, non, on en parle, et il y en a que ça fait bouillir. Tout ça parce que tu veux garder tout le paquet, et qu'elle est plus jolie et séduisante que toi, comme A.H. et d'autres commencent à le penser. Ça fait mal, hein ? Prépare-toi, car ce n'est qu'un début ! C'est moche d'en vouloir à une autre et d'essayer de l'écraser parce qu'elle est plus jeune et plus jolie, et parce qu'elle plaît un peu trop pour ton goût à J.F. et à A.H.

Georgina lut d'une traite jusqu'à la fin, puis elle remit la lettre dans l'enveloppe. Sa première réaction fut la stupeur. Les lettres anonymes, cela n'arrivait qu'aux autres, comme tant de choses que l'on lisait dans les journaux. Il lui fallut un certain temps pour se faire à l'idée que cela lui arrivait à elle. C'était aussi inattendu, aussi incroyable que si un parfait inconnu l'avait giflée au beau milieu de la rue. Elle en vint ensuite à se demander pourquoi quelqu'un lui avait envoyé une lettre pareille. C'était forcément une personne qui les connaissait, Mirrie et elle, mais Georgina ne pouvait imaginer qui avait été capable d'une telle bassesse. Elle resta immobile près de la table, l'enveloppe à la main, avec l'impression d'être tombée dans le noir.

Quand elle entendit des voix dans le hall, elle sortit rapidement par la porte de service et gravit l'escalier qui menait à sa chambre, où elle rangea la lettre dans un tiroir. Elle redescendit pour trouver Mirrie et Anthony dans la salle à manger. Ils étaient debout, tout près l'un de l'autre. Non, elle ne laisserait pas le doute s'insinuer dans son esprit. C'était Mirrie qui se tenait tout près d'Anthony. Elle avait cette habitude naturelle de se placer contre les gens — contre lui, Johnny ou Jonathan — et de relever la tête pour les regarder tout en leur caressant la manche. Une manie inconsciente et touchante dans sa candeur, mais dont Georgina se serait bien passée.

Anthony se tourna vers elle et Mirrie lui annonça d'un air radieux :

— Il fait un temps splendide ce matin ! Anthony va m'emmener dans le bois pour me montrer le terrier d'un blaireau, mais il paraît qu'on ne le verra pas car il ne sort que la nuit. Comme c'est drôle ! Moi, j'aurais horreur de sortir toute seule dans le noir.

— C'est que tu n'es pas un blaireau, la taquina Anthony.

Après le petit déjeuner, Georgina alla trouver Jonathan dans son bureau pour lui faire lire la lettre. Il leva les yeux d'un air impatient tandis qu'elle s'approchait et déposait l'enveloppe devant lui.

— Ceci est arrivé au courrier du matin, et je préférais vous le montrer.

L'impatience était tout aussi flagrante dans sa voix.

— Qu'est-ce que c'est ?
— Une lettre anonyme.
— Qu'est-ce donc que cette ineptie ?
— Juger par vous-même.

Il prit l'enveloppe avec contrariété, fronçant ses sourcils noirs au-dessus de ses yeux profondément enfoncés dans leurs orbites. Il sortit la lettre d'un air encore plus sombre et la parcourut entièrement. Arrivé à la dernière ligne, il la retourna et la lut une seconde fois. Puis, jetant un bref coup d'œil à Georgina, il demanda sèchement :

— Tu sais qui a écrit ça ?

— Je n'en ai absolument aucune idée.

Il jeta avec mépris la lettre sur le sous-main.

— Du papier bon marché et une écriture vulgaire. Que signifie cette histoire ?

— Je ne sais pas.

Il se laissa aller contre le dossier de son fauteuil, qu'il fit pivoter pour regarder sa nièce en face.

— Un torchon nauséabond. Mais pour quelle raison te l'a-t-on envoyé ?

— Je ne sais pas, répéta Georgina.

Brusquement, il prit un ton acerbe :

— Cela veut dire qu'on jase sur Mirrie et toi ! Pourquoi ces commentaires désobligeants à ton sujet ? Il s'est forcément passé quelque chose pour y donner lieu ! Pourquoi n'en ai-je pas été avisé ?

— Il n'y avait rien à dire.

Jonathan frappa la lettre du plat de la main.

— Il n'y a pas de fumée sans feu ! On n'envoie pas ce genre de lettre sans quelque raison, sans un profond ressentiment ! Si tu ne t'entendais pas avec Mirrie, tu aurais dû me le dire ! Tu devais bien te douter qu'elle, elle ne se plaindrait pas. Elle ne sait plus quoi inventer pour te contenter. Comment n'ai-je pas ouvert les yeux ? J'ai été aveugle. Elle ne s'est jamais sentie tranquille... à cause de toi.

— Oncle Jonathan ! se récria Georgina avec un mouvement de recul.

— Je croyais que tu serais heureuse de l'avoir ici, qu'elle serait pour toi une amie, une compagne. Elle est tellement reconnaissante, tellement soucieuse de faire plaisir ! Je ne peux comprendre que tu montres tant de prévention à son égard.

— Mais je n'ai aucune prévention envers elle !

Il avait toujours été prompt à s'emporter, cependant jamais contre Georgina. Si elle n'avait pas peur, elle se sentait vulnérable. Cette réaction soudaine était un tel désaveu de leurs relations passées ! Jonathan tambourinait sur la table et sur la lettre accusatrice qui y était posée.

— Comment as-tu eu l'idée de lui donner tes vieux vêtements ? C'est très humiliant, oui, très humiliant. Pour moi autant que pour elle, puisque visiblement le fait n'est pas passé inaperçu. Qu'est-ce qui t'a pris de faire une chose pareille ?

Georgina ne quittait pas des yeux le visage de son oncle, dur et déformé par la colère. Elle raffermit sa voix et tenta de dissiper le malentendu.

— Vous ne m'avez même pas demandé si c'était vrai.

— Eh bien, maintenant, je te le demande !

Elle fit un pas en avant et posa les doigts au bord du bureau.

— Me permettez-vous de vous expliquer simplement ce qui s'est passé ? Vous aviez amené Mirrie ici et elle n'avait rien pour se changer. Vous nous aviez annoncé qu'elle séjournerait chez nous, sans préciser combien de temps. Vous n'aviez pas dit que vous comptiez la prendre sous votre aile.

— Je n'avais pas de projets définis.

— Oncle Jonathan, elle n'avait vraiment rien à se mettre. J'ai emporté un ou deux vêtements chez Mrs. Bell, à Deeping. Elle n'a pas son pareil pour les transformations. Elle a gardé les robes et les a arrangées. Si cela embarrassait Mirrie, elle n'en a rien montré ; bien au contraire, elle semblait folle de joie. Elle disait qu'elle n'avait jamais rien eu d'aussi joli, et je veux bien la croire. C'étaient de très belles affaires.

— Tu n'aurais pas dû, répliqua-t-il, le visage fermé. Tu l'as mise dans une fausse position. Il aurait fallu venir me trouver.

— L'idée me déplaisait.

Elle ne pouvait lui expliquer, car ce n'était pas dans son genre, l'instinct qui l'avait poussée à protéger le chaton égaré qu'il avait ramené à la maison. Mirrie n'avait qu'une malle pleine de vieilleries — des vêtements sentant le renfermé, essentiellement noirs, des livres déchirés et, au sommet, un édredon miteux enfoncé afin de mieux coincer le tout. Absolument rien de mettable pour Field End. Georgina ne pouvait raconter à son oncle que Mirrie ne possédait pas de linge de rechange ni de chemise de nuit — pratiquement rien, excepté la pauvre robe qu'elle avait sur le dos et le manteau pitoyable qui la couvrait.

Jonathan releva ses dernières paroles :

— L'idée te déplaisait ? Pourquoi ?

Au désespoir, Georgina sentit qu'ils étaient sur une mauvaise pente, qui les menait droit au désastre. Elle connaissait son oncle depuis de trop longues années pour se méprendre. Elle avait été témoin de trop de différends, de controverses et de querelles, souvent provoqués pour une broutille et qui s'étaient soldés par une rupture amère. Invariablement, quand cela se produisait, Jonathan se montrait rebelle à toute logique. Mais depuis dix-neuf ans qu'elle vivait sous son toit, c'était la première fois que cela leur arrivait à tous les deux. Georgina ne pouvait croire qu'il s'était éloigné d'elle au point de devenir inaccessible.

— C'est difficile... commença-t-elle.

— Je t'ai demandé pourquoi tu n'étais pas venue me trouver. Alors ? J'attends ta réponse.

— J'ignorais vos intentions. Sincèrement, je répugnais à vous apprendre, à vous ou à quiconque, qu'elle était si totalement démunie. Je ne savais pas que vous comptiez l'installer ici. Vous ne comprenez pas que j'ai voulu être gentille avec elle ? Je me suis dit que cela resterait entre nous, que ce serait un petit secret de filles. C'est une chose très courante dans une famille, les sœurs se passent leurs affaires devenues trop petites, ou dont elles ont assez et aimeraient changer.

— Ah, nous y voilà ! coupa Jonathan avec une inflexion sarcastique. Tu étais lasse de ces affaires et tu voulais en changer. Elles n'étaient plus assez bonnes pour toi, mais conviendraient parfaitement à Mirrie. Elle était trop innocente et inexpérimentée pour discerner ta méchanceté. Sais-tu ce qu'elle m'a confié l'autre jour ? C'est une des phrases les plus pathétiques que j'aie entendues de ma vie. Je lui avais donné un chèque pour s'acheter quelques vêtements, et elle est entrée dans cette pièce avant le dîner pour me montrer ses emplettes, qui lui allaient à ravir. Elle a soulevé un petit bout de la jupe et m'a dit : « Vous savez, c'est la première robe que je me suis achetée moi-même. » De vieux oripeaux, voilà ce qu'elle avait porté toute sa vie. De la fripe dont les autres ne voulaient plus, dans des colis pour les pauvres ! Et quand je la ramène ici, quand elle aurait pu croire que ces mauvais souvenirs appartenaient au passé, voilà que ça recommence ! Tu choisis quelques vieilles frusques dont tu ne veux plus, tu les donnes à rafistoler à une couturière de village, et tu fais croire à cette pauvre enfant que c'est par bonté d'âme que tu les lui refiles !

Ils étaient loin de la lettre anonyme, loin de la

logique et de la possibilité qu'il soit disposé à l'écouter en montrant un tant soit peu de compréhension. Georgina ne parvenait plus à l'atteindre, elle ne pouvait venir à bout de cette distance. Elle contourna la table et reprit la lettre, jetée sur le sous-main. Alors qu'elle se détournait tristement pour partir, son oncle la retint.

— Attends ! J'avais l'intention de t'annoncer une nouvelle.

Il repoussa son fauteuil mais resta assis, pianotant sur l'accoudoir. Tout en scrutant Georgina, il déclara brièvement :

— Cela concerne mon testament.

Elle était pâle dans son pull et son cardigan jaune clair. Ses yeux gris paraissaient encore plus sombres, par contraste. A ces mots, une légère rougeur monta à ses joues, puis céda à nouveau la place à la pâleur.

— Oncle Jonathan...

Il leva la main pour lui imposer silence.

— Je parle et j'attends de toi que tu m'écoutes. Je suppose que, comme tout le monde, tu jugeais évident que mes biens te reviendraient ?

— Oncle Jonathan, je vous en prie !...

— Ne me coupe pas la parole ! Rien n'est plus choquant que l'intrusion des sentiments dans les affaires d'argent. Or c'est d'argent qu'il est question, en rapport avec mes dispositions testamentaires. Je souhaite éviter tout malentendu à ce propos. En discuter auparavant eût été embarrassant pour toi comme pour moi, mais vu que j'ai récemment décidé d'y apporter certaines modifications, il m'incombe de t'en informer. Ne va pas t'imaginer que j'ai pris ma décision dans la précipitation, ou sous le coup de l'indignation que je ressens en ce moment. Voilà quelque temps, je suis parvenu à la conclusion que, sous sa forme actuelle, mon testament n'était plus l'expression de mes dernières volontés. Je me propose donc d'y ajouter un codicille. Dans l'ensemble, les dispositions à l'égard du personnel et des institutions de bienfaisance restent inchangées. C'est ailleurs qu'interviennent les modifications importantes. J'ai l'intention d'assurer l'avenir de Mirrie.

Georgina étouffa une exclamation et répondit très vite, chaleureusement :

— Mais bien sûr, oncle Jonathan !

Il haussa les sourcils noirs qui formaient un contraste si esthétique avec son épaisse chevelure argentée et répondit ironiquement :

— Je te sais gré de ton approbation, toutefois je te prierais de ne plus m'interrompre. J'ai l'intention d'assurer son avenir en la rendant indépendante. Cela fera une différence considérable avec les termes du testament actuel.

— Oh, ce n'est pas grave !

— Point tant de désintéressement, ma petite. Prétends-tu que cela te serait égal si je ne te laissais pas un sou ?

Elle riposta aussitôt, avec une vive indignation :

— Certainement pas, car cela voudrait dire que vous êtes terriblement fâché ou que vous ne m'aimez plus. Non, ça ne me serait pas égal ! Mais pas à cause de Mirrie. Je serais très heureuse que vous la mettiez à l'abri du besoin. Oh, mon cher oncle, je vous en prie, revenez à vous et cessez de penser des choses affreuses à mon sujet ! Je ne comprends pas comment nous en sommes arrivés à nous parler sur ce ton. J'ai l'impression de vivre un cauchemar. Qu'est-ce qui vous a mis ces idées horribles dans la tête ?

— Les faits sont là et présentent l'inconvénient qu'on ne peut les écarter en les qualifiant de cauchemar. S'ils sont assez flagrants pour que tu reçoives des lettres anonymes, il est temps d'y mettre le holà. Dès le début, tu as été jalouse de cette enfant, et j'ai été stupide de ne pas le voir.

— Qui vous a mis cela dans la tête? insista Georgina. Est-ce Mirrie?

Une froide colère passa dans les yeux du vieil homme.

— Mirrie? Non, ce n'est pas Mirrie, la pauvre chérie. Elle te croit bien intentionnée. Si tu l'avais entendue! « Regardez comme Georgina est gentille! Elle m'a proposé de venir me promener avec Anthony et elle, mais je savais qu'elle préférerait être seule avec lui, alors je n'y suis pas allée. » Il y a une allusion à ce propos dans ta lettre, n'est-ce pas? A propos de A.H., à qui elle plaît un peu trop à ton goût. Maintenant, mon enfant, je vais te donner un petit conseil, et si tu as un grain de bon sens tu le suivras. Un homme ne déteste rien tant qu'une femme envieuse et méprisante, donc, si tu t'intéresses à Anthony Hallam, je te conseille de ravaler ta jalousie.

Georgina se sentait complètement désemparée. Ses moindres réactions semblaient alimenter cette colère aberrante. Puisqu'il était vain de discuter avec Jonathan lorsqu'il était dans cet état, mieux valait partir; mais si elle ne se défendait pas, elle était condamnée d'office. Elle protesta donc, au prix d'un grand effort :

— Je n'ai jamais pensé que j'étais jalouse.

— Alors penses-y sans plus tarder! C'est un vilain défaut que tu devrais tâcher de corriger. Si tu te maries, il risque de gâcher ton ménage. Très franchement, il n'y a rien de tel pour faire fuir un homme.

C'était inutile. Il était dans un état d'exaspération qui le rendait sourd à ses arguments.

— Tout ce que je pourrais dire ne sert à rien. Mais je n'ai jamais pensé à Mirrie de cette façon-là. Je ne comprends pas ce qui nous arrive ni ce que vous attendez de moi. Il vaut mieux que je m'en aille.

Sa voix s'était faite de plus en plus lente et finit par se briser. Georgina se tourna, la lettre à la main. Aussitôt, elle eut conscience d'une sourde hostilité derrière elle. Un instinct primitif lui rappela qu'il n'était jamais prudent de tourner le dos à l'ennemi. Elle atteignit la porte, qu'elle trouva légèrement entrebâillée, et sortit. Il lui semblait pourtant l'avoir fermée en entrant, tout à l'heure.

6

Anthony descendait l'escalier. Comme il regardait toujours Georgina quand elle était là, il tourna spontanément la tête vers elle et comprit aussitôt qu'une catastrophe venait de se produire. A la façon dont elle se dirigeait à travers le hall, blême et les yeux fixes, on l'aurait crue aveugle. Elle n'avançait pas exactement à tâtons mais tendait légèrement la main devant elle, ce qui renforçait l'illusion. C'était sa main gauche, vide. Sa main droite pendait, le poing crispé sur une lettre. Il dévala le reste des marches pour la rejoindre.

— Georgina, qu'y a-t-il? Une mauvaise nouvelle?...

Il se tenait une marche au-dessus d'elle. La jeune fille redressa la tête comme si elle venait à peine de remarquer sa présence et acquiesça, le regard perdu.

— Qu'est-ce que c'est?

D'une main, elle agrippa la rampe. De l'autre — celle qui tenait la lettre —, elle lui fit signe de la laisser passer. Il s'écarta et elle monta sans répondre. Il lui emboîta le pas, ce dont elle parut inconsciente. Au premier étage, dans le couloir de gauche, elle avait son boudoir. C'était une pièce très claire, orientée vers le sud-est. Des fenêtres dominant la terrasse, on voyait la pelouse en pente et le grand cèdre, planté à l'époque où la demeure avait été construite. Anthony entra derrière Georgina, qui s'aperçut enfin de sa présence lorsqu'elle voulut fermer la porte et que leurs mains se frôlèrent. Elle recula aussitôt.

— J'ai besoin d'être seule.

— Je m'en irai, si tu préfères. Mais dis-moi au moins ce qui s'est passé! A te voir ainsi...

Elle déposa la lettre sur un guéridon et sortit de sa poche un mouchoir en lin jaune avec lequel elle se frotta la main. Elle eut la sensation de se débarrasser de quelque chose de sale.

— C'est à cause de cette lettre? dit-il très vite.

Elle hocha la tête.

— De qui est-elle?

— Je l'ignore. Anthony...

— Ne me demande pas de partir sans rien me dire! Laisse-moi t'aider. Tu ne veux vraiment pas m'expliquer ce qui s'est passé?

D'un geste du menton, elle désigna la lettre.

— Me permets-tu de la lire?

Elle eut un moment de flottement. Elle s'était enfermée en elle-même et se sentait partagée entre l'envie de se barricader et celle d'ouvrir son cœur. Là-dedans, pas de pensée consciente; chacune de ces impulsions avait sa propre intensité, sa propre force. Georgina ne sut elle-même ce qu'elle allait décider qu'à l'instant où elle s'entendit répondre :

— D'accord, lis-la.

Elle observa Anthony pendant qu'il parcourait la lettre. La jeune fille était grande, pourtant il la dépassait d'une demi-tête. Il avait le teint hâlé et des traits qui, pour être irréguliers, ne manquaient pas de charme. Ses yeux hésitaient entre le bleu et le gris sous des sourcils bruns, comme terminés d'un trait de plume oblique. La ligne de ses mâchoires et le pli de ses lèvres, de même que son menton volontaire, dénotaient la fermeté. Au fond d'elle-même, Georgina conservait la vieille impression, toujours réconfortante, de pouvoir compter sur lui quoi qu'il advînt.

Il se rembrunit à mesure qu'il lisait. Une fois arrivé au bout, il déclara :

— La seule place qui convienne à une lettre anonyme, c'est le feu. Brûlons-la.

— Non, je ne crois pas.

— Il est préférable de la détruire, à moins... As-tu la moindre idée de son auteur ?

— Non.

— Ce serait beaucoup mieux de la jeter au feu.

Elle se rappela, trop tard, qu'il était lui-même mentionné dans la lettre. Une des phrases les plus blessantes lui revint en mémoire : ... *parce que tu veux garder tout le paquet, et qu'elle est plus jolie et séduisante que toi, comme A.H. et d'autres commencent à le penser.* « Elle », c'était Mirrie, et « A.H. », Anthony. Il n'avait pas pu rater ce passage, ni la conclusion : ... *parce qu'elle plaît un peu trop pour ton goût à J.F. et à A.H..*

— J'ai mal fait de te la laisser lire.

— Au contraire !

Elle poussa un long soupir troublé.

— Je n'aurais dû la montrer à personne. Je ne pensais pas... je n'aurais jamais imaginé qu'on puisse ajouter foi à ce tissu de mensonges.

— Personne ne les croirait.

— Si. Mon oncle. Lui, il les croit.

Il comprit alors d'où venait le regard égaré qu'il avait vu dans les yeux de Georgina. Ce n'était pas la lettre qui l'avait bouleversée, mais la réaction de Jonathan.

— Impossible !

— C'est pourtant vrai. J'ai jugé bon de la lui montrer. L'idée ne m'avait pas effleurée qu'il douterait de moi, mais en fait... Il porte beaucoup d'affection à Mirrie et m'accuse d'en être jalouse. Je ne le pense pas — honnêtement, non, je ne ressens aucune jalousie envers elle. Mais lui est convaincu du contraire. J'en arrive même à me demander si ce n'est pas lui qui m'a envoyé cette lettre. C'est idiot, mais il semblait tellement d'accord avec ce qu'elle disait !

— Quoi, avec de telles insultes ?

L'indignation qui vibrait dans sa voix réchauffa le cœur de Georgina. Elle avait ressenti un froid insupportable, comme lorsqu'on pose sa main nue sur du métal par grand gel. Cela lui était arrivé, une fois, et elle s'était brûlé les doigts. La colère d'Anthony la faisait fondre, quand celle de Jonathan l'avait glacée. La jeune fille se sentit à nouveau capable de raisonner, de mettre de l'ordre dans ses pensées.

— Anthony, réponds-moi franchement. As-tu trouvé quoi que ce soit de choquant dans la façon dont j'ai traité Mirrie ? Si c'est le cas, je ne m'en suis pas rendu compte, je t'assure.

— Tu as été un ange avec elle. Jonathan a perdu la tête ! Ce n'est pas possible, il doit s'agir d'un malentendu.

Elle s'approcha de la fenêtre. Le ciel gris qui pesait sur le jardin se déchirait peu à peu, laissant entrevoir une échappée de bleu. La pelouse descendait presque à perte de vue jusqu'à une rivière bordée d'arbres dépouillés. Les branches nues dessinaient des entrelacs dont le reflet se découpait sur l'eau. Le temps s'étant montré clément, l'herbe était restée bien verte. Le cèdre ne changerait pas de parure. Quelques pommes de pin de l'an passé se dressaient encore dans la ramure ondoyante, telles autant de petites chouettes brunes.

Field End était le foyer de Georgina depuis qu'elle avait trois ans. Elle y avait grandi, aimée et protégée. Mirrie, elle, était une orpheline à l'abandon. La lettre anonyme venait d'inverser les rôles. *Tu as une sacrée bonne opinion de toi... Tu es née avec une cuiller d'argent dans la bouche... Ce qui te pend au nez, ça ne va pas te plaire. Certaines qui sont maintenant au-dessous de toi seront au-dessus et, toi, tu te retrouveras au-dessous.* Les mots jaillissaient des replis secrets de sa mémoire comme des rats sortant d'un trou dans l'obscurité. Toute cette histoire était invraisemblable. Elle n'avait qu'à jeter la lettre dans les flammes et... mais non, elle ne pourrait l'oublier. En tout cas, elle ferait de son mieux pour que cela n'altère en rien son attitude envers Mirrie, même si la réaction de Jonathan avait bouleversé son univers. Certes, elle s'était attendue à de la colère, mais contre l'auteur anonyme, pas contre elle ! Son oncle réservait toute son affectueuse sollicitude pour Mirrie, qu'il connaissait depuis seulement six semaines. Il ne restait rien pour elle, qui le considérait comme un père d'aussi loin qu'elle se souvînt.

Sans un mot, Anthony passa un bras autour de ses épaules. Ce fut elle qui rompit le silence, en se tournant pour le regarder dans les yeux.

— Je vais devoir m'en aller.

— Mais non, voyons, ça s'arrangera.
— Il a changé. Ses sentiments envers moi ne sont plus les mêmes. J'étais sûre qu'il serait fâché à cause de cette lettre, mais pas contre moi. Si je m'étais doutée... Je l'ai déjà vu rompre avec des amis de toujours. Cela commence pour une vétille, un prétexte tout à fait quelconque, et puis il s'échauffe jusqu'à ce qu'il ne reste plus rien de cette amitié. Pour en avoir été témoin une demi-douzaine de fois, je sais que personne n'y peut rien. Cela ne s'arrange pas, non; il ne cède pas. Il raye l'autre de sa vie une fois pour toutes.
— Georgina!
— Maintenant, c'est mon tour, continua-t-elle sans l'entendre.

Anthony lui prit la main et la trouva glacée.
— Tu crois qu'il serait capable de t'effacer de sa vie? Allons, n'agis pas inconsidérément.

Un éclair de fierté passa dans les yeux gris foncé.
— Je n'attendrai pas qu'il me chasse.
— Il ne te chassera pas.
— Si, à la première occasion. L'ennui, c'est que je n'ai appris aucun métier. Une formation professionnelle demande du temps, or je devrai très vite gagner ma vie.
— Tu te fais du souci pour rien, affirma-t-il calmement.
— Si tu l'avais entendu!
— Les paroles dépassent souvent la pensée, sous le coup de la colère.
— Je croyais qu'il serait fâché à cause de la lettre, mais pas à cause de moi, répéta Georgina, les yeux brillants de larmes. Je n'arrivais pas à y croire...
— Il s'est emballé, persista Anthony. Cela arrive

à tout le monde. Tu sais bien comment ça se passe ! On s'énerve, on lâche une réflexion que l'on regrette aussitôt et, pour ne pas perdre la face, on s'emporte encore plus. C'est un cercle vicieux.

— Non, non, ce n'est pas ça. La lettre a tout déclenché, mais ce qu'il a dit... Anthony, ce qu'il a dit, il l'avait sur le cœur depuis longtemps. Peut-être depuis l'arrivée de Mirrie dans cette maison. Vois-tu, il m'a annoncé son intention de modifier son testament.

— Il vient de te l'apprendre ?

— Oui, à l'instant. Mais il y songeait depuis un certain temps. Il l'a précisé, afin que je n'imagine pas qu'il avait pris cette décision précipitamment ou poussé par l'indignation — ce sont ses propres termes. Ensuite, il a déclaré qu'il voulait assurer l'avenir de Mirrie. Quand je l'ai approuvé, il s'est montré narquois et m'a demandé si cela me serait égal qu'il me laisse sans le sou.

— Qu'as-tu répondu ?

Une vive rougeur enflamma ses joues.

— Je me suis révoltée ! J'ai répliqué que, non, cela ne m'était pas égal, puisque cela signifiait qu'il ne m'aimait plus. J'ai tenté de lui faire comprendre que j'étais heureuse pour Mirrie.

— Et alors ?

— Peine perdue ! soupira-t-elle avec accablement. Il l'appelait « la pauvre chérie » et m'a accusée d'en avoir été jalouse dès le début. En vain, j'ai tenté de le raisonner. C'est fini, je n'ai plus qu'à faire mes valises. Comment pourrais-je rester ici, alors que mon oncle m'a prise en grippe ? Je n'aurais pas dû t'en parler. Je n'en avais pas l'intention, seulement tu étais là et cela m'a échappé. Je ne veux plus en discuter. Va-t'en, maintenant.

Il alla jusqu'à la porte, mais fit volte-face et revint vers elle.

— Georgina...

Elle secoua la tête.

— Je t'ai demandé de partir.

— Oui, je m'en vais. Je voulais simplement te dire que... que...

— Non, ne le dis pas.

— Tu ne pourras pas m'en empêcher. Je t'aime, Georgina !

Il se reprit et répéta plus posément :

— Je t'aime, mais je suppose que tu l'as deviné depuis longtemps. Sache que je t'aimerai aussi longtemps que je vivrai. Ne l'oublie jamais, et si je peux t'aider en quoi que ce soit, surtout dis-le-moi. C'est tout, ma chérie.

Il sortit du boudoir sans se retourner.

7

Mirrie avait regardé les deux jeunes gens monter ensemble et entrer dans le boudoir. En fait, elle sortait de sa chambre, qui se trouvait presque en face de celle de Georgina, quand elle aperçut Anthony sur le palier. Il arrivait de l'autre partie de l'étage. Sûre que personne ne pouvait la surprendre, elle courut le long du couloir dans l'intention de rattraper Anthony comme par hasard, avant qu'il ait eu le temps de traverser le hall. Mais lorsqu'elle arriva près de l'escalier, elle l'aperçut en bas, parlant à Georgina qui s'apprêtait à monter, la main sur la rampe.

Manifestement, quelque chose d'anormal s'était produit. Mirrie recula très vite, de peur que Georgina ne se rende compte de sa présence. Quelle honte, si on devinait qu'elle avait suivi Anthony ! Elle les observa jusqu'à ce qu'ils commencent à remonter, puis regagna précipitamment sa chambre dont elle laissa la porte entrouverte. Elle resta derrière, l'oreille tendue. Les deux jeunes gens empruntèrent le couloir sans dire un mot. Mirrie les entendit entrer dans le petit salon de Georgina. Alors, elle sortit à pas de loup et se rendit dans le bureau.

A sa table de travail, Jonathan écrivait d'une

plume rageuse. Il releva la tête avec sévérité, mais s'adoucit dès qu'il la vit. Timidement, elle resta près de la porte, la main encore sur la poignée comme si elle n'était pas tout à fait certaine de pouvoir entrer. Il posa son stylo.

— Entre, Mirrie.

Elle ferma derrière elle et s'avança de quelques pas.

— Je ne voudrais pas vous déranger...

— Tu ne me déranges jamais. Justement, je voulais te voir. Approche, viens t'asseoir.

Il se leva pour rapprocher un fauteuil et lui tapota l'épaule avant de reprendre place à son bureau. Pendant toute l'entrevue qui venait de se dérouler, Georgina était restée debout, mais pour Mirrie il fallait un siège — et un siège confortable. Jonathan la contempla avec tendresse. Elle portait une des tenues qu'elle s'était achetées, une jupe en tweed vert, avec un pull et un cardigan assortis. Cette couleur lui allait bien.

— Ma chère enfant, je m'apprête à partir pour Londres afin de consulter Maudsley, mon notaire. Je veux régler cette question dont je t'ai entretenue l'autre jour. Il faut battre le fer tant qu'il est chaud !

— Georgina ne m'avait pas dit...

— Elle n'est pas au courant. Je lui ai annoncé mon intention de modifier mon testament, cependant elle ignore que je vais m'en occuper dès aujourd'hui. En réalité, je viens d'en prendre la décision. Ce n'est pas une affaire très réjouissante et je serai heureux d'en avoir terminé. De plus, je veux que tu occupes ici la place qui te revient, et que tout le monde sache comment je te considère. Ce n'est que justice ! Dorénavant, tu seras exactement comme ma fille. Tu portes déjà mon nom, il ne sera donc pas nécessaire d'en changer, et je te lègue ce que j'aurais laissé à ma propre enfant.

Elle joignait les mains sur ses genoux, les yeux levés vers Jonathan.

— Vous êtes si bon!
— Ma chère petite...
— Personne n'a jamais été aussi gentil avec moi! C'est tellement merveilleux que je n'arrive pas à y croire. Quand vous m'avez amenée ici, je me suis dit que c'était le paradis. J'ai pensé que ça serait encore plus terrible de retourner vivre là-bas. Je me réveillais la nuit et j'en pleurais. Et alors vous m'avez demandé si je me plaisais chez vous, et vous m'avez dit... vous m'avez dit que si je m'y sentais heureuse, je pouvais rester pour toujours. Oh! Si seulement vous saviez ce que j'ai ressenti! Si vous saviez!

En proie à une vive émotion, Jonathan Field se moucha dans un mouchoir de batiste amidonné à l'ancienne mode. D'un mouvement rapide et gracieux, Mirrie bondit de son fauteuil pour s'agenouiller à ses pieds.

— Cher, cher oncle Jonathan! Vous ne pouvez pas imaginer comme je vous suis reconnaissante!

Il enfonça le mouchoir dans sa poche de poitrine et enlaça Mirrie.

— Reconnaissante, dis-tu? Pas de ça entre nous. Mais, au moins, es-tu contente d'être ma petite fille? C'est tout ce que j'attends de toi, tu sais. Je veux seulement te voir heureuse et t'amuser, et savoir que tu éprouves un petit peu d'affection pour un vieux gâteux qui s'est terriblement attaché à toi.

Elle l'observa à travers ses longs cils.

— Faut-il être gâteux pour m'aimer? Personne n'a jamais eu d'affection pour moi.

— Ma pauvre enfant !
— Tout ce qui m'arrive est si merveilleux ! soupira-t-elle.

Elle lui embrassa la main et retourna s'asseoir, puis sortit un petit mouchoir vert de la poche de son cardigan et se tamponna délicatement les yeux.

8

Ce fut seulement au déjeuner que les autres apprirent le départ de Jonathan pour Londres. Mrs. Fabian l'avait croisé dans le hall où, tandis qu'il rongeait son frein, elle s'était longuement interrogée. Valait-il la peine qu'il passe dans un magasin d'approvisionnement de l'armée et de la marine pour savoir si l'on trouvait à présent une certaine sorte de riz? Tandis qu'ils s'installaient à table, Mrs. Fabian le leur relata en détail.

— Avant guerre, ils en avaient toujours en stock, c'est pourquoi j'ai pensé qu'on ne perdait rien à aller voir. L'autre variété ne convient pas du tout pour les gâteaux de riz — du moins, c'est ce que Mrs. Stokes se plaît à répéter, bien que je me demande pourquoi. Le problème, c'est que je les confonds toujours. Il y a le riz à grains courts et le riz à grains longs; l'un convient, l'autre pas. Jonathan ne m'a pas laissé le temps de vérifier auprès de Mrs. Stokes. Vraiment, les hommes sont d'une impatience, quand ils partent en voyage! Je ne vois pas ce qu'un retard minime aurait eu d'ennuyeux, puisqu'il y allait en voiture. Même là-bas, au magasin, il lui aurait suffi de poser la question et ils auraient bien su le renseigner, lui conseiller le type de riz adapté aux desserts. Mais il semblait tellement pressé ! A croire qu'il ne faisait pas le trajet dans une confortable limousine, mais qu'il devait prendre une demi-douzaine de correspondances ! Je n'ai pas insisté, surtout quand il m'a annoncé qu'il avait rendez-vous avec Me Maudsley. Ces hommes de loi n'ont pas une minute à eux. Ils gagnent un argent fou... C'est ce qu'affirmait mon oncle James, le frère de mon père, avec lequel il ne s'entendait pas très bien. Il avait entamé de multiples procès, si bien qu'à sa mort il avait dilapidé toute sa fortune. La plus simple allusion aux avocats le plongeait dans une humeur noire. Il avait reçu une note astronomique après avoir intenté des poursuites pour récupérer des propriétés appartenant à sa grand-mère, près de la frontière galloise. A ce propos, il cita des vers qui choquèrent beaucoup ma mère. Voyons si je m'en souviens...

Qu'on me trouve un pasteur qui n'est pas menteur...

Elle s'interrompit et regarda les autres, autour de la table, d'un air d'excuse.

— Vraiment, c'est tout à fait irrévérencieux, mais songez que l'auteur avait sans doute été rendu amer par une expérience malheureuse. Je reprends du début :

Qu'on me trouve un pasteur qui n'est pas menteur,
Un tisserand loyal,
Un avocat honnête,
Qu'on les allonge à côté d'un cadavre,
Et par le mérite de ces trois-là,
Ledit cadavre reviendra à la vie.

« Je ne suis pas sûre d'avoir mis les vers dans le bon ordre. Après tout, cela ne date pas d'hier.

Johnny éclata de rire.

— Il est un peu dur avec les tisserands. J'aurais cru que c'était une corporation éminemment respectable, des artisans pauvres, mais honnêtes... Alors, comme ça, Jonathan est parti chez son notaire ? Qui va-t-il rayer de son testament ?

Par un heureux hasard, Stokes ne se trouvait pas dans la pièce à ce moment-là. Connaissant Johnny, nul n'aurait pu supposer que la présence du majordome l'inciterait à plus de discrétion.

— Mon cher garçon ! protesta Mrs. Fabian avec une indulgente réprobation.

Georgina le fixa à travers la table, mais, décidément très en verve, il poursuivit sur le même ton.

— Chut ! Pas un mot ! Quelle bande d'inhibés nous sommes ! Plus un sujet éveille de passion, plus il est tabou. Tout le monde ne pense qu'au testament, mais surtout gardons-nous bien d'en parler !

— La ferme, Johnny, souffla Anthony.

Stokes réapparut, portant un plat à couvercle d'argent. Avec la facilité résultant d'une longue pratique, Johnny accomplit un habile rétablissement verbal.

— Quiconque prétend ne pas s'intéresser à l'argent est soit un fou, soit un menteur. Dès qu'on en a un peu, il faut le faire fructifier de peur qu'il ne fonde entre les doigts. Et quand on n'en a pas, il faut trimer pour en gagner. Vous voulez que je vous dise ? C'est une sale perspective. Si c'est pour travailler douze heures par jour, à quoi bon s'acharner à devenir riche ? On finit comme ces millionnaires bourrés de tranquillisants qui passent leurs vacances en cure de sommeil dans des maisons de repos hors de prix. De son côté, la pauvreté est sordide.

Mrs. Fabian, un plat de poulet aux champignons devant elle, commença à servir.

— Georgina chérie, ce morceau-là est délicieux. Mirrie... Anthony... Je suis sûre que vous êtes affamés. Quant à Johnny, inutile de lui poser la question !

Elle avait une façon bizarre de manier les couverts et découpait au petit bonheur. Stokes, toujours indigné de n'être pas autorisé à s'en charger, l'observait sombrement tandis qu'une constellation d'éclaboussures se formait sur la table cirée. Quand Mrs. Fabian en fut à se servir et lui eut permis de présenter les artichauts et les pommes de terre, il put disposer.

— Merci, Stokes. Posez donc les légumes devant Mr. Anthony.

Dès que le domestique fut sorti, elle intervint dans la conversation.

— Hélas oui, c'est tellement vrai, ce que Johnny disait de la pauvreté ! Mon père disposait de revenus confortables mais il n'avait rien mis de côté, de sorte que lorsque mes parents sont morts la même année, il n'est rien resté. Je suis partie vivre chez mes grand-tantes. Des femmes d'une générosité admirable... Elles qui avaient à peine de quoi subsister m'ont accueillie chez elles et m'ont élevée. A leur mort, je n'étais plus toute jeune et je n'avais pas de métier. Leurs maigres ressources furent léguées à une autre branche de la famille. L'avenir s'annonçait bien menaçant. L'argent ne doit pas tourner à l'obsession, mais comment faire autrement quand les factures pleuvent et qu'on n'a pas les moyens de payer ?

Johnny, qui était assis à côté d'elle, se pencha pour lui tapoter la main.

— Arrête, maman. Encore un peu et nous allons tous fondre en larmes.

Elle réagit avec étonnement à cette espièglerie.

— Oh non, mon chéri, ce serait stupide — et inutile, aussi, car tout s'est arrangé on ne peut mieux. Ton père était veuf et tu n'avais que quatre ans, alors, bien sûr, il lui fallait quelqu'un pour s'occuper de sa maison. Mais au bout de quelque temps, il a engagé une gouvernante et m'a demandé de l'épouser, pensant que cela fonctionnerait mieux ainsi. J'ai accepté, et nous avons tous vécu très heureux jusqu'à sa mort. Même alors, nous aurions été relativement aisés s'il n'avait investi son argent dans une mine d'Amérique du Sud. Mon Dieu ! Je vous fais tous attendre et le poulet refroidit ! Quelqu'un en veut-il encore ? C'est tellement bon !

Anthony et Johnny répondirent en passant leur assiette, puis Mrs. Fabian se dit qu'elle en reprendrait bien un peu également, et peut-être aussi un artichaut et une petite pomme de terre.

Dans les grandes occasions, Georgina jouait le rôle de l'hôtesse, mais quand il s'agissait d'un simple repas en famille elle avait coutume de laisser cet honneur à Mrs. Fabian. Ce jour-là, Anthony occupait la place de Jonathan, avec à sa droite Georgina, qui tournait le dos aux fenêtres, et à sa gauche Mirrie et Johnny. Il se pencha vers Georgina et lui confia :

— Une femme avertie en vaut deux ! N'achète pas de concession minière en Amérique du Sud et méfie-toi des inconnus qui te proposent des pépites ou des filons secrets. Mieux vaut regretter une occasion ratée que vivre avec le remords d'avoir été trop crédule.

Elle leva la tête, puis la baissa à nouveau. Il entrevit dans ses yeux une expression qu'il ne sut interpréter, mais se mordit les lèvres, regrettant son manque de tact. S'il l'avait blessée, ou contrariée...

— En ce qui me concerne, je doute que le problème se pose, répondit-elle.

Elle lui rappelait qu'elle n'avait plus grande chance d'avoir une fortune à préserver ou à dilapider. Ses espérances avaient été balayées par le dernier caprice de Jonathan, et ce qu'Anthony avait lu dans ses yeux était un reproche plein de fierté.

A sa gauche, Mirrie demanda d'une petite voix ingénue :

— Qu'est-ce que c'est, des pépites ?

Tandis que Johnny l'éclairait sur ce chapitre, Stokes refit son entrée, chargé d'une tarte aux pommes.

9

Johnny entra dans le petit salon, une pièce agréable où la famille se réunissait quand le salon d'apparat à l'atmosphère solennelle n'était pas de rigueur. Assise devant l'antique secrétaire, Mirrie était plongée dans la rédaction d'une lettre. Elle leva un front plissé, fit craquer ses doigts tachés d'encre et dit plaintivement :

— Oh, ce que je déteste écrire ! Pas toi ?

Il vint s'asseoir sur le bras du fauteuil à côté d'elle.

— Tout dépend à qui.

— Moi, j'ai toujours horreur de ça.

— Tu ne serais pas de cet avis si tu écrivais à quelqu'un dont tu es amoureuse.

— Non ?

— C'est évident. Pense à ton acteur préféré et imagine qu'il vient de t'envoyer sa photo dédicacée avec une lettre d'amour enflammée. Ta plume courrait toute seule sur le papier !

Elle fixa sur lui de grands yeux étonnés.

— C'est vrai ?

— Tu parais sceptique.

— Je ne sais pas. Je n'ai pas d'acteur préféré.

— Fille dénaturée !

— Tu comprends, je n'allais pratiquement jamais au cinéma. Les parents chez qui je vivais n'aimaient que les documentaires où des professeurs et des experts parlent des mines de charbon ou de la betterave sucrière. Si l'un d'eux m'avait écrit une lettre d'amour, je l'aurais jetée à la poubelle.

Johnny rit à s'en tenir les côtes.

— Tant pis pour les acteurs de cinéma, tous autant qu'ils sont ! Inutile de t'écrire, ils n'ont qu'à aller se rhabiller. Bien, bien ! Mais qui est l'heureux élu qui va recevoir cette précieuse missive ? Collaborons. Ensuite je t'emmènerai à Lenton et on ira au cinéma. Cela te fera peut-être changer d'avis.

— C'est quoi, collaborer ?

Elle prononça le mot lentement, en détachant les syllabes avec soin.

— Mais qu'est-ce qu'on t'a appris, à l'école ?

Mirrie baissa humblement les yeux.

— Ils disaient que je n'étais pas très vive.

— Eh bien, collaborer veut dire que des personnes travaillent ensemble, pour écrire un livre ou une lettre, par exemple.

— Je ne vois pas comment c'est possible.

— Je vais te montrer. En s'y mettant à deux, ce sera fini en un clin d'œil. A qui écris-tu ?

— Euh... A Miss Brown.

— Et qui est Miss Brown ?

— Une dame de l'école.

— C'était une des maîtresses ?

— Il y avait deux Miss Brown. La lettre est adressée à Miss Ethel Brown, parce que j'avais promis de lui écrire et de lui dire comment ça se passait pour moi.

— D'accord, on va liquider ça en deux temps, trois mouvements. Où en es-tu ?

Elle prit la feuille et lut à haute voix :

Chère Miss Brown,
Je vous écris comme je vous l'avais promis. J'espère que vous allez bien. Je suis dans un endroit très agréable. Il y a dix-sept pièces dans la maison, sans compter la cave. Certaines sont immenses. Quelques-unes des chambres à coucher ont été transformées en salles de bains, parce que les gens ne prenaient pas de bains à l'époque où la maison a été construite. Elle est ce qu'on appelle de style georgien. Il y a des belles choses à l'intérieur et des plats en argent avec des couvercles dans la salle à manger. Tout le monde est très gentil avec moi, même Georgina. Vous aviez dit qu'elle serait méchante, mais pas du tout. Oncle Jonathan est très généreux. Il m'a donné un chèque de cent livres pour que je m'achète ma robe de bal et d'autres affaires. C'était la robe blanche à frous-frous. Il me fait beaucoup de cadeaux. Je crois qu'il a plein d'argent. Il dit que je suis comme sa fille et qu'il va refaire son testament. C'est très gentil de sa part.

Elle leva les yeux et conclut :
— Voilà, j'en suis là.

Il en fallait beaucoup pour surprendre Johnny, mais cette épître ingénue le laissa stupéfait. Il avait un vif désir d'en savoir plus, notamment de découvrir ce qui valait à Miss Ethel Brown ces intéressantes confidences. Quand Mirrie, poursuivant sur le thème final de sa lettre, remarqua que son oncle était d'une extraordinaire gentillesse, il acquiesça puis s'enquit :
— Mais pourquoi en parler à cette Miss Brown ?
— J'avais promis de tout lui raconter.
Johnny leva les sourcils.
— Sur Jonathan ?

— Sur ce que je devenais.

Il éclata de rire.

— Mission accomplie! En ce qui concerne les intentions de Jonathan à ton égard, tout du moins.

Elle répéta avec un surcroît d'emphase :

— Il est tellement gentil!

— Il a vraiment dit qu'il allait t'adopter?

— Non, pas tout à fait. Il a dit qu'il me traiterait comme son enfant et qu'il me léguerait ce qu'il aurait laissé à sa fille s'il en avait eu une. Il l'a déjà annoncé à Georgina, et il tient à ce que tout le monde sache comment il me considère.

Johnny poussa un long sifflement.

— Il a dit ça?

— Oui, après le petit déjeuner, dans son bureau. Je crois qu'il venait d'en parler à Georgina. Je l'ai vue monter, et à sa tête j'ai pensé que quelque chose était arrivé.

— Pourquoi? Quelle tête faisait-elle?

— Celle d'une fille qui a reçu des coups.

Il fronça les sourcils, se demandant fugitivement : « Comment sait-elle quelle tête fait une fille qu'on a battue? »

— Écoute, Mirrie, je ne crois pas qu'il soit bien sage d'envoyer cette lettre à Miss Brown.

— Non?

— Non. Cela ne plairait pas à Jonathan.

— Mais il a dit qu'il voulait que tout le monde connaisse l'affection qu'il a pour moi.

— Je veux bien le croire. Néanmoins, il ne tient sûrement pas à ce qu'on crie sur les toits qu'il modifie son testament. Il a un drôle de caractère quand il s'agit de ce genre de chose. Il n'aimerait pas que les gens se réjouissent par avance de ce qu'il leur laissera à sa mort.

— Les gens ? répéta Mirrie d'une voix candide.
— Toi, mon enfant, précisa Johnny en riant.
— Moi ?
— Crois-moi, tu ferais mieux de déchirer cette lettre en mille morceaux et de la mettre au feu.
— Ah, ça non ! s'indigna Mirrie. Ça m'a pris tellement de temps pour l'écrire... et puis, j'avais promis !

Johnny songea que Miss Ethel Brown vivait probablement très loin et que le risque de commettre une indiscrétion n'était pas bien grand, toutefois il préféra s'en assurer. Comme il ne semblait pas nécessaire d'user de tact, il demanda de but en blanc :

— Où se trouvait ton école ?

A sa grande surprise, Mirrie blêmit.

— C'était un pensionnat, à Pigeon Hill.
— Et tes demoiselles Brown y enseignaient ?
— Pas exactement. Je les connaissais, c'est tout. Elles... elles étaient des parentes éloignées à tante Grace. Elles travaillaient dans une autre école.

Elle inventait au fur et à mesure. Pour quelle raison ? C'était ridicule... Il l'observa, intrigué.

— C'est de ton école ou de la leur que tu n'as pas envie de parler ? Et pourquoi ?
— J'y ai été si malheureuse que je ne veux plus jamais y repenser.

Pourtant, elle écrivait à Miss Brown, ce dont elle aurait pu se dispenser.

— Si j'étais toi, j'oublierais toute cette histoire. On promet toujours d'écrire, ce ne sont que des paroles en l'air. Pourquoi ne pas tirer un trait sur le passé ?

Des larmes perlèrent au coin des yeux noisette. Elle répondit d'une petite voix douce mais obstinée :

— Je ne peux pas.
Johnny haussa les épaules et se leva.
— Alors, tant pis pour toi.
Il atteignait la porte lorsqu'elle le retint.
— Johnny...
— Qu'y a-t-il?
— Je n'aime pas la manière dont tu m'as parlé.
— Tu m'en vois navré.
— Ce n'est pas vrai. Tu as fait exprès d'être méchant. Je vais juste lui envoyer cette lettre, et après je ne lui écrirai plus.
— A ta place, je ne lui enverrais rien du tout, répliqua-t-il avant de quitter la pièce.
Une demi-heure plus tard, à travers les carreaux, il vit un petite silhouette verte apparaître sur la route. Miss Field prenait-elle l'air, ou s'en allait-elle poster son courrier? Il courut après elle et la rattrapa.
— Exercice, ou affaire urgente?
Elle avait enfilé le manteau vert qui allait avec sa jupe en tweed et posé un béret assorti sur ses boucles.
— J'ai eu envie de faire un tour.
— Cela me tente, moi aussi. Et après le thé, nous irons voir ce film à Lenton.
— Tu es un amour! dit-elle, les yeux brillants de joie.
L'épicerie-droguerie qui faisait également office de bureau auxiliaire des postes ne se trouvait qu'à quelques centaines de mètres. Johnny se demandait si Mirrie avait la lettre dans sa poche et si elle la posterait devant lui, quand elle lui dit :
— J'ai besoin de faire un saut chez Mrs. Holt pour m'acheter des épingles à nourrice. C'est une boutique amusante, tu ne trouves pas? Des bonbons, des choux-fleurs, des lacets, des brosses à ongles, des

épingles de sûreté et des chapelets d'oignons... Ce que c'est drôle, de voir toutes ces choses côte à côte !

Le magasin se trouvait à l'angle de la route de Deeping. C'était un vieux cottage massif et sans grâce, auquel on avait apposé une vitrine neuve. Il était flanqué d'un garage avec deux pompes à essence et d'une maisonnette en brique, affreusement terne, qui remplaçait un cottage pittoresque mais insalubre démoli par un éclat d'obus en 1944. Cet obus était tombé au milieu d'un champ et n'avait causé aucune victime, même parmi les moutons.

Pendant que Mirrie et Johnny traversaient la route pour aller chez Mrs. Holt, les jumelles Shotterleigh sortirent de la boutique accompagnées de deux bull-terriers, d'un airedale et d'un pékinois. Tous les chiens aboyaient joyeusement en bondissant. Mary et Deborah élevaient la voix, mais en pure perte. Les chiens aboyaient à qui mieux mieux. Quand le plus gros des bull-terriers s'élança dans l'espoir de lécher le menton de Mirrie, celle-ci poussa un petit cri et se cramponna à Johnny.

— Couché, Jasper ! Couché, Jane ! Pingpong, tu vas te faire marcher dessus ! Non, Leo ! criaient les jumelles à tue-tête.

Mirrie continuait à s'accrocher à son compagnon, sans s'apercevoir que la lettre avait glissé de sa poche et était tombée sous les pattes des chiens. Elle fila se réfugier dans le magasin, tandis que Mary et Deborah expliquaient qu'en réalité Jasper et Jane étaient d'adorables jeunes chiots. Johnny ramassa la lettre. Il n'y avait qu'une seule chose à faire : la mettre dans la boîte, à condition qu'elle fût dûment timbrée et portât une adresse. L'enveloppe étant timbrée, Johnny la glissa par la fente pratiquée dans le mur du vieux cottage, non sans avoir au préalable jeté un coup d'œil sur l'adresse. Peut-être cela avait-il été un réflexe machinal, peut-être avait-il voulu savoir dans quelle école Mirrie avait grandi. Elle s'était montrée trop évasive. En refusant de répondre à cette question parfaitement anodine, elle ne pouvait que piquer sa curiosité.

Donc il regarda l'adresse, émit un sifflement presque inaudible et posta la lettre. Il l'entendit tomber dans la boîte de l'autre côté du mur et se tourna pour adresser un petit signe de la main aux jumelles Shotterleigh, qui entraînaient les bull-terriers en tirant sur les mouchoirs passés dans leur collier. L'airedale marchait au pied, et l'expression du pékinois montrait clairement qu'il se désolidarisait de ce qu'il considérait comme une rixe vulgaire.

Mirrie attendit que tout ce petit monde arrivât de l'autre côté de la route pour s'aventurer hors de la boutique.

— Quels chiens affreux! remarqua-t-elle.

Puis elle mit la main dans sa poche et rougit violemment.

— Ma lettre! Oh, Johnny, ma lettre! Elle n'y est plus!

— Tout va bien, dit-il en la regardant d'un air taquin. Je l'ai postée.

Elle poussa un « Oh! » de surprise et ils traversèrent la route. Quand ils furent sur le trottoir d'en face, elle hasarda une question :

— Tu as remarqué s'il y avait de la boue sur l'enveloppe?

— Oui, il y avait une trace de patte dans un coin — celle de Jane, me semble-t-il.

Elle évitait son regard, les joues encore un peu rouges. Cela lui allait très bien.

— J'aurais peut-être dû t'en parler avant de la poster, reprit Johnny, car j'ai constaté une petite erreur dans l'adresse.

— Oh !

— Ta lettre était bien destinée à Miss Brown, n'est-ce pas ? Ou à quelqu'un d'autre ?

— Bien sûr que non !

— Tiens ? Bizarrement, ce n'était pas son prénom qui était inscrit sur l'enveloppe. Elle était adressée à Mr. E. C. Brown, 10, Marracott Street, Pigeon Hill, S.E. Cet endroit ne se trouve-t-il pas dans la banlieue de Londres ?

Elle lui lança un regard en biais, comme un petit animal flairant un piège. Un écureuil, peut-être ? Non, un chaton jouant avec une feuille, jouant à l'attraper... jouant à se faire prendre. Seulement, Johnny n'était pas sûr qu'il s'agissait d'un jeu. Elle le gratifia soudain d'un sourire radieux.

— Je n'avais pas mis le bon prénom ?

— Non.

Elle étouffa un petit soupir.

— Quelle gourde je suis ! Mais ça ne fait rien, elle la recevra tout de même. Elle habite chez son frère.

— Mr. E. C. Brown ?

— Mais oui.

— Elle vit chez lui en plein trimestre scolaire ?

— Elle est en congé de maladie, riposta Mirrie d'un air vexé.

Le rire de Johnny ne lui laissa aucun doute sur son scepticisme.

— Très bien, comme tu voudras. Mr., Mrs. ou Miss, je m'en contrefous.

Elle baissa les yeux.

— Tu ne devrais pas dire de grossièretés.

— Et toi, répliqua-t-il alors qu'ils franchissaient le portail, tu ne devrais pas écrire à un homme et mentir à ce sujet. Surtout quand même un gamin ne serait pas dupe.

Elle tapa rageusement du pied et partit en courant, arriva à la porte la première et la lui claqua au nez. Elle était à mi-hauteur de l'escalier quand il entra dans le hall. Elle s'arrêta en l'entendant rire et se tourna vers lui, rouge comme une pivoine et les yeux étincelant de larmes.

— Je ne t'adresserai plus jamais la parole !

Il lui envoya un baiser du bout des doigts. Exaspérée, elle tapa à nouveau du pied et grimpa les marches quatre à quatre jusqu'en haut de l'escalier.

— Ne t'inquiète pas, je ne vendrai pas la mèche ! lui lança-t-il. Et n'oublie pas que nous allons au cinéma.

Il se demandait si elle viendrait, et aussi un certain nombre d'autres choses. Pourquoi au juste lui avait-elle lu sa lettre ? Lui avait-elle révélé que Jonathan souhaitait la traiter comme sa fille afin de lui montrer qu'elle n'était plus la petite orpheline, mais l'héritière de Field End ? Était-ce une façon de l'appâter, de même que le mystérieux Mr. Brown ? Et que devenait Georgina, dans l'affaire ? Jonathan aurait-il deux héritières, ou favoriserait-il l'une au détriment de l'autre ?

Mirrie descendit toute souriante à l'heure du thé, et ils allèrent à quatre voir le film qui passait au Rex, à Lenton.

10

En leur absence, Jonathan téléphona à Field End pour prévenir qu'il passerait la nuit à Londres. Mrs. Fabian descendit du premier pour l'annoncer aux jeunes gens lorsqu'ils rentrèrent. Elle portait une robe de chambre prune, très fluide, avec une longue écharpe en mousseline de soie noire qui lui donnait une apparence funèbre. Elle était hirsute, car elle avait enlevé le bandeau avec lequel elle tentait de discipliner ses cheveux dans la journée et elle devait constamment les repousser de son front.

— Jonathan reste en ville pour la nuit. J'ai préféré vous l'apprendre pour que vous ne vous inquiétiez pas de son absence. Je ne sais s'il appelait de l'étude, mais la ligne était extrêmement mauvaise et j'ai eu beaucoup de mal à distinguer ses paroles.

— Espérons que tu as bien compris, commenta Johnny avec un petit sourire. Parce que, s'il rentre en pleine nuit pour trouver porte close, il ne sera pas content du tout.

La première surprise passée, un profond désarroi se peignit sur les traits de sa belle-mère.

— Oh, mes enfants, vous croyez?... Non, ça m'étonnerait... Il est vrai que je l'entendais très faiblement! Je me suis même demandée si, la nuit, ils ne baissaient pas le courant ou je ne sais quoi.

— Ne nous emballons pas, dit Johnny. Le problème n'est pas là. Qu'a dit Jonathan, exactement?

Elle s'était adossée contre la balustrade, à la manière de ces dames du XVIIIe siècle si souvent représentées contre un pilier surmonté d'une urne. Elle passa la main sur son front d'un air troublé et répéta :

— La ligne était mauvaise...

— Un petit effort! Commence par le commencement, après ça ira tout seul.

— Il a dit : « Allô, c'est vous? » et quand j'ai répondu oui, il a demandé où vous étiez tous passés, alors j'ai expliqué que vous étiez au Rex. Il a fait : « Tss, tss! » comme s'il était contrarié, et je ne suis pas sûre qu'il n'ait pas juré.

— Nous lui accorderons le bénéfice du doute. Continue, tu t'en sors très bien.

D'un commun accord, les trois autres laissaient faire Johnny. S'il y avait une seule personne au monde capable de tirer un récit cohérent de Mrs. Fabian, c'était lui. Mirrie avait posé sa main sur le bras d'Anthony. Georgina était assise dans le haut fauteuil sculpté à droite de la porte. Elle les avait accompagnés car elle voulait que personne, pas même Anthony, ne devine le choc que Jonathan lui avait infligé. L'argent n'avait rien à y faire. C'était comme si la terre s'était soudain ouverte devant elle pour l'engloutir. Nul ne devait savoir combien elle se sentait hébétée et meurtrie. Anthony prétendait qu'il l'aimait, cependant elle avait cru à l'affection de Jonathan et il l'avait rejetée. Ses attentions envers Mirrie et même l'attachement qu'il avait pour celle-ci n'inspiraient pas d'amertume à Georgina. Mais ne pouvait-on offrir son amour qu'à un seul être, fallait-il l'enlever d'un côté pour le donner de l'autre ? Elle ne le pensait pas, pourtant c'était arrivé. Que personne ne la prenne en pitié ou s'efforce de recoller les morceaux ; elle s'en remettrait toute seule, pourvu qu'on lui en laisse le temps, car pour le moment elle était trop assommée pour réfléchir. Assise très droite, la tête appuyée contre le haut dossier, elle entendait vaguement Johnny et cousine Anna. Georgina appelait ainsi Mrs. Fabian depuis qu'elle avait trois ans. Une fois de plus, elle mesura douloureusement la profondeur des racines que Jonathan avait décidé d'arracher.

Leurs voix lui parvenaient, lointaines.

— Il a expliqué qu'il n'avait pas terminé son affaire avec Me Maudsley. Ensuite, il a dit qu'il ne serait pas là ce soir... du moins, j'en étais sûre jusqu'à maintenant.

— Quelque chose t'en a donc donné la certitude. Qu'a-t-il dit ? Réfléchis ! Quels mots a-t-il employés ?

— Il a dit qu'il ne rentrait pas à la maison ce soir... ou bien qu'il rentrait ce soir. Je ne peux vraiment rien affirmer. C'est comme dans ce poème que j'avais appris, petite. Je l'ai presque complètement oublié, mais il commençait ainsi :

Tant de choses que je ne puis exprimer
S'attardent dans le coquillage hanté de ma
[mémoire...

« C'est vrai. On se rappelle nettement certaines choses, tandis que d'autres, on les oublie. Elles ne forment plus qu'une rumeur indistincte, comme lorsqu'on colle un coquillage contre son oreille pour écouter le bruit de la mer. Inutile d'insister. Jonathan a sa clef et nous ne mettrons pas le verrou. Mrs. Stokes vous a préparé des sandwiches appétissants ; allez donc vous servir dans la salle à manger.

Jonathan ne rentra pas cette nuit-là, et au petit déjeuner Mrs. Fabian se rappela parfaitement qu'il comptait dormir à son cercle. Dans le courant de la matinée, il appela pour dire qu'il serait là à temps pour le dîner.

Il revint la mine renfrognée, Me Maudsley, un ami de longue date, s'étant aventuré à lui parler franchement :

— Ce n'est pas très équitable de présenter une jeune fille comme votre héritière puis, du jour au lendemain, de la rayer de votre testament. Vous pouvez fort bien assurer l'avenir de Mirrie Field sans arriver à une telle extrémité.

— Ai-je dit que je rayais Georgina de mon testament ?

— Les clauses dont vous me parlez reviennent quasiment au même. Or elle est votre plus proche parente, n'est-ce pas ?

Jonathan acquiesça de mauvaise grâce.

— La fille de ma sœur Ina. Je vous dis que je ne la raye pas de mon testament.

— Et Mirrie Field... qu'est-elle pour vous ?

— La fille d'une cousine. J'étais très intime avec ses parents. Nous avons eu une regrettable querelle, et nous ne nous sommes jamais réconciliés. Ils sont morts pendant la guerre, sous un bombardement, laissant cette fillette dans le plus grand dénuement. J'ignorais son existence. J'ai entendu parler d'elle pour la première fois voici quelques mois, et dès lors j'ai tout mis en œuvre pour retrouver sa trace. J'ai appris qu'elle vivait...

Il se mordit les lèvres et termina d'un ton dur :

— Elle vivait dans un orphelinat. Par bonheur, pas depuis très longtemps.

Me Maudsley fixa pensivement son sous-main. Il trouvait certains aspects de cette histoire excessivement troublants. Il se demanda s'il pouvait hasarder une question et, pour finir, s'y risqua :

— Où a-t-elle vécu, après la mort de ses parents ?

Jonathan parut sur le point de le prendre à partie, fort heureusement il se maîtrisa et lâcha avec brusquerie :

— Chez des parents de sa mère — des gens très pauvres. Mirrie n'était pas pensionnaire, dans l'orphelinat où je l'ai trouvée. Elle y était employée.

Après quelques secondes de silence, il poursuivit :

— Je tiens, dans toute la mesure de mes moyens, à lui faire oublier cette affreuse expérience. Sans cette querelle stupide qui m'a éloigné de ses parents, elle n'aurait jamais été exposée à de telles privations.

Jonathan était revenu à Field End fermement convaincu que l'on voulait l'empêcher de disposer de sa fortune à sa guise. Tous étaient contre lui, tous — excepté Mirrie. Mais ils n'avaient qu'à bien se tenir ! Il allait leur montrer de quel bois il se chauffait.

Il tourna la clef dans la serrure et pénétra dans le hall. Aussitôt Mirrie, qui descendait l'escalier, courut à sa rencontre dans sa petite robe blanche ornée d'une large ceinture bleue à nœud bouffant. L'encolure arrondie et les manches ballon lui donnaient l'air d'une enfant. Elle semblait si jeune, si impatiente en le prenant par le bras, tout en lui tendant la joue pour un baiser !

— Vous êtes de retour ! Quel bonheur !

Le gros froncement de sourcils s'effaça instantanément.

— Tu es heureuse de me voir ?

— Oui, très ! dit-elle en lui serrant le b[ras]... que vous avez signé cet horrible testam[ent]... bien réglé afin de ne plus avoir à repartir...

Il rit avec bonne humeur.

— Ce n'est pas du tout horrible pour toi, mon enfant, tu le sais.

Elle leva vers lui un regard d'adoration.

— Oui, mais je déteste parler de ça. J'espère que vous en avez fini pour ne plus avoir à y penser.

Il passa un bras autour d'elle et déposa un baiser solennel sur son front, très différent de la bise qu'il lui avait donnée en arrivant. Personne n'avait encore embrassé Mirrie sur le front. Bizarrement, cela l'effraya un peu, mais seulement une seconde.

— Tout a été signé en présence de deux clercs, si bien qu'il n'y a plus à s'inquiéter de rien.

Il prononça ces mots moins pour elle que pour lui-même. Ils résonnaient dans son esprit — « Il n'y a plus à s'inquiéter de rien ». Toutefois, l'inquiétude subsistait et son expression s'assombrit.

Le dîner aurait été morose si Mirrie n'avait parlé innocemment du film qu'ils avaient vu à Lenton.

— C'était merveilleux, oncle Jonathan. Mon premier vrai film, avec une vraie histoire ! Oncle Albert et tante Grace désapprouvaient le cinéma, comme tant d'autres choses.

Autour de la table, chacun assimila cette information, première allusion à un cercle de famille antérieur.

— Qui sont oncle Albert et tante Grace ? s'enquit immédiatement Johnny.

Mirrie tourna des yeux suppliants vers Jonathan.

— Pardon... Ça m'a échappé.

ar bonheur, Stokes n'était pas présent. Jonathan pencha en travers de la table pour tapoter l'épaule de Mirrie et lui murmura :

— Ne t'en préoccupe pas, mon enfant.

Il se redressa pour considérer les autres avec gravité.

— Ils étaient des parents éloignés de la mère de Mirrie. Chez eux, elle n'a pas été heureuse. Je tiens à ce que sous ce toit elle oublie tout de sa vie passée. Je l'ai encouragée à penser à eux et à en parler le moins possible. Elle a devant elle, je l'espère, de longues années de bonheur pendant lesquelles elle n'aura pas à ressasser de tristes souvenirs.

Johnny glissa à l'oreille de Georgina :

— Trinquons à la déconfiture d'oncle Albert et de tante Grace. Tu crois qu'on devrait déboucher du champagne ?

A l'autre bout de la table, Mrs. Fabian esquissa un sourire approbateur.

— Bien parlé, cher Jonathan ! Pourquoi s'appesantir sur le passé ? Comme l'a dit un poète dont j'ai oublié le nom :

Demain s'en vient avec les fleurs de mai,
Mais où sont les neiges d'antan ?

Georgina n'avait pas eu l'intention d'intervenir mais, malgré elle, elle dit tout bas à Anthony :

— Quelquefois, cela se passe dans l'autre sens.

— Non, cela n'arrivera pas.

— Voilà encore une réflexion que j'aurais mieux fait de garder pour moi.

La main d'Anthony effleura la sienne un instant.

— Tu peux te confier à moi en toute quiétude, tu sais.

Mirrie entreprit de raconter le film à Jonathan.

11

Les événements de la soirée qui suivit seraient exposés et répétés, soupesés, scrutés et invoqués à l'appui d'une théorie puis d'une autre. Pourtant, en apparence, au moment où ils se produisirent, les faits n'eurent rien que de très ordinaire.

La remarque prononcée par Mrs. Fabian en entrant dans le salon avait été celle qui ponctuait chaque retour de Jonathan dans le cercle de famille après un bref séjour dans la capitale :

— Eh bien, j'espère que vous avez pu conclure cette affaire à votre satisfaction !

Si les termes pouvaient varier à un moindre degré, l'intention restait la même. De toute évidence, un homme ne se rendait pas à Londres pour la journée ou une plus longue durée sans avoir en vue une affaire quelconque. Ce soir très particulier, la formule était restée inchangée.

— J'espère que vous avez pu conclure cette affaire à votre satisfaction ?

Ce à quoi Jonathan avait répondu :

— Certainement, merci.

Sur ces entrefaites, le gong avait retenti et ils étaient allés dîner.

Le repas terminé, ils retournèrent au salon. Stokes apporta le café et posa le plateau sur une table basse devant Georgina, conformément à une routine instaurée le jour de ses seize ans. Elle servit. Jonathan désirait son café noir et sucré. Il prit la tasse qu'elle lui tendait et resta debout à côté d'elle, sans se détourner, s'asseoir ni parler.

Georgina continua à faire le service. Mirrie aimait beaucoup de lait et beaucoup de sucre. Johnny préférait son café noir. Anthony le prenait avec un tiers de lait. Mrs. Fabian en expliqua longuement le meilleur mode de préparation, secoua la tête en goûtant l'excellent breuvage de Mrs. Stokes et en reprit deux fois. Quand Jonathan eut terminé sa seconde tasse, il regagna son bureau sous le traditionnel prétexte qu'il avait du courrier en retard.

Une ou deux minutes plus tard, Georgina se leva et quitta la pièce. Stokes la vit entrer dans le bureau. Quand elle revint au salon, elle prit un livre. Anthony s'approcha, le journal du soir à la main, et s'assit auprès d'elle.

— Pourquoi ne vas-tu pas te coucher ? lui murmura-t-il. Tu parais exténuée.

— Non, je vais très bien, répondit Georgina en tournant une page. De toute manière, tout le monde ne va pas tarder à monter.

Johnny initiait Mirrie aux subtilités du piquet. Il lui dit qu'elle n'avait absolument pas le sens des cartes, sur quoi elle demanda ce que cela signifiait. Mrs. Fabian remarqua que les jeux exigeant de la réflexion étaient trop fatigants.

— Mais nous jouions aux mariages, mes trois tantes et moi, parfois avec une cousine qui nous rendait visite. Cela m'amusait beaucoup, même si j'étais vexée de perdre aussi souvent.

Johnny releva la tête de son jeu pour la considérer avec affection.

— J'aurais aimé voir ça ! Mais pense un peu à l'ironie du sort : toi, tu t'es mariée et elles sont restées vieilles filles.

Jonathan était encore dans son bureau lorsqu'ils montèrent.

Il y restait souvent bien après minuit, lisant ou somnolant dans son fauteuil. A vingt-deux heures, Stokes apportait un plateau de liqueurs avec de l'eau de Seltz, mais le plus souvent le vieil homme n'y touchait pas. Toute autre interruption n'était ni attendue ni encouragée.

Le groupe atteignit le palier du premier étage, d'où un couloir partait à droite et à gauche. Chacun se dit bonne nuit, et Mrs. Fabian y trouva matière à une nouvelle citation :

— *Se coucher tôt et se lever tôt*
Rendent un homme bien portant, riche et sage.

« Bien sûr, il ne faut pas prendre ce dicton au pied de la lettre car je n'ai jamais été riche, et cela m'étonnerait que je le devienne à présent.

— Tu ne t'es pas levée assez tôt ! dit Johnny en l'embrassant sur la joue.

Ils se séparèrent. Mirrie, Georgina et Mrs. Fabian partirent vers la gauche, Anthony et Johnny vers la droite. Pendant quelques minutes, on perçut des bruits de portes s'ouvrant puis se fermant, d'eau s'écoulant dans les tuyauteries, mais l'écho en était assourdi par les murs massifs, les tapis et les rideaux épais. Alors que la maison moderne répercute le choc d'une botte qui tombe ou les allées et venues dans la chambre à coucher, Field End les absorbait et gardait ses secrets. Les Stokes gravirent l'escalier de service jusqu'à leur chambre, au troisième, sans que le moindre son traversât le mur ou le plafond. Nul, dans la demeure, n'entendrait la porte du bureau s'ouvrir ou les pas du maître du logis résonner dans le hall lorsqu'il regagnerait sa propre chambre, en face de l'escalier. Qu'il montât ou non, personne n'en saurait rien.

Une fois en chemise de nuit, Georgina alluma la lumière, écarta les rideaux et ouvrit ses fenêtres en grand. Elle resta longuement à regarder la nuit. Au début, tout lui parut très noir, puis à mesure que ses yeux s'habituaient à l'obscurité, elle s'aperçut que le ciel diffusait une faible lueur à travers les nuages, poussés par une brise légère. Le jardin enténébré se dérobait à sa vue. Pas de lune, pas d'étoiles, pas de bruit, sinon le soupir du vent.

L'obscurité et le silence exacerbèrent sa sensibilité. Des larmes débordèrent de ses yeux et ruisselèrent sur ses joues, pour la première fois depuis ces deux derniers jours. Sous l'effet du choc, tout en elle s'était desséché. Mais enfin les larmes coulèrent, longtemps, avant de céder la place à un soulagement extraordinaire. Georgina se lava et se sécha le visage, puis elle se coucha et glissa dans un sommeil sans rêve.

Mrs. Fabian, en revanche, faisait un rêve particulièrement intense. Elle rêvait toujours, mais le temps qu'elle se réveille et déguste le thé monté par Doris, une des deux jeunes bonnes qui vivaient au village, les détails s'étaient presque effacés, ne laissant qu'une impression vague et incohérente. En tout cas, cette nuit-là, tout était parfaitement net. Elle se trouvait dans un jardin ensoleillé avec son cher James et le petit Johnny, qui avait environ quatre ans. Ce qu'elle ne put deviner, et qui la tracassa beaucoup tant sur le moment qu'en y songeant au matin, c'est si elle était déjà mariée ou seulement fiancée, car jusque dans le rêve elle gardait conscience des liens qui l'unissaient à James dans la réalité. Sans cette incertitude jetant une ombre indécente sur une scène par ailleurs charmante, Mrs. Fabian aurait pris grand plaisir à ce rêve. En l'occurrence, le doute influa sur ses pensées. Le ciel s'obscurcit et tout devint noir. Elle se réveilla en sursaut pour trouver sa chambre aussi sombre que son rêve. Pendant une fraction de seconde, elle fut vraiment saisie. La transition avait été si brutale entre le jardin ensoleillé, avec James et le petit Johnny, et cette nuit d'encre, emplie de solitude...

Sa peur ne dura que le temps de respirer à pleins poumons et de se redresser sur un coude. Aussitôt, elle vit une petite lueur à travers la fenêtre. Si la tête du lit n'avait été accolée au même mur que cette fenêtre, elle l'aurait remarquée immédiatement, mais elle se réveillait toujours trop tôt si elle dormait face à l'extérieur. Elle alluma sa lampe de chevet et consulta sa montre. Minuit. Au bout d'une ou deux minutes elle éteignit et se rallongea.

Mirrie ne rêvait pas — cela lui arrivait rarement. Dès qu'elle se glissait dans son lit et posait la tête sur l'oreiller, elle s'endormait, et dormait comme une souche tant qu'elle le pouvait. Une des contraintes qu'elle détestait le plus, chez oncle Albert et tante Grace, c'était de se lever à six heures. Elle devait nettoyer l'escalier et la salle de séjour, faire son lit, balayer et épousseter sa chambre avant le petit déjeuner, qu'ils prenaient à sept heures trente. Venaient ensuite la vaisselle du petit déjeuner, les patates à éplucher et les leçons à réviser avant de partir à l'école. Il lui fallait une demi-heure pour arriver là-bas. Et à l'orphelinat, c'était encore pire, parce qu'il y avait plus à faire et moins de temps. Comme elle avait haï cette vie-là ! Oncle Albert, avec son bouc prétentieux et cette librairie poussiéreuse où il passait ses journées... Si au moins c'était pour vendre des livres neufs, mais non ! Il écumait les salles de ventes et achetait de vieux bouquins qui ne valaient pas un clou. Il ne fallait pas être dégoûté ! Et tante Grace ! Pingre, toujours à rogner et à lésiner, se plaignant des dépenses que leur causait Mirrie, pressée qu'elle termine l'école afin de se prendre en charge le plus vite possible. S'il n'y avait pas eu Sid...

Mirrie n'aimait pas beaucoup penser à lui. Sid Turner était le demi-frère de tante Grace. Oncle Albert et elle se montraient très froids envers lui. Un demi-frère, ce n'était pas vraiment de la famille. Sid avait eu des ennuis. Il avait purgé un an de prison pour complicité dans le vol d'un tiroir-caisse. Il avait seulement dix-huit ans, à l'époque. C'était terrible de continuer à le lui reprocher au bout de tout ce temps, mais oncle Albert et tante Grace avaient la rancune tenace. Mirrie avait commencé à le plaindre, et le jour où il lui avait donné rendez-vous au cinoche, elle avait raconté qu'elle allait faire du baby-sitting pour la sœur d'Hilda Lambton, qui s'était mariée à dix-sept ans et avait des jumeaux. Elle s'appelait Floss, et l'on pouvait se fier à elle, car c'était le genre de chose dont elle-même avait été coutumière.

Mirrie connaissait les filles Lambton depuis l'école. Hilda et elle avaient le même âge, Floss deux ans de plus. Elles étaient ensemble au vieux lycée. Il y avait de gentilles filles, là-bas. Certaines avaient de jolis vêtements, comme Mirrie aurait aimé en posséder. Bien entendu, elles ne les mettaient pas à l'école où l'uniforme était obligatoire, mais quelques-unes fréquentaient la même église qu'oncle Albert et tante Grace, de sorte qu'elle les voyait le dimanche. Ce jour-là, elles portaient leurs beaux habits, tandis que Mirrie, elle, restait affublée de son uniforme hideux. Lorsque à dix-sept ans elle avait raté ces maudits examens, tante Grace l'avait placée à l'orphelinat en tant que sous-intendante. En dépit de ce titre ronflant, son rôle consistait à faire le ménage. Donc, comme avant, elle devait être debout à six heures du matin. Pelotonnée bien au chaud dans son lit à Field End, Mirrie se rappelait ces levers horribles dans le noir et le froid glacial. Pour rien au monde elle n'y retournerait ! Un jour, Jonathan Field était arrivé à l'orphelinat et avait demandé à la voir. Elle venait de récurer les sols et ses mains étaient toutes rouges. L'intendante lui avait permis de changer de tablier. Mirrie était au bord des larmes car elle aurait voulu brosser ses cheveux pour les rendre brillants et mettre sa robe du dimanche. Elle en avait enfin une, ne pouvant plus porter son uniforme puisqu'elle avait quitté le lycée. Cette robe, qui provenait d'un paquet pour les pauvres, était tout de même moins affreuse que l'imprimé banal qu'elle avait sur elle. Mais l'intendante avait jugé Mirrie suffisamment présentable pour l'envoyer rejoindre son visiteur. La jeune fille était loin de deviner à quel point elle était attendrissante dans sa robe imprimée, ni quelle émotion ses petites mains rouges et ses yeux éplorés éveilleraient en Jonathan Field. Elle savait seulement qu'elle ressemblait à sa mère. Oncle Albert et tante Grace le lui reprochaient assez ! Ils parlaient de sa mère comme d'une évaporée qui avait laissé passer toutes ses chances. Néanmoins, Mirrie n'avait pas idée que Jonathan comptait au nombre de ces occasions manquées. Elle entra dans la pièce et, en même temps, dans une nouvelle vie. Après des pourparlers avec oncle Albert et tante Grace, puis avec les instances dirigeantes de l'orphelinat, Mr. Field devint oncle Jonathan et elle partit avec lui pour Field End. Elle croyait vivre un conte de fées. La porte qui la séparait de toute cette misère était barrée, verrouillée et cadenassée. Elle ne la franchirait jamais en sens inverse. Jamais, jamais, jamais ! Elle avait chaud, elle était bien. Sa résolution était prise une fois pour toutes. Elle avait fermé la porte sur son passé et ne ferait pas demi-tour. Cette farouche détermination l'accompagnait dans le sommeil.

12

Georgina s'éveilla, consciente d'avoir été dérangée par un bruit indéfinissable, dont la vibration s'attardait dans l'air et dans son esprit. S'il s'était agi d'un son ordinaire, elle n'y aurait pas accordé la moindre attention. Le hululement d'une chouette, l'aboiement d'un chien ou la plainte du vent hurlant dans la vieille demeure l'auraient peut-être réveillée, mais ne lui auraient pas laissé cette vague sensation de malaise.

La jeune fille repoussa ses couvertures, descendit du lit et s'approcha de la fenêtre. Le ciel était moins sombre que lorsqu'elle l'avait contemplé avant de se coucher. Derrière les nuages, on devinait la lune. Georgina distinguait la silhouette de la terrasse bordée de vasques de pierre surélevées. L'été venu, celles-ci resplendiraient sous une profusion écarlate de géraniums, mais pour l'instant elles étaient vides et la terrasse déserte. Rien ne venait rompre le silence ni cette pénombre grise et uniforme. Par rapport à la chambre de Georgina, le bureau était situé en bas, sur la gauche. Dans les années 1890, son grand-père avait remplacé l'une des fenêtres à guillotine datant de l'époque georgienne par une porte vitrée, qui communiquait par deux marches avec la terrasse. N'étant pas sensible au caractère sacré d'un monument d'époque, il ne jugeait pas sacrilège de le transformer. Il voulait pouvoir accéder à son jardin chaque fois que l'envie l'en prenait, et quand il avait une idée en tête, il la mettait à exécution.

En se penchant, Georgina vit que la porte vitrée battait. De violentes bourrasques soufflaient autour de la maison. Ainsi, c'était le claquement de cette porte malmenée par le vent qui l'avait réveillée ! Quelqu'un l'avait laissée ouverte derrière le rideau. Stokes ayant soin de vérifier chaque soir tous les accès du rez-de-chaussée, c'était sans doute Jonathan. Le fait en soi n'avait rien d'inhabituel. Très souvent, en regardant par la fenêtre comme à présent, elle avait vu son oncle aller et venir sur la terrasse, ou contempler le ciel avant de monter se coucher. Mais, à sa connaissance, jamais il n'avait oublié de refermer en rentrant à l'intérieur. Stokes en aurait été fort contrarié, car il croyait dur comme fer que toute porte ou fenêtre mal fermée attirait instantanément les cambrioleurs. Autant le laisser ignorer que le bureau était resté ouvert la moitié de la nuit.

Georgina enfila sa robe de chambre et ses pantoufles. Elle ne pouvait tout de même pas laisser cette porte claquer indéfiniment ! Avec de tels courants d'air, la vitre risquait de se briser. Georgina sortit de sa chambre et se dirigea vers l'escalier. Il n'y avait pas de lumière sur le palier, mais une petite lampe brûlait toute la nuit au rez-de-chaussée. Descendre dans le hall éclairé donnait l'impression de s'enfoncer dans une eau calme et limpide. Près de l'entrée de la salle à manger, l'horloge murale sonna un coup dans un ronronnement d'engrenage. Elle marquait tous les quarts d'heure, de jour comme de nuit, mais ce vieux son familier ne réveillait personne dans la maison.

Georgina pouvait distinguer le cadran : les aiguilles indiquaient une heure du matin, ce qui signifiait qu'il était environ douze minutes de moins, puisque en dépit de toutes les tentatives la vieille horloge s'obstinait à avancer.

En ouvrant la porte du bureau plongé dans l'obscurité, la jeune fille fut saisie par le froid qui y régnait. Tandis qu'elle allumait, un appel d'air enfla les rideaux lie-de-vin avant de les aspirer vers l'extérieur. Georgina referma rapidement derrière elle, et au moment où elle se tournait vers la porte de la terrasse, elle vit Jonathan, affalé en travers de sa table de travail. Elle l'aurait remarqué plus tôt si le mouvement des rideaux n'avait attiré son regard.

Cette fois, elle n'avait plus d'yeux que pour son oncle endormi sur son bureau. Ces claquements répétés auraient pourtant dû le réveiller... Si le bruit avait troublé son sommeil à elle, qui dormait au premier, à plus forte raison aurait-il dû tirer Jonathan de sa torpeur. Il somnolait parfois dans son fauteuil, mais jamais la joue sur son bureau, et qui plus est à côté de sa collection d'empreintes dont un des volumes était posé à sa droite...

Lentement, Georgina s'approcha de lui et arriva à la hauteur du fauteuil où elle était assise la veille, pendant qu'ils causaient. Ce fut seulement à ce moment qu'elle comprit pourquoi son oncle ne s'était pas réveillé. Son bras gauche pendait ; un revolver tombé de sa main gisait sur le tapis. Georgina agrippa le dossier du fauteuil pour ne pas tomber, car tout semblait osciller comme si le sol se dérobait sous ses pieds. Mais la pièce ne bougeait pas, et son oncle pas davantage. Jonathan ne bougerait plus jamais.

Georgina ne savait combien de temps s'était écoulé quand elle trouva la force de lâcher prise. Elle fit le tour du bureau et se pencha pour ramasser l'arme, sans intention bien définie. Elle était mue par l'instinct qui pousse n'importe quelle femme à ramasser un objet tombé par terre. Elle plaça le revolver sur la table, puis posa la main sur celle de Jonathan, qu'elle trouva froide et inerte.

Anthony s'éveilla en entendant sa porte s'ouvrir. Georgina se tenait sur le seuil et l'appelait :

— Anthony... Anthony... Anthony !

Il se leva d'un bond, parfaitement lucide.

— Georgina ! Que se passe-t-il ?

— Il est arrivé un malheur... Jonathan... Je crois qu'il est mort !

Il alluma, enfila en toute hâte sa robe de chambre et ses pantoufles puis, sans échanger un mot, Georgina et lui descendirent. Dans le bureau, les rideaux s'enflèrent à leur entrée comme pour les saluer.

— Qui a ouvert la porte-fenêtre ? demanda Anthony.

— Je ne sais pas.

— Pourquoi es-tu descendue ?

— Je l'ai entendue claquer.

Déjà le jeune homme se penchait au-dessus de la table de travail, cherchant le pouls en vain et découvrant la trace sanglante sur le smoking, à l'endroit du cœur.

— C'est fini, constata-t-il en se tournant vers Georgina. Nous devons alerter la police.

Elle était restée près de la porte et recula pour s'y appuyer. Ses épais cheveux d'or pâle retombaient en boucles sur ses épaules, et ses yeux sombres semblaient immenses dans son visage où toute couleur avait disparu. A la voir ainsi, comme tétanisée, Anthony sentit l'appréhension lui percer le cœur.

— Pour l'amour du Ciel, secoue-toi! dit-il énergiquement. Il faut appeler la police de Lenton!

— Un médecin...

— Ils en amèneront un, mais c'est trop tard. Il est mort. Laissons tout tel que nous l'avons trouvé. Tu n'as touché à rien?

Avec difficulté, Georgina parvint à répondre :

— Seulement au revolver.

13

En chemin pour Lenton avec le sergent Hubbard, l'inspecteur Frank Abbott émergea d'un silence prolongé pour déplorer que les gens n'avertissent jamais le Yard d'un meurtre à venir. C'était sans doute trop demander, mais c'eût été infiniment plus pratique.

— La piste est toujours froide lorsque nous arrivons. Le temps qu'on nous prévienne, tous les témoins ont préparé ce qu'ils allaient dire, bien décidés à ne pas se répandre en confidences. Tandis que si l'on nous adressait une information bien claire, du genre : « Un meurtre sera commis le 13 du mois prochain, à midi pile », nous nous ferions un devoir d'être sur les lieux afin d'appréhender tout suspect rôdant dans les parages.

Le sergent Hubbard se permit de rire. Son objectif premier, dans la vie, était de devenir le sosie de son compagnon, et ce jusqu'au moindre détail, y compris les chaussettes et la pochette. Du fait qu'il était brun et trapu, ses efforts avaient pour seul résultat d'exaspérer Frank, qui n'était pas homme à supporter les imbéciles d'un cœur serein. Étant d'un naturel gai et optimiste, le sergent persévérait dans son imitation sans se douter le moins du monde qu'il se rendait odieux. Il faisait beau ce matin-là et Hubbard, qui était un excellent conducteur, se sentait heureux au volant. Il prit donc la remarque de Frank avec bonne humeur et se borna à observer que c'était effectivement dommage, mais qu'on n'y pouvait rien.

Il était à peine onze heures quand ils se garèrent devant le poste de police de Lenton. Après une brève entrevue avec le commissaire, ils reprirent la route pour Field End, où l'inspecteur Smith était déjà sur l'enquête. Ayant travaillé avec lui sur l'affaire de la boucle d'oreille, Frank savait d'avance que toutes les dispositions préliminaires auraient été prises avec un soin méticuleux, car Smith était un officier zélé et consciencieux. De même qu'il est possible de déployer un zèle excessif, il arrive de faire preuve d'une imagination débordante. Le détracteur le plus sévère de Smith n'aurait songé à l'accuser de ce défaut. C'était un homme séduisant et bien bâti, dont l'impassibilité se révélait parfois précieuse. Il emmena Abbott et Hubbard dans le bureau et leur décrivit la scène qu'il avait découverte en arrivant sur place au petit jour.

— On a emporté le corps à la morgue, néanmoins vous pourrez vous faire une idée d'après les photos. C'est un meurtre, sans l'ombre d'un doute, bien qu'on ait tenté de le maquiller en suicide. L'arme porte les empreintes de la victime, mais cela sent la supercherie à plein nez. Personne ne se suiciderait en tenant un revolver de cette façon et, de plus, le smoking ne présentait aucune trace de brûlure. On n'a touché à rien, sauf aux rideaux pour les ouvrir, mais je peux vous montrer comment ils étaient placés.

Debout au milieu de la pièce, Abbott regardait autour de lui. Il remarqua un certain nombre de détails — un lourd volume sur le bureau, un monceau de cendres dans l'âtre. Rien n'échappait à ses yeux clairs, et son esprit enregistrait ce qu'ils voyaient. Au bout de quelques minutes, il demanda des précisions à son collègue.

— Dans quelle position se trouvait le corps ?

— Affalé sur le bureau. Décès par balle, en plein cœur. Miss Grey, qui a découvert le corps, dit que l'arme gisait sur le tapis comme si elle était tombée de la main gauche, qui pendait sur le côté. Miss Grey l'aurait ramassée et posée là où vous la voyez maintenant, sur le bureau. On y a relevé deux séries d'empreintes.

Frank leva les sourcils.

— Je n'ai pas souvenir que Jonathan Field ait été gaucher.

— Vous le connaissiez ?

— J'ai passé le week-end dans cette maison il y a quinze jours. J'étais venu avec le capitaine Hallam. Au fait, est-il encore ici ?

— Oui, c'est même lui qui nous a avertis. Miss Grey a déclaré qu'elle s'est réveillée peu avant une heure du matin, à cause du claquement de cette porte vitrée ou peut-être du coup de feu. Elle s'est penchée à sa fenêtre, a vu la porte de la terrasse bouger, c'est pourquoi elle est descendue. Ici, tout était éteint. Elle affirme qu'au début elle a cru que Mr. Field était simplement endormi. Quand elle a aperçu le revolver, elle l'a ramassé machinalement et est allée chercher le capitaine Hallam.

— Cet album était-il là ? interrogea Frank en s'approchant du bureau.

— A l'endroit précis où vous le voyez. Rien n'a été déplacé.

— Mais on a déjà relevé toutes les empreintes ?
Smith hocha la tête.

Frank contourna le bureau pour examiner l'album ouvert — celui-là même que Jonathan Field avait posé devant lui avant de relater la confession d'un assassin sous les décombres d'un immeuble bombardé. L'anecdote était crédible. Combien de fois ce vieux renard l'avait-il racontée ? Peut-être très souvent, peut-être en cette seule occasion. Frank s'interrogea vaguement sur les probabilités que les chemins de ces deux hommes se soient à nouveau croisés. S'il s'arrêta un tant soit peu sur cette idée, ce fut pour songer qu'elles étaient vraiment minimes. Les sourcils légèrement froncés, il referma l'album et le rouvrit aussitôt.

Avant d'entamer son récit, Jonathan n'avait pas présenté la page dont il était question. « L'histoire serait trop longue... Elle est pourtant fascinante », avait-il dit, et, posant les mains sur le volume, il l'avait ouvert à moitié puis refermé d'un mouvement sec. Une image en particulier s'était gravée dans la mémoire de Frank : celle de l'épaisse enveloppe en kraft. Elle avait fait office de marque. Elle y était encore. Frank la souleva et la trouva légère. Légère, parce que vide. Mais il était prêt à jurer qu'elle ne l'était pas ce soir-là. Il aurait payé cher pour savoir ce qu'avait contenu cette enveloppe, et si cela avait un rapport avec l'anecdote. En la retournant, il remarqua une légère inscription au crayon, en diagonale. Il l'orienta vers la lumière et distingua à grand-peine les mots qui avaient été écrits puis, semblait-il, incomplètement gommés : *Notes sur l'histoire du Blitz. J.F.* Les notes étaient dedans dix jours plus tôt, mais désormais, elles avaient disparu. Qui les avait enlevées ? Soit Jonathan lui-même, soit... n'importe qui d'autre. Les notes avaient disparu, cependant l'enveloppe était toujours là. Si elle servait de marque, vide, elle continuait à remplir sa fonction car l'album s'ouvrait toujours au même endroit. Du moins...

Debout près de Frank, l'inspecteur Smith considéra l'album et constata imperturbablement :

— On dirait qu'une page a été arrachée.

14

Georgina Grey entra, vêtue d'une jupe foncée et d'un pull blanc à col montant. Elle n'avait pas tenté de dissimuler sa pâleur sous du maquillage. Frank sentit ce qu'il lui en coûtait de pénétrer dans la pièce où, moins de douze heures plus tôt, elle avait trouvé le cadavre de son oncle. Cette fois, c'est lui qui était assis à la place de Jonathan Field, afin d'enquêter sur les circonstances de son décès. Il alla à la rencontre de la jeune fille, lui serra la main et lui exprima ses condoléances.

— L'inspecteur Smith vous a sûrement appris qu'on a fait appel à Scotland Yard. Bien que cette situation soit très éprouvante pour vous, je suis convaincu que vous aurez à cœur de nous aider dans toute la mesure du possible.

Elle acquiesça et prit un siège.

Du fait qu'Abbott était assis au bureau, il ne restait que le fauteuil qu'elle occupait lors de sa toute dernière conversation avec Jonathan. Elle posa les mains sur sa jupe et attendit. Elle avait fait une déclaration succincte sur laquelle Frank revint en détail avec elle. Les événements de la veille au soir, paisibles dans leur banalité ; tout le monde couché de bonne heure, excepté Jonathan.

— Il avait l'habitude de veiller ?

— Oui. Quelquefois il se couchait très tard.

— Qu'appelez-vous très tard ?

— S'il s'assoupissait dans son fauteuil, cela pouvait être après une heure du matin.

— Quelqu'un est-il entré pour lui dire bonne nuit ?

— Non. Il n'aimait pas qu'on le dérange.

Elle s'interrompit, puis reprit après une hésitation, en respirant un peu plus vite :

— J'étais venue ici, en début de soirée, afin de lui parler. Je lui ai dit bonne nuit à ce moment-là.

Il ne fit pas de commentaire et continua de passer en revue ses déclarations.

— Quelque chose vous a réveillée. Cela pourrait-il être le coup de feu ?

— C'est possible mais, sur le moment, j'ai cru que c'était la porte.

— Cette porte vitrée ?

— Oui. Elle était ouverte. Je me suis penchée à ma fenêtre et je l'ai vue bouger. Je suis descendue la fermer.

Il relut cette partie de la déposition.

— Vous êtes entrée, vous avez allumé et vous avez vu votre oncle affalé sur ce bureau. Quand avez-vous compris qu'il était mort ?

— Je ne sais pas... En le découvrant, j'ai été surprise qu'il se soit endormi dans cette position. Et puis j'ai fait le tour et j'ai vu le revolver.

— Vous l'avez ramassé, n'est-ce pas ? Pour quelle raison ?

— Je l'ignore, Mr. Abbott. Honnêtement, je n'en

ai aucune idée. J'ai pensé que mon oncle était mort, et après j'étais incapable de réfléchir. J'ai ramassé l'arme et je l'ai posée machinalement.

— Ce revolver appartenait-il à Mr. Field ?

— Je ne saurais vous le dire. Je ne me doutais pas qu'il en possédait un.

— Vous ne l'aviez encore jamais vu ?

— Non, jamais.

— Dites-moi, votre oncle était-il gaucher ?

— Il se servait en général de sa main droite, mais je crois qu'au bowling il lançait de la main gauche.

Abbott pivota légèrement dans son fauteuil et tourna la tête vers la cheminée.

— Il semble que Mr. Field ait brûlé des papiers. Savez-vous quelle en était la nature ?

Une rougeur presque imperceptible colora les joues de Georgina.

— C'étaient des documents... d'ordre privé.

— Un rapport quelconque avec la collection d'empreintes ?

Elle répondit avec une surprise manifeste :

— Oh non ! Rien de la sorte !

— Miss Grey, pendant que vous discutiez ici avec votre oncle, cet album se trouvait-il sur le bureau ?

— Non.

— C'est bien sûr ?

— Parfaitement. C'est un livre volumineux, qui ne peut passer inaperçu.

— Pourtant, il y était quand vous avez découvert le corps et ramassé le revolver ?

— Je le suppose.

— Vous n'en êtes pas sûre ?

Elle ferma les yeux un moment.

— Si, je me souviens de l'avoir vu. Il était là, juste à sa droite.

— Était-il ouvert ou fermé ?
— Ouvert.
— Mr. Field en aurait-il arraché et brûlé une page en votre présence ?

Elle le regarda fixement avant de répondre :
— Pourquoi me posez-vous cette question ?
— Parce qu'il en manque une, et qu'on a brûlé du papier dans cette cheminée.

Abbott ouvrit l'album et ôta l'enveloppe pour révéler le bord déchiré.
— Vous voyez ?
— Oui.
— Quand a-t-on fait cela, et pourquoi ?
— Je n'en sais absolument rien. Cela ne s'est pas passé quand j'étais ici, mais mon oncle a effectivement brûlé certains papiers devant moi.
— Je me vois contraint de vous demander lesquels.
— Mr. Abbott... dit-elle en hésitant.
— Vous n'êtes pas obligée de répondre, mais si vous n'avez rien à cacher, ce serait plus sage.

Il la vit tressaillir et se crisper.
— Non, bien sûr, je n'ai rien à cacher. Seulement... tout cela était assez personnel.

Le policier répliqua, un peu cynique :
— Dans une affaire de meurtre, la vie privée n'existe pas.

Il n'aurait pas cru qu'elle pouvait être plus pâle, mais soudain elle devint livide.
— Un meurtre ?
— Pensiez-vous que c'était un suicide ?

Lentement, posément, elle expliqua :
— Lorsqu'une chose pareille se produit, on ne pense pas. On subit simplement, sans réfléchir, c'est tout.

Après un bref silence, trois mots vinrent, encore plus lentement :

— C'est trop affreux.

Il hocha la tête avec compréhension.

— Miss Grey, selon plusieurs des témoignages que j'ai ici, Mr. Field détestait qu'on le dérange lorsqu'il était dans son bureau. Vous l'avez vous-même confirmé il y a quelques instants. Pourtant, en début de soirée, vous êtes venue le rejoindre et vous êtes restée dans cette pièce environ trois quarts d'heure.

— Je voulais lui parler.

— Ce fut une longue conversation, en effet. Des documents furent brûlés, soit par lui à ce moment-là, soit par vous plus tard.

— C'est lui qui l'a détruit ! protesta-t-elle aussitôt.

Il leva les sourcils et répéta, insistant sur ce singulier :

— Qui *l*'a détruit ?

Il observa une pause, puis reprit l'interrogatoire :

— D'après la rigidité du papier, les documents brûlés était au moins pour moitié des actes notariés. Un ou deux fragments n'étaient pas complètement calcinés. Ne s'agissait-il pas d'un testament, par hasard ?

Elle hésita longuement avant de l'admettre.

— Donc, vous êtes entrée ici, vous avez parlé à votre oncle, après quoi un testament a été brûlé. Êtes-vous d'accord sur ces faits ?

— Oui.

Frank revint à la charge.

— Qui l'a brûlé ?

— Mon oncle.

— Pourquoi ?

— Il voulait en faire un autre.

— C'est pour discuter des dispositions testamentaires que vous êtes venue dans le bureau ?

— Non. Cela ne s'est pas passé comme ça.

— Vous feriez mieux de me donner votre version des faits, vous ne pensez pas ?

Les sourcils de Georgina se rapprochèrent sans se froncer tout à fait. Au-dessous, ses yeux étaient attentifs. Il ne lui fallut qu'une ou deux secondes pour se laisser convaincre.

— Je le pense en effet. Tout le monde dans cette maison est plus ou moins au courant ; mieux vaut que vous entendiez toute l'histoire. Vous avez fait la connaissance de Mirrie lors de votre week-end à Field End. Je ne sais pas ce qu'Anthony vous a dit à son sujet.

— Simplement qu'elle était une cousine éloignée, et que Mr. Field s'était complètement entiché d'elle.

Elle baissa la tête.

— Il était épris de sa mère, et celle-ci avait épousé un autre homme. Une brouille s'ensuivit. Mon oncle ignorait qu'ils avaient un enfant, sinon il aurait aidé Mirrie quand elle a perdu son père et sa mère pendant la guerre. Elle s'est installée chez de vagues parents. C'est une triste histoire. Ils vivaient dans une misère noire et se seraient volontiers passés d'elle. Elle est allée au lycée mais a échoué aux examens, aussi, dès ses dix-sept ans, ils lui ont trouvé un poste de sous-intendante dans un orphelinat. Il s'agissait en réalité d'être femme de ménage. Enfin, oncle Jonathan a appris qu'elle vivait là-bas et il est allé la chercher. Il m'a raconté tout cela hier soir. Auparavant, pour l'essentiel, je n'en savais rien.

— Je vois. Continuez, je vous prie.

C'était plus facile, maintenant. Elle ressentait même un certain soulagement.

— Oncle Jonathan s'était beaucoup attaché à elle. Elle a toutes ces petites manières si attendrissantes... De plus, il paraît qu'elle est le vivant portrait de sa mère. Mon oncle ne dissimulait pas qu'il éprouvait pour elle une affection croissante. Et puis un jour, j'ai reçu une lettre anonyme. C'était... c'était horrible.

— C'est le cas le plus souvent, commenta Frank en hochant la tête. Que disait cette lettre ?

Le rouge monta aux joues de Georgina, trahissant un pénible embarras, et ses yeux gris foncé exprimèrent toute son indignation.

— Que ma méchanceté envers Mirrie était de notoriété publique. Que j'étais jalouse d'elle parce qu'elle était plus belle que moi, et plus séduisante. Ce genre de choses.

— Avez-vous gardé cette lettre ?

Georgina secoua la tête.

— Non. Je l'ai montrée à mon oncle, et puis je l'ai brûlée. Comme je regrette de ne pas l'avoir détruite dès le début !

— Pourquoi dites-vous cela ?

Une violente colère montait en elle, maintenant que tout était consommé. Elle répondit d'une voix vibrante :

— Parce que mon oncle s'est fâché non pas contre l'auteur de cette lettre nauséabonde, mais contre moi !

— Pour quelle raison ?

— Je ne comprends pas. J'ai eu beau réfléchir, je ne m'explique pas son attitude. Il était très prompt à s'emporter et l'on aurait dit que la lettre lui avait échauffé la bile. Il a pris parti contre moi, pensant apparemment que j'étais jalouse de Mirrie et que j'avais cherché à l'humilier en lui donnant quelques-uns de mes vêtements. Ce n'est pas vrai, Mr. Abbott ! Ce n'est pas vrai ! Si vous avez des sœurs ou des cousines, vous savez que les filles se passent leurs affaires. C'est un simple geste de complicité et d'entente, qui permet de renouveler un peu sa garde-robe... Il n'y a pas de mal à cela. Je suppose qu'on était plus à cheval sur les principes du temps de mon oncle, car il n'en avait jamais entendu parler.

— En réalité, une grave dispute vous a opposés, Mr. Field et vous. Quel jour était-ce ?

Elle encaissa cette réflexion sans réagir et répondit d'une voix atone :

— Lundi... Cela paraît si loin, alors que ce n'était qu'avant-hier... Pardonnez-moi, Mr. Abbott, dit-elle, sentant les larmes lui monter aux yeux, mais je ne me fais pas à l'idée qu'il soit parti.

Elle avait une grande poche plaquée sur sa jupe, dont elle tira un mouchoir qu'elle pressa contre ses paupières. Puis elle releva la tête et indiqua à l'inspecteur qu'elle était prête à continuer.

— Vous vous êtes disputée avec votre oncle lundi. Le jour même, il est parti pour Londres. Vous avait-il annoncé qu'il s'y rendait ?

— Non. Mrs. Fabian nous a informés de son départ au déjeuner.

— Il a passé la nuit là-bas ?

— Oui.

— Pourquoi est-il allé à Londres ?

— Je ne savais pas qu'il comptait y aller.

— Mais vous saviez pour quel motif. Miss Grey,

maintenant que vous avez commencé, autant aller jusqu'au bout. Je finirai par l'apprendre, vous savez.

— Oui, vous avez raison. J'essayais simplement de me cantonner à ce que j'avais appris de sa bouche.

— Très bien. Continuez.

— Mon oncle m'avait parlé de son testament. Il s'était pris d'une telle affection pour Mirrie que cela l'obnubilait. Il avait décidé de modifier ses dernières volontés afin qu'elle n'ait plus à redouter l'avenir.

— C'est donc la cause de votre querelle ?

— Oh non ! Non ! protesta-t-elle, le feu aux joues. Cela ne me dérangeait pas du tout et je le lui ai dit. Ce que je voulais, c'est qu'il ne soit pas fâché contre moi, qu'il ne me croie pas jalouse, car il se trompait du tout au tout.

— Alors vous vous êtes réconciliés ?

— Pas à ce moment-là, répondit Georgina, qui redevint toute pâle. Il campait sur ses positions et m'a fait des réflexions très cruelles.

— Par exemple ?

— Il a ironisé sur mon abnégation et m'a demandé si cela m'était égal qu'il me déshérite.

— Qu'avez-vous répondu ?

— Que cela ne m'était pas égal, car cela signifierait qu'il était très fâché contre moi ou qu'il ne m'aimait plus, mais que j'étais heureuse pour Mirrie. J'ai vainement tenté de m'expliquer. Il était dans une de ses colères froides où il devenait sourd à toute logique. Sachant que cela ne menait à rien, je suis partie.

— Et quand vous avez appris qu'il se trouvait à Londres pour affaires, vous avez pensé qu'il était chez son notaire ?

— Oui, d'ailleurs il ne l'avait pas caché à Mrs. Fabian.

« Beaucoup d'éléments accusent Georgina, songea Frank. Une dispute à cause de l'autre nièce, le risque d'être déshéritée... Je me demande s'il a eu le temps de signer un nouveau testament. Ces fragments de papier, dans le foyer, donnent à penser que l'ancien, ou le nouveau, a été brûlé. Lequel et par qui, tout le problème est là. »

— Vous saviez donc que Mr. Field était allé consulter son notaire. Que s'est-il passé à son retour ? A-t-il dit qu'il avait réglé l'affaire pour laquelle il était parti ?

— Oui. Mrs. Fabian lui a posé la question. Cela nous fait toujours sourire, dans la famille, car elle le lui demande à chaque fois, et plus ou moins dans les mêmes termes.

— Qu'a-t-il dit ?

— Il a répondu par l'affirmative.

— En avez-vous déduit qu'il avait modifié son testament ?

— Oui, c'est ce que j'en ai conclu.

Il prenait brièvement des notes, de temps en temps. Il consigna cette dernière réponse, puis releva la tête pour l'observer.

— A présent, Miss Grey, si vous n'y voyez pas d'inconvénient, expliquez-moi pourquoi vous avez rejoint votre oncle dans son bureau, la nuit dernière, et ce qui s'est passé entre vous.

Sans plus de tension dans l'attitude et dans la voix, elle dit calmement, avec tristesse :

— Bien volontiers. Mon oncle a pris son café au salon, puis il est venu ici. Plus je repensais à ces derniers événements, et plus j'avais envie de lui parler. Je ne doutais pas qu'il avait modifié son testament. A son retour, Mirrie avait couru à sa rencontre et je crois qu'à ce moment-là il lui avait confirmé que c'était fait. Elle était toute contente et il l'avait prise dans ses bras. J'ai assisté à cette scène, car j'étais en haut, sur le palier. Pendant le dîner puis après, au salon, il n'arrêtait pas de la regarder, et elle... On voyait bien qu'il lui avait annoncé une bonne nouvelle. Elle était si gaie ! Elle rayonnait. Alors je me suis dit que, puisque tout était réglé, mon oncle n'avait aucune raison de continuer à m'en vouloir. Je pouvais désormais lui parler sans qu'il imagine que je cherchais à l'influencer ou à le faire changer d'avis. Je tenais à lui dire que j'étais sincèrement heureuse, pour Mirrie, et que mon seul chagrin était de le savoir fâché contre moi. Comment pouvait-il penser que j'avais sciemment été méchante envers elle ? Puisqu'il avait agi comme il l'entendait, il ne refuserait plus de m'écouter. C'est pourquoi je suis venue le trouver.

— Comment s'est déroulée cette entrevue ?

Elle ne regardait plus Frank, mais baissait les yeux vers ses mains, toujours serrées sur le mouchoir. Sa voix était pensive comme si, en se souvenant, elle se parlait avant tout à elle-même.

— Je lui ai demandé s'il avait pris les dispositions qu'il souhaitait pour Mirrie. Il a répondu que oui, et qu'il ne voulait pas en discuter. « Moi non plus », lui ai-je dit. Je désirais seulement lui expliquer que j'étais contente qu'elle ait enfin une famille après avoir été seule au monde. Je savais qu'ils étaient heureux de s'être trouvés. Jusqu'alors, il faisait la sourde oreille, mais cette fois il a commencé à m'écouter. Nous avons parlé de Mirrie, et il m'a confié qu'il avait été amoureux de sa mère. Oui, amoureux fou. Malheureusement pour mon oncle, elle lui avait préféré un de ses cousins. Il avait l'impression que Mirrie était un peu sa fille. Il n'était plus du tout fâché, notre dispute était oubliée... Il était redevenu tel que je l'avais toujours connu ; et même, il m'a semblé qu'il se confiait à moi plus librement, comme s'il me considérait avec un regard neuf. Tout à la fin, il m'a dit combien il était touché que je sois venue le trouver ainsi. Il a ajouté qu'il s'était montré injuste en se laissant dominer par une colère aveugle. Me Maudsley avait tenté de le raisonner et il lui en avait voulu, mais il comprenait désormais que le notaire avait eu raison. Mon oncle a sorti devant moi une enveloppe du tiroir et m'a dit : « Ce testament injuste que j'ai signé ce matin, ce soir je vais le déchirer. » J'ai voulu l'en dissuader, mais il a répliqué en riant qu'il faisait ce qu'il voulait de son argent. Il a pris le document qui se trouvait dans l'enveloppe, l'a déchiré et a jeté les morceaux dans le feu.

Frank Abbott, qui avait à son actif de longues années de service dans la police, n'était pas sans avoir entendu bon nombre d'histoires plausibles. A son avis, celle-ci ne l'était guère. Sa réaction immédiate et sommaire fut un total scepticisme. « Elle l'a tué, pensa-t-il, et elle a brûlé le testament qui la déshéritait au profit de Mirrie Field. » Aussitôt, il ressentit un violent mécontentement, car au plus profond de lui il ne pouvait le croire. La sincérité est la qualité la plus difficile au monde à contrefaire. Pourtant, depuis des temps immémoriaux, des femmes y parvenaient et s'en tiraient à bon compte. Il regrettait de tout son cœur que Miss Silver ne fût pas là pour lui dire si Georgina jouait la comédie. En ce qui concernait la détective, l'espèce humaine était aussi transparente que la vitrine d'un magasin, dont elle voyait, au-delà de la devanture, les recoins les plus reculés et les plus obscurs. Et l'inspecteur songeait, un rien désabusé, que Georgina offrait aux regards une façade si séduisante qu'il eût été optimiste de supposer le reste à l'avenant.

Il l'observait tout en se livrant à ces réflexions. Oui, une bien jolie façade, en vérité. Même selon les critères sévères de Frank, il n'y avait rien à redire. En ce moment, bien sûr, elle était trop pâle, les traits marqués par la fatigue, et pourtant cela lui donnait un air vulnérable qui accroissait encore son charme.

— Mr. Field vous a confirmé qu'il avait signé un nouveau testament ce matin-là? reprit-il.

— Oui.

Elle répondait d'une voix calme, sans se troubler sous son regard scrutateur.

— Testament qu'il qualifiait d'injuste. Comment avez-vous interprété cette remarque?

— J'ai pensé, je crois, répondit-elle après un bref silence, qu'il laissait l'essentiel de sa fortune à Mirrie.

— Et qu'il vous avait rayée de son testament?

Cette fois le silence fut plus long. Elle baissa les yeux, puis releva la tête pour regarder Frank bien en face.

— Je ne sais pas. Vous comprenez, cet argent était le cadet de mes soucis; j'étais malheureuse que Jonathan soit fâché avec moi. Il ne s'était jamais mis en colère contre moi auparavant, pas de cette façon. Je voulais que nous redevenions amis.

— Vous ne vous préoccupiez pas de l'argent? s'étonna Frank.

— Je n'y pensais même pas.

15

Dès que Georgina fut sortie du bureau, laissant la place à Mirrie, Frank fut saisi par le contraste entre les jeunes filles. Alors que la première avait su conserver son calme et sa dignité, cette petite créature ébouriffée aux joues maculées de larmes ne dissimulait rien de son émotion. Elle avait pleuré à s'en brûler les yeux. Comme Georgina, elle était vêtue d'un pull blanc et d'une jupe en tweed gris. Elle chiffonnait un mouchoir entre ses doigts, et, tout en s'asseyant sur le fauteuil en face de Frank, elle se tamponna les yeux en reniflant comme une petite fille. Il employa malgré lui le ton qu'il aurait pris pour s'adresser à une gamine.

— Je vous retiendrai le moins longtemps possible. Je désire simplement reprendre votre déposition avec vous et voir si vous ne pouvez rien y ajouter.

Mirrie le contempla, les yeux écarquillés. Ses lèvres et son petit menton tout tremblants, elle dit d'une voix désespérée :

— C'est terrible... Il était si gentil...

Le policier sortit la déposition du dossier et lui en donna lecture. Un témoignage pouvait difficilement livrer moins d'informations. Ils avaient dîné tous ensemble, après quoi ils étaient allés dans le salon. Oncle Jonathan avait pris son café, ensuite il était parti ct elle ne l'avait plus revu. Elle était montée se coucher en même temps que les autres et elle avait dormi d'une traite jusqu'à ce qu'il y ait une grande agitation dans la maison et que Georgina vienne lui apprendre qu'oncle Jonathan était mort. Mirrie ponctua cette lecture d'un ou deux soupirs et d'un sanglot étranglé. Elle porta à nouveau le mouchoir à ses yeux tandis que Frank arrivait à la fin de la déposition et la reposait.

— Mr. Field s'était absenté vingt-quatre heures ?
— Il était parti lundi matin.
— Saviez-vous qu'il avait rendez-vous avec son notaire ?
— Il... il me l'avait dit.
— Vous en avait-il expliqué la raison ?

Elle laissa retomber sa main, crispée sur le mouchoir roulé en boule.

— Il voulait... assurer mon avenir. Il était tellement, tellement gentil ! sanglota-t-elle sans plus pouvoir se contenir.

— Il vous a appris qu'il désirait refaire son testament et qu'il se rendait à Londres dans cette intention ?

— Oui, c'est ce qu'il m'a dit, confirma-t-elle, les yeux noyés de larmes.

— Très bien. A son retour, mardi soir, vous avez couru pour l'accueillir dans le hall.

— Oh ! Comment le savez-vous ?

Frank lui sourit froidement.

— Cela n'avait rien de secret. Un hall est un lieu relativement public.

— Quelqu'un m'a vue ? demanda-t-elle, toute saisie.

— En effet.

— J'étais très heureuse qu'il revienne. Je m'étais changée de bonne heure.

— Eh bien, il n'y a rien de mal à cela, dit-il, souriant à nouveau. Je suppose que cela lui a fait plaisir de vous voir.

— Oh, ça oui !

— Je voudrais savoir s'il vous a parlé de son rendez-vous avec Me Maudsley.

Le visage de Mirrie s'éclaira un peu.

— Oui. J'ai dit que j'espérais qu'il en avait fini avec cette horrible affaire, afin qu'il n'aie plus à s'en aller. Il a répondu que c'était loin d'être horrible pour moi, et que tout était signé, avec deux clercs de Me Maudsley comme témoins. Il n'y avait plus de raison de s'inquiéter.

— Il faisait allusion à son testament ?

Elle le considéra avec une candeur enfantine.

— Oui.

Frank Abbott pensa : « Elle savait qu'il déshéritait Georgina à son profit. A-t-elle manœuvré habilement, ou Jonathan avait-il pris cette décision tout seul ? Il aurait ensuite brûlé le testament, pris d'un remords tardif... Mais s'agissait-il bien de ce document ? Georgina avait certainement intérêt à le voir disparaître. Mirrie avait tout à y perdre. Lui est-il venu à l'idée que le testament ait pu être détruit ? Quant à Georgina, il faut que je découvre si elle a dit la vérité, car sinon... »

Mirrie, qui tentait vainement de sécher ses larmes, dit d'une voix étouffée :

— Il était d'une telle bonté envers moi ! Je n'arrive pas à y croire...

Frank la laissa partir et reçut Mrs. Fabian, qui

retraça les événements des dernières quarante-huit heures, émaillés de ses digressions coutumières. Elle fournissait quantité de renseignements dont il était difficile de discerner le lien avec la mort de Jonathan. L'inspecteur dut par exemple écouter bon nombre d'anecdotes sur la petite enfance de Georgina, ainsi qu'un exposé sur les habitudes et les goûts personnels du cher disparu. Il ne tentait pas d'endiguer ce flot de paroles, car il y avait toujours une chance de séparer le bon grain de l'ivraie. Mais quand Mrs. Fabian évoqua l'époque où Johnny était écolier, il jugea bon d'y mettre un terme.

Ni Anthony ni Johnny n'avaient d'élément nouveau à ajouter à leurs dépositions respectives, toutes deux fort succinctes. Ils étaient montés avec les autres. Anthony avait été réveillé par Georgina, et Johnny par Anthony.

Ce fut Stokes qui fournit une information majeure. Il était entré dans le bureau avec son plateau de liqueurs à vingt-deux heures. Il l'avait posé sur la petite table octogonale, à côté du fauteuil en cuir qu'occupait généralement Mr. Field. Ce n'était pas le cas en l'occurrence, car celui-ci se tenait devant la bibliothèque, à l'autre bout de la pièce. Il était penché et paraissait examiner une des étagères inférieures. Lorsque Abbott lui demanda laquelle, Stokes désigna celle dont l'album d'empreintes avait été tiré. Il était catégorique : à ce moment-là, les deux volumes étaient à leur place.

Les questions que Frank posa ensuite obtinrent des réponses d'une importance considérable.

— Avez-vous ajouté une bûche dans la cheminée lorsque vous étiez ici ?

— Je m'apprêtais à le faire, monsieur, quand

Mr. Field m'a dit de laisser, qu'il s'en occuperait lui-même un peu plus tard.

— Était-ce inhabituel?

— Oui, monsieur.

— A-t-il donné la moindre explication?

— Mais oui, monsieur. Il a dit qu'il avait brûlé des papiers et qu'il ne voulait pas étouffer les flammes avant qu'ils se fussent consumés.

Donc, Jonathan avait bel et bien brûlé lui-même certains documents.

— Jetez un coup d'œil à l'âtre, Stokes. Y voyez-vous une différence par rapport à l'aspect qu'il présentait hier soir à vingt-deux heures?

— On y a ajouté une bûche — celle-là, sur la droite, où le bois forme un nœud. Elle était posée tout en haut du panier, et pour ma part je ne l'aurais pas choisie. Le feu avait un peu baissé et les nœuds brûlent mal. Non, moi, j'aurais pris la petite juste au-dessous. Du beau bois sec, qui aurait fait une magnifique flambée.

— Je vois que j'ai affaire à un expert. Je m'y connais assez bien moi-même et je partage entièrement votre avis. Maintenant, ne parlons plus des bûches, mais des papiers que Mr. Field avait brûlés. Diriez-vous qu'il en a ajouté ensuite, ou qu'il y en a environ la même quantité qu'hier soir?

Stokes était un petit homme sympathique au teint brique et aux cheveux gris très épais, qu'il portait un peu plus longs que n'aurait fait un homme plus jeune.

— C'est difficile à dire, monsieur, répondit-il de sa voix douce et bien timbrée, néanmoins je crois que c'est à peu près pareil — il y a juste un peu plus de cendres, comme on peut s'y attendre.

Un testament comprenait habituellement plusieurs feuilles de papier extrêmement rigide. Il n'était pas facile à déchirer et à brûler. Si Jonathan l'avait détruit lui-même alors que le feu avait baissé, l'âtre aurait vraisemblablement présenté cet aspect. Si Georgina l'avait détruit vers une heure du matin, elle aurait sans doute dû remettre du bois. D'après Stokes, on n'avait ajouté que la mauvaise bûche noueuse, intacte aux trois quarts, que Jonathan avait fort bien pu déposer lui-même. Frank la souleva délicatement avec des pincettes et découvrit une couche de cendres froides, ainsi qu'un fragment de papier d'assez grande taille. Il mesurait environ cinq centimètres sur deux et seuls les contours étaient roussis. Les mots « ladite Miriam Field » restaient parfaitement lisibles. Frank ne pouvait imaginer une telle expression ailleurs que dans un testament, et le nom de Mirrie ne pouvant apparaître que dans le dernier en date, cela confirmait les dires de Georgina quant à la nature du document détruit, sans indiquer pour autant qui l'avait brûlé. Si, comme l'affirmait la jeune fille, c'était Jonathan lui-même, la présence de la bûche noueuse s'expliquait. Il commençait à faire froid et le vieil homme n'avait pas l'intention d'aller se coucher tout de suite puisque, selon Stokes, à vingt-deux heures encore l'album découvert sur le bureau se trouvait sur l'étagère. Même si Jonathan comptait veiller jusqu'à une heure tardive, il avait pu dire au majordome de ne pas ranimer le feu de peur que l'on ne jase au sujet du testament brûlé, dont les fragments étaient encore visibles. Après le départ de Stokes, il avait lui-même ajouté une bûche.

En revanche, si Georgina avait brûlé le testament peu avant une heure, pour quelle raison aurait-elle placé cette bûche sur un feu déjà mourant? Frank contempla pensivement les cendres grises, le fragment de papier, la bûche noueuse. Si Georgina avait tiré sur Jonathan Field et brûlé le testament qui la privait d'une véritable fortune, dans quel état d'esprit pouvait-elle se trouver? Cet homme avait été un père pour elle. Elle l'avait tué parce qu'il la déshéritait. Tandis que son cadavre gisait sur le bureau, elle avait glissé le revolver dans sa paume afin que la crosse porte les empreintes du mort, elle avait trouvé puis brûlé le testament, en échafaudant une histoire justifiant sa destruction. Tout cela alors que l'écho de la déflagration vibrait encore dans l'air et qu'à tout instant la porte risquait de s'ouvrir sur un témoin accusateur.

Était-elle de ces personnes qui, dans les moments d'urgence, montrent une exceptionnelle capacité à joindre la réflexion à l'action avec une froide lucidité? Ou, au contraire, la besogne avait-elle été accomplie le cœur battant, les mains tremblantes cherchant désespérément, puis détruisant avec une frénésie aveugle? A moins que Georgina ne dît simplement la vérité quand elle prétendait que son oncle avait lui-même déchiré le testament avant de le jeter au feu...

Abbott se retourna pour voir Stokes qui l'observait, et dont l'air triste et patient le fit penser à un vieux chien attendant qu'on s'intéresse à lui. Le policier retourna près du bureau et lui posa la question qu'il avait adressée à tous les autres membres de la maison :

— Saviez-vous que Mr. Field possédait un revolver?

Il obtint l'invariable réponse :

— Non, monsieur, je l'ignorais.
— Gardait-il certains de ces tiroirs fermés à clef ?
— Les deux en bas à droite, monsieur.

Abbott s'assit dans le fauteuil et les trouva fermés l'un comme l'autre.

Les clefs de Jonathan, remises par l'inspecteur Smith, étaient à portée de sa main. Le tiroir supérieur renfermait des liasses de lettres et, au-dessus, un étui contenant une miniature en médaillon. Il n'y avait pas la place de ranger là un revolver.

Dans le tiroir du bas se trouvaient deux ou trois cahiers répertoriant des listes de titres boursiers et les détails d'investissements. Sous les cahiers apparut une enveloppe oblongue portant l'inscription : *Ceci est mon testament. J.F.* ainsi qu'une date remontant à deux années plus tôt.

C'était donc bien le nouveau testament qui avait été brûlé, comme le soutenait Georgina. Frank trouvait cependant les explications de la jeune fille difficiles à avaler. Le testament antérieur devait avoir été signé à l'époque où Georgina avait vingt et un ans. Frank le remit là où il l'avait trouvé et en revint à sa préoccupation première : Jonathan avait-il conservé un revolver dans ce tiroir ? La place aurait été largement suffisante. Mais si Jonathan comptait se suicider ou si Georgina s'en était emparée dans l'intention de tuer son oncle, pourquoi refermer le tiroir à clef ? Pourtant, quelqu'un s'en était donné la peine.

Tout cela n'était absolument pas logique.

Il fit savoir à Stokes qu'il pouvait disposer et se tourna vers le téléphone. Le numéro du notaire, griffonné sur un bout de papier, était glissé dans le sous-main. Les deux précédentes tentatives pour joindre l'étude ayant échoué, un nouvel essai s'imposait. Cette fois, une secrétaire décrocha.

— J'aimerais parler à Me Maudsley.

— Malheureusement, je crains que... commença la voix à l'autre bout du fil.

— Est-il à son étude ?

— Eh bien, non... en fait, il ne viendra pas de la journée.

— En ce cas, me serait-il possible de parler à son premier clerc ?

Pendant qu'il patientait, un certain nombre de petits bruits agaçants résonnèrent dans le récepteur — un froissement de papiers, des pas, des chuchotements inaudibles. Puis une voix féminine, posée et compétente.

— Miss Cummins à l'appareil. Je suis désolée, mais Me Maudsley est absent aujourd'hui. Désirez-vous prendre rendez-vous ?

— Non, répondit Frank. Il s'agit d'une enquête judiciaire. Je suis l'inspecteur Abbott, du Yard, et je me trouve à Field End suite au meurtre d'un des clients de Me Maudsley, Mr. Jonathan Field.

Bouleversée, Miss Cummins oublia sa froideur toute professionnelle.

— Mr. Field ? Ce n'est pas possible, inspecteur ! Il était ici pas plus tard qu'hier après-midi !

— Il a été assassiné la nuit dernière. Il est essentiel pour moi de joindre Me Maudsley au plus vite.

— Ma foi, je ne sais que vous dire. En réalité, Me Maudsley s'est vu prescrire quelques jours de congé. Il est surmené, et son médecin...

— Pouvez-vous me communiquer son adresse personnelle ?

— Malheureusement, elle ne vous serait d'aucune utilité. Il devait prendre un train pour l'Écosse ce matin à la première heure. Il n'avait pas encore décidé où il descendrait, mais il y a un ou deux hôtels à Édimbourg...

Frank en nota les noms.

— Attendez, ne raccrochez pas ! Vous dites que Mr. Field était à votre étude hier après-midi. Lui avez-vous préparé un nouveau testament ?

Une légère réserve perça dans la voix de son interlocutrice.

— En effet.

— Mr. Field l'a-t-il signé ?

— Oui.

— Vous l'a-t-il laissé ou l'a-t-il emporté avec lui ?

La réprobation devint flagrante.

— Il l'a emporté.

— Je me demandais si vous pourriez me dire ce qu'est devenu le testament antérieur.

— Je crains de n'avoir aucune information à ce sujet. Il devait être en la possession de Mr. Field.

Il n'y avait plus rien à tirer de Miss Cummins. Frank alla chercher le sergent Hubbard et ils partirent déjeuner.

16

Maggie Bell avait passé une matinée des plus intéressantes. Celle-ci succédait à ce qu'elle appelait une de ses mauvaises nuits. Le peu de temps où elle avait dormi avait été troublé par des cauchemars. Par une ironie du sort, elle était tombée dans un profond sommeil juste au moment où le téléphone se serait révélé passionnant au plus haut point.

Maggie se sentait lasse et courbatue lorsque sa mère, l'ayant aidée à s'habiller, l'installa sur son divan à côté de la fenêtre. D'ordinaire, elle consacrait une heure ou deux par jour à surfiler les coutures et à poser des boutons, des agrafes et des œillets. Elle ne pouvait travailler longtemps, mais elle abattait une besogne surprenante et son aide était grandement utile à Mrs. Bell. Toutefois, ce matin-là, elle ne se sentait même pas la force de tenir une aiguille et la journée qui l'attendait semblait s'étirer interminablement devant elle. On a beau aimer la lecture, on ne peut pas y passer tout son temps ! Si seulement il s'était produit quelque chose de palpitant, et si elle avait pu écouter les conversations à ce sujet, ç'aurait été exactement ce qu'il lui fallait. Mais, évidemment, rien ne se passait jamais comme on voulait. Ce qui tend à prouver, comme Mrs. Bell devait le remarquer plus tard, que la vie est pleine de surprises.

Maggie était donc allongée sur son divan, un châle sur les épaules, une couverture remontée jusqu'à la taille et la fenêtre la plus proche ouverte à deux battants afin de ne rien rater de ce qui arrivait dehors. Elle n'était pas installée depuis plus de cinq minutes qu'elle entendit Mr. Magthorpe héler de la route Mr. Bisset qui, lui, était à l'intérieur de sa boutique. Mr. Magthorpe était un des meilleurs colporteurs de nouvelles de la région ; étant boulanger de son état, et ayant coutume de faire ses tournées le lundi, le mercredi et le samedi, il avait naturellement l'occasion d'en faire ample moisson. C'était un petit homme dont la grosse voix lui valait de chanter les basses dans le chœur, aussi était-on assuré de ne pas perdre un mot de ce qu'il disait. Or, ce matin-là justement, il lança :

— Salut, Harry, je suppose que vous savez ce qui s'est passé à Field End ?

Mr. Bisset n'en savait rien du tout. Il sortit sur le pas de sa porte et en fit part à Mr. Magthorpe, qui avait une tête encore plus longue que d'habitude parce qu'il se penchait par la fenêtre de sa camionnette.

— Il y a eu un meurtre. Quelle tristesse ! Un vieux monsieur si distingué...

— Non ? Pas Mr. Field !

Mr. Bisset en avait le souffle coupé. Albert Magthorpe hocha la tête avec solennité.

— Assassiné dans son propre bureau, à sa propre table de travail.

— Ben dites donc !

Mr. Magthorpe ne demandait pas mieux et entreprit de tout lui raconter par le menu. Maggie, qui écoutait, fascinée, apprit que Miss Georgina s'était réveillée au milieu de la nuit à cause d'un coup de feu, ainsi qu'un certain nombre de détails confiés à Mr. Magthorpe à la porte de service par Doris Miller, sa cousine, qui était une des deux bonnes employées à Field End. Donc, tout cela était de source sûre. Quelle épouvantable histoire !

Toute frémissante d'intérêt, tantôt Maggie guettait le cliquetis du téléphone annonçant que quelqu'un appelait ou recevait un coup de fil, tantôt elle se penchait le plus possible vers la fenêtre pour ne pas perdre une miette des conversations de la rue. Elle ne s'ennuya pas une seconde. Field End se trouvant également sur la ligne à postes groupés de Deeping, elle put entendre l'inspecteur Smith téléphoner au commissariat de Lenton et le commissariat de Lenton rappeler l'inspecteur Smith. Elle apprit ainsi que Scotland Yard prenait l'affaire en main et, un peu plus tard, que l'inspecteur Abbott était en chemin. Mais à Deeping, où il avait usé ses fonds de culotte sur les bancs de l'école, il restait avant tout Mr. Frank, et la nouvelle qu'il arrivait de Londres pour enquêter sur le meurtre de Field End ajoutait encore du piment à l'affaire.

Retenant son souffle, Maggie entendit Miss Cicely — qui était devenue Mrs. Grant Hathaway — appeler sa mère à Abbottsleigh.

— C'est toi, maman ? Quelle horreur ! J'imagine que tu es au courant...

A l'autre bout de la ligne, Mrs. Abbott répondit qu'elle l'était, que c'était affreux et qu'ils avaient appris la nouvelle par le laitier. Miss Cicely poursuivit :

— Il paraît que Scotland Yard se charge de l'affaire. Crois-tu qu'ils vont envoyer Frank ?
— Je ne sais pas... peut-être.
— C'est ce qu'ils ont fait, la dernière fois. Dis-moi, maman, vous ne deviez pas inviter Miss Silver pour le week-end, ces temps-ci ?
— Oui, mais elle n'était pas sûre d'être libre car une de ses nièces — celle qui est mariée à un conseiller juridique, à Blackheath — aurait sans doute besoin d'elle et... Où en étais-je ?
— Tu t'égarais, maman. Maudie vient-elle, oui ou non ?
— Cicely, un jour tu l'appelleras comme cela devant elle !
— Dieu m'en préserve ! Je crois que c'est arrivé à Frank, une fois. Tu ne m'as pas dit si elle venait ou pas, mais je crois comprendre que non. Quel dommage !
La voix de Mrs. Abbott répondit sans hâte :
— Ma fille, il ne faut pas sauter aux conclusions. Je n'ai jamais dit qu'elle ne venait pas. Au contraire, ton père est parti à l'instant la chercher à la gare de Lenton.
Ce fut un véritable supplice pour Maggie de ne pas intervenir dans cette conversation pour confirmer à Mrs. Abbott et à Miss Cicely que Mr. Frank était bien l'envoyé de Scotland Yard. Évidemment, cela aurait été inconvenant et elle était trop avisée pour agir ainsi. En théorie, tout le monde à Deeping savait qu'elle écoutait sur la ligne groupée, mais elle le faisait depuis tant d'années qu'en pratique on l'oubliait généralement. Quand une femme dans sa chambre converse avec une amie dans la sienne, l'illusion d'intimité est totale. De plus, comme Mrs. Abbott le

faisait quelquefois remarquer, si cela amusait Maggie de l'écouter commander du poisson à Lenton, tant mieux pour elle. Ce point de vue étant partagé par la plupart des autres, les conversations téléphoniques restaient agréablement exemptes de toute contrainte et Maggie y puisait une grande consolation.

Elle continua d'écouter. Pas moins de trois appels de Field End pour joindre le notaire à Londres, puis deux autres en Écosse. Apparemment, la police était très pressée d'en savoir davantage sur le testament du pauvre Mr. Field. C'était à cela que rimaient tous ces appels. Elle avait entendu Mr. Frank en parler à une dame du bureau londonien.

Plus tard, Miss Cicely téléphona à Field End. C'était Miss Georgina qu'elle voulait, mais elle dut franchir le barrage d'un policier avant qu'on laisse Miss Georgina lui parler. Un foin pas possible, et quand Miss Georgina vint à l'appareil, pas moyen de lui tirer autre chose que des monosyllabes. Miss Cicely était gentille comme tout et lui parlait avec chaleur et affection. Elle ressemblait peut-être à un petit pruneau, mais quel cœur d'or!

— Georgina, ma chérie! J'ai tant de peine pour toi!

— Merci.

— Est-ce que ça va?

— Oh, oui.

— Que puis-je faire pour t'aider? Tu n'as qu'un mot à dire, tu sais. Veux-tu que je vienne?

— Non.

Ce mot fut suivi d'un silence, puis:

— Tu es très gentille. Ton cousin est ici. Il pense...

La voix de Georgina se raffermit et continua dans une langue étrangère.

Maggie se sentit gravement insultée mais, de son côté, Cicely fut atterrée par les paroles que Georgina venait de prononcer en allemand :

— Il pense que c'est moi qui l'ai tué.

Elle répondit à son amie, dans la même langue :

— Ce n'est pas possible !
— Si.
— Il faut lui faire entendre raison. Tant pis si tu n'es pas d'accord, j'arrive !

Georgina utilisait l'appareil du boudoir. Elle ne voulait pas voir Cicely, elle ne voulait voir personne. Tout ce qu'elle désirait, c'était qu'on la laisse tranquille afin qu'elle puisse dominer ses pensées, sa volonté et ses réactions. Elle s'entendit dire : « Non », et Cicely répliqua :

— Inutile, Georgina... Je viens !

Sur ce, la communication fut coupée et elle se retrouva seule, le combiné à la main.

Cicely ayant omis de s'exprimer en allemand dans sa détermination à aider son amie, seule la dernière phrase fut intelligible pour Maggie, qui bouillait d'exaspération. Elle rejoignait entièrement l'inspecteur principal Lamb dans son aversion pour les emprunts aux langues étrangères. Ce qu'on ne pouvait dire dans sa langue maternelle était soit parfaitement oiseux, soit un sujet de honte que les autres ne devaient pas entendre. L'inspecteur principal et Maggie Bell ne se connaissaient pas et leurs destins n'avaient guère de chance de se croiser, mais, sur ce point, tout du moins, leurs esprits étaient à l'unisson.

Elle raccrocha et trompa l'ennui en tâchant de deviner ce que Miss Cicely et Miss Georgina pouvaient bien avoir de si secret à se dire. Elles étaient d'excellentes amies, malgré leurs quelques années d'écart et bien qu'il eût fallu chercher longtemps avant de trouver deux jeunes filles plus différentes. Miss Georgina avait apporté des vêtements à retoucher pour sa cousine, quelque temps plus tôt, et Maggie l'avait beaucoup admirée. Une silhouette ravissante, de beaux cheveux blond pâle et des yeux magnifiques... Miss Cicely était inexistante, à côté, mais la cousine, Mirrie Field, était jolie comme une poupée. Et elle avait des façons très gracieuses. Elle avait remercié sa mère si gentiment ! « Oh, Mrs. Bell, comme vous l'avez bien arrangée ! Personne ne devinerait qu'elle n'a pas été faite pour moi ! » C'étaient de très belles affaires, comme tout ce que portait Miss Georgina. Pas étonnant que Miss Mirrie ait été tellement contente de les avoir. Les frusques qu'elle avait sur le dos ne convenaient certainement pas pour un séjour à Field End. Bon marché et franchement repoussantes, n'en déplaise à sa mère qui tentait de la faire taire. S'il y avait bien une chose qu'on apprenait dans ce métier, c'était à reconnaître la qualité. On avait beau s'échiner sur un mauvais tissu, une fois terminé, le vêtement ressemblerait à un chiffon ; en revanche, une belle étoffe gardait sa tenue jusqu'au bout.

17

Frank Abbott quitta Field End en voiture avec le sergent Hubbard et ils allèrent déjeuner au *Ram*. L'hospitalité leur avait été offerte, néanmoins ils avaient poliment mais fermement refusé. Au pub, ils se restaurèrent avec un repas simple et savoureux, après quoi Abbott quitta Hubbard pour prendre le bus à Lenton et rendre visite aux siens. Bavarder avec Monica s'avérerait peut-être utile.

Ruth, la femme de chambre, lui décerna un sourire radieux en lui ouvrant la porte. Le déjeuner était terminé, lui apprit-elle, et la famille était au salon. Elle courut aussitôt annoncer « Mr. Frank ». Il entra dans la charmante petite pièce que tout le monde préférait au salon d'apparat, meublé au goût de feu Lady Evelyn et dominé par son portrait. Le petit salon, aux dimensions plus agréables, avait été redécoré par Monica et heureusement débarrassé de ses brocarts et de ses ors. Là, le seul portrait de famille était une charmante aquarelle représentant Cicely enfant. Frank n'y pénétrait jamais sans éprouver la sensation d'un retour au bercail. Cette fois-là ne fit pas exception.

Mais à peine fut-il entré qu'il s'arrêta net en

découvrant Maud Silver, très confortablement installée sur un siège bas sans accoudoirs, qui n'aurait pas déparé son appartement de Montague Mansions. Pétrifié à ce spectacle, Frank entendit Monica éclater de rire en s'approchant pour le prendre par le bras.

— Eh bien, Frank! dit-elle après l'avoir embrassé. J'espérais que tu trouverais le temps de venir. Regarde qui est là!

— Je vois. Et je ne serais pas étonné si elle se volatilisait sous mes yeux! Comment, au nom du Ciel...?

Miss Silver souriait, son sac à ouvrage en chintz fleuri posé par terre à côté d'elle. Elle portait une robe en lainage vert foncé du même genre que toutes celles que Frank lui avait vues — plus longue et plus droite que le voulait la mode, l'échancrure en V transformée en col montant à baleines par l'ajout d'une petite modestie en tulle. Comme elle était en visite, elle arborait une chaîne en or surannée et sa broche favorite, une rose en bois sculpté, ornée d'une perle en son centre. Elle tenait une tasse de café dans sa main gauche et, sans se lever, lui tendit l'autre pour le saluer.

— Mon cher Frank... Quel plaisir!

Il s'assit, Ruth apporta une tasse supplémentaire et on lui servit du café. Il apprit que le colonel Abbott était allé voir le vicaire pour une affaire en rapport avec les comptes de l'église.

— Je ne peux pas rester longtemps, prévint Frank.

Comme toujours, il contemplait Monica avec affection. Cicely avait hérité de sa mère son teint mat et ses yeux d'ambre, mais non le charme, la chaleur, l'harmonie qui émanaient de ses traits — et certes pas sa sérénité. Frank avait un jour dit à sa tante qu'il ne connaissait pas de femme plus reposante qu'elle, et, en riant, elle avait répondu qu'en réalité il voulait sans doute dire qu'elle était paresseuse. Elle lui servit une seconde tasse de café, regretta qu'il ne fût pas venu déjeuner et en vint à la tragédie de Field End.

— Le laitier l'a raconté aux bonnes. Cela paraît trop affreux pour être vrai. Dire qu'il y a seulement quinze jours nous étions tous réunis là-bas pour un bal ! As-tu déjà une piste ? Était-ce un cambriolage ? D'après Stokes, la porte vitrée de la terrasse était ouverte. La pauvre Georgina l'a entendue claquer, elle est descendue et a découvert son oncle. Elle avait tant d'affection pour lui ! Cela a dû lui causer un terrible choc.

Il répondit avec une prudente réserve :

— Je croyais que c'était pour l'autre nièce que Mr. Field avait le plus d'affection.

— En effet, c'est une charmante petite personne, convint Monica en posant sa tasse. Elle parle comme on gazouille.

Miss Silver sourit.

— Ce terme a une force évocatrice peu commune. Il me rappelle ce très joli poème de Lord Tennyson, « Le Ruisseau » :

Je babille sur les chemins pierreux
En sons aigus, en trilles légers,
Je bouillonne dans les remous des anses,
Je gazouille sur les cailloux.

— C'est exactement ce qu'elle fait ! approuva Frank en s'esclaffant. Vous n'auriez pu mieux la décrire. Continuez... Il y a bien une suite ?

Miss Silver récita obligeamment une seconde strophe :

— Je coule, je glisse, je reflète l'ombre ou la
[*lumière*
Parmi les hirondelles qui m'effleurent ;
J'emprisonne les rayons du soleil en un réseau
[*dansant*
Sur le sable de mes hauts-fonds[1].

Pensif, Frank murmura :
— La superficialité par excellence...
Monica en fut consternée.
— C'est trop bête ! Je ne voulais rien insinuer de tel, tu le sais. Et Miss Silver citait simplement Alfred Tennyson se faisant la voix d'un ruisseau. Mirrie est une délicieuse enfant, qui aimait elle aussi beaucoup son oncle. Je doute qu'elle ait possédé grand-chose avant de venir à Field End. Elle ne savait plus comment manifester sa gratitude.
— Ne t'affole pas, je creusais simplement une idée. C'est la faute de ce cher Alfred. Maintenant, dis-moi : comment s'entend-elle avec Georgina ?
— Aucune fille au monde ne peut avoir un meilleur cœur que Georgina ! répondit Monica avec ardeur.

Sur ces entrefaites, des pas résonnèrent dans le hall et Cicely entra en courant. « Maman ! » appela-t-elle d'une voix d'enfant, mais, dès qu'elle aperçut Frank, elle lui lança :
— Ah, te voilà, toi ! Ça tombe bien, j'ai deux mots à te dire.
— Cicely chérie, tu ne dis pas bonjour à Miss Silver ?

Le sang affluait aux joues brunes de Cicely, ses yeux mordorés lançaient des éclairs. Elle se tourna vers la vieille dame en lui tendant les deux mains :

---

1. Traduction de M. L. Cazamian. (*N.d.T.*)

— Non, c'est vrai. Je manque à tous mes devoirs, mais je suis trop furieuse pour penser à la politesse. Vous me pardonnez, n'est-ce pas ?

Elle se pencha, déposa un rapide baiser sur la joue de Miss Silver et se redressa pour apostropher Frank, qui la considérait avec un sourire exaspérant.

— Je ne sais pas comment tu peux rester planté là à me regarder !

— A dire vrai, en ce moment tu n'es pas déplaisante à voir. La colère te va bien, mais n'est-elle pas un peu embarrassante pour la digestion ? Et d'abord, de quoi s'agit-il au juste ?

— Comme si tu ne le savais pas !

— Cicely ! se récria Monica.

Mais sa fille tapa du pied.

— Si encore c'était n'importe qui ! Mais Georgina ! C'est d'une stupidité honteuse, insultante, révoltante !

Une lueur mi-amusée, mi-agacée passa dans les yeux pâles et froids tandis qu'il répliquait d'un ton flegmatique :

— Tu vas te retourner à court d'adjectifs si tu les gaspilles ainsi.

— Ah oui ? Eh bien, pour l'instant, j'en ai encore un tas à ton service !

— Cela, ma chère cousine, c'est évident.

— Garde tes « chère cousine », tu veux !

Monica répéta « Cicely ! » d'un ton indigné. Elle ne l'avait pas vue s'emporter ainsi depuis des années et, en dépit de son calme apparent, Frank commençait lui aussi à s'énerver. Monica eut un petit geste fataliste et s'approcha de la cheminée, au-dessus de laquelle une Cicely de cinq ans la contemplait depuis son portrait à l'aquarelle. Les gens dominés par la colère ne se conduisaient pas mieux que des tout petits enfants, songeait Monica, tournant à moitié le dos à la pièce. Sur ce portrait, Cis arborait une robe blanche et une expression décidée. Déjà à cette époque, elle n'avait pas un caractère facile. Derrière elle, Frank s'enquérait d'une voix glaciale :

— Aurais-tu l'obligeance de m'expliquer quel manquement impardonnable j'ai commis envers Georgina ?

— Tu crois qu'elle a assassiné son oncle ! répliqua Cicely, furibonde.

— Qui a dit ça ?

— Elle !

— Et tu m'en rends responsable ?

— Elle ne l'aurait pas dit si ce n'était pas vrai !

— Prétends-tu qu'à l'instar de George Washington elle est incapable de mentir ? Puisqu'il faut te le rappeler, on considère aujourd'hui l'authenticité de cette anecdote pour le moins douteuse.

Cicely poussa un soupir excédé et changea brusquement d'attitude.

— Frank, tu ne peux pas sérieusement la soupçonner. Même si tu ne l'as rencontrée qu'une seule fois, tu ne peux pas te tromper à ce point-là ! Ce genre de choses n'est pas dans sa nature.

Monica regarda par-dessus son épaule. Cicely s'accrochait au pardessus de Frank en levant la tête vers lui. Elle avait les joues rouges et les yeux pleins de larmes. Miss Silver avait sorti de son sac un ouvrage duveteux en laine blanche.

— Quel genre de choses, Cis ? interrogea Frank calmement.

La réponse vint en un chuchotement :

— La jalousie... la haine... la méchanceté... l'égoïsme...

Les paroles de la litanie apaisèrent la colère qui les dressait l'un contre l'autre. Des paroles anciennes, empreintes de beauté : *De la jalousie, de la haine, de la méchanceté et de tout égoïsme, Seigneur, délivre-nous...* Combien de ceux qui prononcent ces mots ont-ils réellement écarté le mal de leurs pensées, avant qu'il ne se révèle dans leurs paroles ou dans leurs actes ?

— Tu es une amie fidèle, Cis, lui dit Frank, puis il rejoignit Monica. Je dois retourner travailler. Embrasse oncle Reg pour moi... J'espère le voir lorsque je serai moins débordé. Je file à Lenton, mais je reviendrai.

— Inutile de te proposer de dormir chez nous ?

— Je ne sais pas encore. Il se peut que je doive retourner à Londres.

Il se dirigea vers la porte, mais Cicely s'était postée sur son chemin.

— Frank...

— Non, Cis, je n'en discuterai pas avec toi, dit-il fermement, et il s'en alla.

Cicely courut vers Miss Silver et s'agenouilla à ses pieds.

— Vous aiderez Georgina, n'est-ce pas ?

La vieille demoiselle la contempla avec bonté.

— Vous vous inquiétez beaucoup pour votre amie.

— Beaucoup, dit-elle, la gorge nouée. C'est que, voyez-vous, si l'on se fie uniquement aux preuves matérielles, un tas de choses pourraient convaincre quelqu'un d'aussi cynique qu'un policier...

Elle se tut, trop émue pour continuer.

Miss Silver posa son ouvrage sur ses genoux. C'était un châle blanc pour le futur bébé de Valentine

Leigh, qui arriverait à terme dans un mois. Elle utilisait un nouveau point très délicat et une belle laine douce, qu'un mouchoir en soie protégeait du contact de sa jupe. Lorsque l'ouvrage aurait progressé, il nécessiterait une taie d'oreiller, mais pour l'instant un mouchoir suffisait parfaitement.

— Pourquoi ne pas vous asseoir, mon enfant, et m'en dire un peu plus ? Une preuve qui paraît très compromettante au début d'une affaire a parfois une explication naturelle. Pour quelle raison pensez-vous que Frank soupçonne votre amie ?

Cicely s'assit sur ses talons.

— En fait, je suppose que tous ceux qui ne la connaissent pas la soupçonneraient... Depuis sa plus tendre enfance, elle était destinée à être l'héritière de Mr. Field ; c'était un fait que nul n'aurait songé à remettre en question. Et puis subitement, voici environ six semaines, son oncle est parti pour Londres et en est revenu avec Mirrie, une petite orpheline dont la mère avait été une cousine de Mr. Field. Le vieux monsieur avait été très amoureux d'elle, dans sa jeunesse... Je crois me rappeler que grand-mère y avait fait allusion, il y a longtemps. Quoi qu'il en soit, Mirrie vivait parmi eux, heureuse comme un chaton devant un bol de lait, et Mr. Field s'attachait un peu plus à elle chaque jour. Georgina était un ange. Comme Mirrie n'avait rien à se mettre, elle a fait modifier quelques-unes de ses propres affaires — de très jolies choses. Elle ne s'en est même pas vantée ; je le tiens de Maggie Bell. J'imagine que vous vous souvenez de Maggie ? Elle est invalide et sa mère est couturière. Maggie était forcément au courant, pour les robes, car c'est Mrs. Bell qui les a transformées. Mais elle l'aurait sans doute appris de toute façon, car elle écoute les conversations téléphoniques sur la ligne groupée et elle est toujours informée de tout.

Monica, qui se penchait pour mettre une bûche dans la cheminée, intervint :

— Tout le monde le sait, mais on n'y pense pas jusqu'à ce qu'il se passe une chose qu'on préférerait ne pas ébruiter. On se promet de faire attention à cause de Maggie, mais en réalité personne ne s'en donne la peine et l'on continue comme si de rien n'était. Cela lui fait tellement plaisir et, après tout, qu'importe ? ajouta-t-elle en adressant à Miss Silver son charmant sourire.

— Cela t'importerait, si l'on t'accusait d'avoir commis un meurtre, objecta Cicely.

— Cis !

Mais la jeune femme persista d'un hochement de tête véhément :

— Mais si, cela aurait une énorme importance ! C'est pourquoi je pense que Maggie pourrait être utile. Je vais lui rendre une petite visite. J'ai justement un roman à l'eau de rose — une merveille du genre ! — sur une pauvre jeune fille persécutée par une cruelle marâtre et une affreuse demi-sœur qui semblent tout droit sorties de *Cendrillon*, avec des cloches qui carillonnent et des souliers d'or au dernier chapitre. Un plagiat éhonté, en fait, mais Maggie va l'adorer.

— Moi-même, j'aime assez les romans à l'eau de rose, confia Monica, à condition qu'ils soient bien écrits et pas trop larmoyants. En tout cas, je les préfère à ces romans psychologiques qui, au bout de six cents pages, se terminent par un suicide ou par une aube sans espoir. Parce que dans la vie réelle, quels que soient nos sentiments, nous devons persévérer dans la tâche qui nous incombe.

— Maman chérie, pas la peine de nous dire que tu n'es pas une fervente du Programme Trois[1], nous le savons depuis des années !

Miss Silver, qui tricotait toujours, releva le nez de ses aiguilles.

— Donc, Mirrie est Cendrillon et Jonathan Field fut pour elle l'équivalent de la marraine-fée. Mais, d'après vous, mon enfant, Georgina Grey n'a pas sa place dans ce joli conte ?

— Non. Elle a sa propre histoire à vivre, qui doit connaître un heureux dénouement. Elle n'a rien à voir avec cette sordide affaire de testament et de meurtre. Même si Frank la connaît mal, il devrait se montrer plus perspicace. Sinon, il n'a rien à faire dans la police, à se mêler de la vie des gens et à les blesser en les accusant injustement !

Les mots se bousculaient dans sa bouche, la laissant tout essoufflée. Miss Silver toussota discrètement.

— Pourquoi croyez-vous que Frank entretient des soupçons à l'égard de Miss Grey ?

— Georgina le dit et elle n'est pas stupide. Elle se borne à constater l'évidence.

Miss Silver observa la jeune fille, un tantinet perplexe.

— Sans doute n'ai-je pas été assez claire. S'il est vrai que Frank soupçonne Miss Grey d'être impliquée dans la mort de son oncle, il doit bien avoir ses raisons.

— Personne, la connaissant...

La détective l'interrompit d'un geste de la main.

---

1. *Third Programme* : ancienne chaîne radiophonique, d'une haute tenue intellectuelle. (*N.d.T.*)

— Calmez-vous, mon petit. Je n'émets aucune opinion quant au bien-fondé de ces soupçons, mais le fait est que Frank ne les nourrirait pas sans une preuve ou une autre. Miss Grey vous a-t-elle dit laquelle ?

— Oui. C'est le fait que Mr. Field avait modifié son testament.

— En faveur de Mirrie ?

— Oui. Vous comprenez, Georgina avait reçu une lettre anonyme vraiment odieuse.

— Comme toutes les lettres de ce genre, mon enfant.

Cicely acquiesça avec conviction.

— Cette lettre l'accusait de jalouser Mirrie parce qu'elle était plus jolie et aimée de tous. Suivaient toutes sortes d'inepties, prétendant qu'elle avait voulu humilier Mirrie en lui donnant de vieilles frusques. C'est faux ! C'étaient de très jolis vêtements, et Mirrie était ravie.

— Tout cela est extrêmement intéressant.

Cicely la regarda, les yeux brillants.

— C'est vrai ? Vous ne pouvez pas savoir combien je l'espérais.

— Continuez, je vous en prie. Miss Grey avait-elle montré cette lettre à son oncle ?

— Mais oui ! Et cela a donné lieu à une scène épouvantable. Il semblait ajouter foi à toutes ces calomnies — la jalousie, les vêtements et tout le reste. Il lui a annoncé qu'il modifierait son testament. Je ne crois pas qu'il ait dit expressément qu'il comptait la déshériter, mais elle en a eu l'impression.

Monica étouffa un petit cri scandalisé. La détective remarqua d'un ton grave :

— Je sais que je n'ai pas à vous recommander la

discrétion, mais vous devriez conseiller à votre amie de ne pas confier ses impressions à n'importe qui.

— Oui, les gens ont l'esprit si mal tourné! Vous savez, Mr. Field avait un caractère irascible, mais il ne s'en était encore jamais pris à Georgina et elle était terriblement malheureuse. Lundi matin, il est allé à Londres, a modifié son testament et n'est rentré que mardi soir à l'heure du dîner.

— Il a modifié son testament, dites-vous. Le fait était-il connu?

— Oui, Mr. Field l'avait annoncé à Mirrie. Mardi, après le dîner, Georgina l'a suivi dans son bureau, où ils se sont enfin réconciliés. Il n'était plus fâché. Il lui a parlé de son amour d'autrefois pour la mère de Mirrie. Ce fut une longue conversation, qui leur a fait plaisir à tous deux. A la fin, il a avoué qu'il s'était laissé aveugler par la colère et il a compris combien ses nouvelles dispositions testamentaires étaient injustes. Il a sorti le testament qu'il avait signé quelques heures plus tôt et l'a brûlé.

— En présence de Miss Grey?

— Oui. Elle a essayé de l'en dissuader, mais il a déclaré qu'il faisait ce qu'il voulait de son argent.

— Cela s'est passé hier soir?

— Oui.

— Et à quelle heure est-il décédé?

— Georgina a été réveillée par un bruit violent au milieu de la nuit. En regardant par la fenêtre, elle a vu la porte vitrée du bureau, qui donne sur la terrasse, battre à cause d'un courant d'air. Elle est descendue la fermer, et c'est alors qu'elle a découvert le corps de Mr. Field.

Tout le temps où elle parlait, Cicely était restée assise sur ses talons. Dans un des mouvements impulsifs qui la caractérisaient, elle s'appuya sur ses paumes pour se remettre à genoux près de Miss Silver.

— Vous voyez bien, toutes les apparences sont contre elle! Il faut que quelqu'un l'aide, sans quoi elle est perdue! Miss Silver, vous allez l'aider, n'est-ce pas? Oh! ma chère, ma merveilleuse Miss Silver, dites oui!

A cet instant précis, Ruth ouvrit la porte du salon et annonça :

— Miss Georgina Grey.

18

Georgina avait un grand manteau sombre sur son chandail et sa jupe, et une écharpe autour du cou — la première qui lui était tombée sous la main, un mélange de gris et de bleu pastel. Elle était tête nue et ne portait pas de gants. Monica s'élança à sa rencontre, avec sa chaleur et sa gentillesse habituelles.

— Ma chère enfant... nous pensons tellement à toi !

— Je lui ai parlé, dit Cicely à son amie tout en se relevant.

Ses jambes étaient si ankylosées qu'elle dut s'accrocher au bras de Georgina pour ne pas perdre l'équilibre. Mais celle-ci n'avait d'yeux que pour Miss Silver. Instinctivement, elle soutint Cicely et fut réconfortée par la bonté de Monica comme par la douce chaleur d'un feu de bois, mais toute son attention se concentrait sur la vieille dame qui faisait quelques pas vers elle, un ouvrage de layette dans une main, l'autre tendue pour serrer la sienne. Cette main était petite, son étreinte à la fois ferme et cordiale.

— Enchantée de vous connaître, dit Georgina.

Elle avait quelque difficulté à associer le portrait mirifique que Cicely lui avait brossé avec cette petite personne guindée, à la frange frisottée et aux traits anodins. Les éloges enthousiastes flottaient dans sa mémoire : « Elle est merveilleuse... Je lui dois la vie, et Grant pourrait en dire autant. Tu sais qu'il a bien failli être arrêté, dans l'affaire de la boucle d'oreille... Elle lit dans les cœurs comme à livre ouvert... Frank lui mangerait dans la main. » Georgina n'aurait su dire à quoi elle s'attendait, mais le feu d'artifice promis par Cicely s'évanouissait, laissant derrière lui une morne grisaille. Elle prit place sur le siège qu'on lui offrait.

Monica posa la main sur l'épaule de sa fille.

— Si Georgina désire consulter Miss Silver, je crois préférable de les laisser seules.

Cicely se leva à contrecœur, faillit protester et rencontra le regard de la détective, qui lui signifiait clairement de s'en aller. Se mordant les lèvres, elle sortit derrière Monica. On l'entendit lancer un « Vraiment, maman ! » indigné dans le hall.

Miss Silver se tourna vers Georgina.

— Vous souhaitez me parler ?

Soudain, Georgina commença à en ressentir l'envie. Elle oublia que Miss Silver ressemblait à la gouvernante dans un portrait de famille édouardien. Mrs. Fabian conservait un véritable fonds de vieux albums dont Miss Silver semblait avoir surgi. Elle avait réellement occupé les fonctions de préceptrice, autrefois — Georgina le savait ; désormais, elle exerçait ses talents dans le domaine de l'enquête privée, et Frank parlait d'elle avec vénération. Mentalement, Georgina opéra une rectification : Frank n'existait plus. A sa place était apparu l'inspecteur Abbott aux yeux froids et cyniques, qui n'accordait aucun crédit à son témoignage.

Le regard que Miss Silver posait sur elle n'avait rien de froid ou de cynique. Il était plein de bonté, mais aussi pénétrant. Georgina avait l'impression qu'il la perçait de part en part. Étrangement, cette sensation n'était pas désagréable. Elle l'eût été si la jeune fille avait eu quelque chose à cacher, mais, ayant la conscience tranquille, elle éprouvait un certain soulagement en sentant qu'elle n'aurait pas à se répandre en explications — Miss Silver comprendrait.

Le regard scrutateur disparut, remplacé par le sourire qui avait conquis le cœur de tant d'êtres dans la détresse. La voix agréable répéta :

— Vous souhaitez me parler ?

Georgina trouva étonnamment facile de s'épancher. L'inspecteur Lamb, qui avait grandi dans un petit village où, à peine quelques générations plus tôt, on croyait encore aux sorcières, nourrissait d'embarrassants soupçons au sujet de la vieille demoiselle. Pour rien au monde il ne l'aurait avoué et elle en aurait assurément été blessée. Mais elle possédait sans nul doute le pouvoir peu commun de recréer l'atmosphère des salles de classe sur lesquelles s'exerçait jadis son influence bienveillante.

Peut-être pour cette raison, Georgina trouva tout naturel d'être interrogée par Miss Silver et de lui répondre avec le plus de franchise et de précision possible. Il ne lui venait même pas à l'idée de taire le moindre détail, ou de craindre que ses réponses ne se heurtent au doute ou à l'incompréhension. Jusqu'à ce triste lundi où Jonathan lui avait montré de la défiance, elle n'avait jamais imaginé qu'on pût mettre sa bonne foi en cause. Mais depuis, on eût dit que sa parole ne valait plus rien. Et quand elle avait compris que Frank Abbott la soupçonnait d'avoir assassiné son oncle, elle avait senti l'univers s'écrouler. Mais face à la détective, le monde retrouvait enfin sa stabilité.

— Vous savez, lui confia Georgina, je n'aurais jamais pensé qu'on me croirait coupable jusqu'à ce que Mr. Abbott m'interroge dans le bureau. Là, j'ai bien vu qu'il pensait que c'était moi.

Miss Silver hocha légèrement la tête.

— Je comprends. Mais il faut vous souvenir de l'appeler inspecteur Abbott, puisqu'il est ici en service.

Georgina songea, non sans amertume, qu'il avait été invité à Field End et qu'elle l'avait trouvé spirituel et très bon danseur. Ils s'appelaient par leur prénom. L'oncle Jonathan était vivant, alors. C'était à peine dix jours plus tôt... Depuis, le monde tournait à l'envers.

— Je n'arrive pas à croire que ce soit arrivé, reprit-elle en regardant Miss Silver. Et, de plus, il y a deux choses que je ne m'explique pas du tout.

La vieille demoiselle tira sur la pelote de laine blanche cachée dans le sac à ouvrage.

— Vraiment ? Lesquelles ?

Georgina se pencha en avant.

— D'abord, pourquoi la porte vitrée de la terrasse était ouverte.

— Voulez-vous dire qu'elle était grande ouverte ?

— Oui. C'est son claquement répété qui m'a réveillée. Je ne comprends pas que mon oncle ne l'ait pas refermée.

— Peut-être trouvait-il la pièce trop chaude ? suggéra Miss Silver, tricotant rapidement.

— Non, il appréciait la chaleur.

— Il nous faut donc supposer qu'il a fait entrer quelqu'un, ou que ce n'est pas lui qui a ouvert la porte.

— Qui aurait-il pu faire entrer ?

— Je l'ignore, Miss Grey.

— Je ne vois pas qui serait venu chez nous à une heure pareille, et en passant par la terrasse. Et s'il n'a pas ouvert lui-même, alors qui ?

— Personne dans la maison n'aurait pu le faire ?

— Mais pour quelle raison ?

— Je ne puis répondre à cela, cependant soyez sûre qu'il existe une explication, même si nous ne la discernons pas encore. Vous disiez que vous ne compreniez pas deux choses, dont la première était cette porte ouverte. Quelle est l'autre ?

— Mon oncle collectionnait les empreintes digitales de personnalités célèbres. Elles sont présentées dans de gros albums, rangés en bas de sa bibliothèque. Ceux-ci étaient à leur place quand j'ai parlé à Jonathan vers vingt et une heures et, d'après Stokes, ils étaient toujours sur l'étagère une heure plus tard, lorsqu'il a apporté le plateau de liqueurs. Cependant, quand j'ai découvert mon oncle à une heure du matin, le second volume était ouvert à sa droite. On en avait arraché une page.

— Bonté divine ! Savez-vous quelles empreintes se trouvaient sur la page manquante ?

— Je le pense, mais je n'en suis pas sûre. Oncle Jonathan se plaisait à raconter qu'il avait été enseveli sous les décombres, pendant le Blitz. C'était une anecdote palpitante, que je lui ai entendu raconter à maintes reprises. Il y a une dizaine de jours, nous avions organisé un bal, précédé d'un petit souper. Après le repas, certains des invités sont entrés dans le bureau, parmi eux l'inspecteur Abbott. Ils désiraient voir la collection et mon oncle se préparait à placer son histoire. Je n'étais pas là au début, mais je les ai rejoints au moment crucial où il s'apprêtait à la raconter. Je lui ai annoncé que les autres convives commençaient à arriver, et j'ai bien vu que cette interruption le contrariait. Mirrie l'a supplié de continuer, alors je suis sortie.

— Ainsi, Mr. Field a pu placer son anecdote, finalement ?

— Oh, oui ! Ensuite, Mirrie n'avait plus que cela à la bouche. Mon oncle s'était trouvé bloqué en compagnie d'un autre homme sous les ruines d'une maison bombardée. Ils étaient convaincus qu'ils n'en sortiraient pas vivants. L'inconnu, les nerfs à vif, confia à oncle Jonathan qu'il avait commis deux meurtres et lui expliqua comment il s'y était pris. D'après Mirrie, Jonathan ne s'était pas étendu longuement sur cette partie de l'aventure. J'avais laissé la porte ouverte et il entendait les gens entrer dans le hall, aussi s'est-il borné à dire qu'il reconnaîtrait la voix de cet homme s'il l'entendait à nouveau, et qu'il avait obtenu ses empreintes en lui passant son étui à cigarettes. Il avait à peine entrouvert l'album pour les leur montrer. Leur emplacement était marqué par une longue enveloppe, où il gardait ses notes sur les aveux de l'inconnu. Vous savez, il est très possible qu'oncle Jonathan ait inventé cette histoire de bout en bout ! Je le vois très bien l'étayer à grand renfort de notes, conservées dans une enveloppe marquant la page de fausses empreintes. Mais, en ce cas, pourquoi aurait-il arraché cette page pour la brûler ?

— Bonté divine ! soupira Miss Silver. Oui, vous me disiez tout à l'heure que cette page avait disparu.

— On voit bien qu'elle a été déchirée à la hâte. Frank Abbott m'en a montré le bord déchiqueté. Et ce n'est pas tout ! L'enveloppe y était encore, mais vide. Les notes que mon oncle y rangeait ont également disparu.

— L'avez-vous signalé à l'inspecteur Abbott ?

— Il ne m'en a pas laissé le temps, car il a immédiatement enchaîné sur le testament brûlé. C'est là que j'ai senti qu'il me soupçonnait. En un sens, je le comprends. Cela semble totalement absurde de refaire son testament pour le détruire le soir même. Mais les gens coléreux ne sont pas raisonnables. Oncle Jonathan a agi ainsi parce qu'il était furieux contre moi et qu'il voulait montrer à tout le monde qu'il aimait Mirrie. Puis, quand je suis allée lui parler après le dîner, hier soir, sa colère s'est évanouie comme par magie et il s'est montré aussi doux qu'un agneau. Il a sorti le nouveau testament de son tiroir, l'a déchiré et l'a jeté au feu. J'ai essayé de l'en empêcher, mais il n'a rien voulu entendre et je craignais qu'il ne se fâche à nouveau. Il disait qu'il en ferait un autre, qui cette fois serait juste pour Mirrie et pour moi, et que je ne devais pas penser qu'il m'avait enlevé son affection pour la donner toute à Mirrie. Oh, Miss Silver, balbutia-t-elle, les larmes aux yeux, je n'arrive pas à croire qu'il n'est plus là !

La vieille dame lui répondit avec gentillesse et douceur :

— Votre plus grande consolation restera toujours d'avoir complètement dissipé tout malentendu avec votre oncle. Comme le dit si justement Coleridge :

Car se mettre en colère contre un être qu'on aime
Est comme une folie qui brouille l'entendement.

Georgina se mordit les lèvres et resta pendant

quelques secondes incapable de parler. Quand elle put de nouveau maîtriser sa voix, elle demanda :

— Miss Silver, Cicely pensait... Elle m'a dit que, peut-être, vous consentiriez à venir à Field End afin de nous aider. Le voulez-vous ?

La détective posa ses mains sur son ouvrage et demanda avec une douceur trompeuse :

— A quel titre ?

Georgina demeura un peu interloquée. Miss Silver était-elle offensée ? Elle ne voulait pas venir... La jeune fille fut elle-même surprise en mesurant combien elle serait déçue par un refus.

— Vous vous chargez bien d'enquêtes, n'est-ce pas ?

— Est-ce mon aide professionnelle que vous désirez ?

— Oh, oui !

— Alors il me faut vous dire ce que je me fais un devoir d'expliquer à chaque client. Je ne puis intervenir dans une affaire en me donnant pour objet d'établir l'innocence ou la culpabilité de quiconque. Mon seul et unique dessein est de découvrir la vérité et de servir la cause de la justice. Je ne peux faire de compromis ni déguiser les faits, pas plus que dissimuler des preuves matérielles à la police.

Georgina soutint son regard sans baisser les yeux et répondit d'une voix ferme :

— Miss Silver, je désire plus que tout savoir ce qui s'est réellement passé. Je n'ai rien à cacher.

19

Sitôt sa valise bouclée, Miss Silver fut conduite à Field End où elle découvrit qu'une chambre agréable avait été préparée à son intention. La pièce faisait face à celle de Georgina et jouxtait celle de Mirrie. Pendant que la détective rangeait ses affaires, Georgina descendit annoncer sa présence.

Au salon, elle trouva Mrs. Fabian allongée sur le sofa, les pieds surélevés par un coussin. L'affliction sincère que lui causait la mort de Jonathan était accrue par une pénible incertitude quant à son propre avenir. Depuis dix-neuf ans que Field End était son foyer, elle avait vécu libre de tout souci matériel et reçu un salaire substantiel, tout en ayant la certitude que Johnny serait toujours le bienvenu. Désormais, elle n'était plus sûre de rien. Les maigres revenus subsistant après la ruine de son mari suffiraient à peine à louer un cottage, et bien qu'il soit rassurant d'avoir un toit, ce n'est pas une grande consolation quand il offre simplement un abri où mourir de faim en toute quiétude. Évidemment, Johnny ne la laisserait pas dans la misère s'il pouvait l'empêcher. Georgina non plus. Mais si le pauvre Jonathan avait tout légué à Mirrie... Il s'était rendu à Londres chez son notaire et avait changé son testament. Mirrie elle-même en avait ingénument fait la confidence. Elle avait pleuré, séché ses larmes, puis s'était remise à sangloter en pensant à son oncle si gentil. Rien que de très naturel, mais cela même qui était pour Mirrie un sujet de gratitude pouvait paraître fort différent au reste d'entre eux. Si Georgina héritait seulement d'une rente dérisoire... Mrs. Fabian ne l'avait répété à personne, mais quand Jonathan lui avait annoncé qu'il allait voir Me Maudsley, elle lui avait demandé si Georgina était au courant. Elle avait posé cette question innocemment, sans aucun désir de se mêler de ses affaires. Mais alors Jonathan l'avait toisée avec colère et avait grondé d'une voix mauvaise — on ne pouvait la qualifier autrement, même s'il ne fallait pas dire du mal des morts — que Georgina n'avait pas son mot à dire.

Plus Mrs. Fabian repensait à cette scène, plus elle était inquiète. Elle n'avait jamais rien attendu pour elle-même, bien qu'elle songeât parfois que ce serait gentil s'il n'oubliait pas Johnny. Mais, durant toutes ces années à Field End, elle n'avait pas douté que Georgina jouirait d'une parfaite sécurité matérielle. Elle était la propre chair de Jonathan, la fille de sa pauvre sœur Ina, et une si adorable enfant. Naturellement, il ferait d'elle son héritière ! Puis Mirrie était arrivée et Jonathan avait modifié ses dispositions testamentaires. Si le corps d'Anna Fabian reposait confortablement, son esprit était en proie à la tristesse et au tourment. Elle s'imaginait aux côtés de Georgina dans un galetas — pourquoi un galetas ? Elle aurait été bien en peine de l'expliquer. En réalité, ce serait vraisemblablement un cottage décrépi dépourvu d'eau courante, avec des sanitaires à l'extérieur. L'idée que Georgina devrait exercer un emploi assombrissait encore ce sinistre tableau, car cela impliquait que Mrs. Fabian se retrouverait seule dans le galetas, ou le cottage. Elle releva la tête quand Georgina entra, et lui avoua, toute bouleversée :

— C'est très mal de ma part, je le sais, car je ne devrais penser qu'à notre pauvre Jonathan, mais — oh! ma chérie — je me demande ce que je vais devenir... Parce que tu comprends, bien que je sois prête à accepter n'importe quel travail, je crains malheureusement...

Georgina vint s'asseoir à l'autre bout du sofa.

— Allons, cousine Anna, qu'y a-t-il?

Mrs. Fabian fondit en larmes.

— Cher Jonathan... Il avait si bon cœur! Je ne réclame rien pour moi-même, mais s'il a laissé toute sa fortune à Mirrie...

— Je suis certaine que tu n'as pas à t'inquiéter.

Mrs. Fabian pressa un épais mouchoir contre ses paupières.

— Mirrie a dit...

— Oui, je sais ce qu'elle a dit. Néanmoins, tu verras que tu avais tort de te faire du souci.

— Jonathan te l'a-t-il assuré? Oh, chère petite, quand tu es partie du salon hier soir, était-ce pour aller lui parler? Je l'espérais de tout mon cœur. Je n'avais pu m'empêcher de remarquer que vous étiez en froid. Ç'aurait été terrible, s'il était parti comme ça, sans plus aucune chance de réconciliation!

Le regard de Georgina se perdit dans le vague, brouillé par l'émotion.

— Oui, mais par bonheur il n'en est rien. Nous nous sommes expliqués... Il n'y avait plus aucune ombre entre nous. Et tout va s'arranger pour toi.

Maintenant, ne pleure plus, car nous avons une visiteuse qui va bientôt descendre pour le thé.

— Une visiteuse ?

Georgina entreprit de justifier la présence de Miss Silver.

— Je suis sûre qu'elle te plaira beaucoup. Elle nous sera à tous d'un précieux secours.

— Mais, ma chérie... elle mène des enquêtes ! Ce n'est jamais qu'une façon polie de dire qu'elle est détective privé. Même à notre époque où les femmes font les choses les plus extraordinaires, cela ne paraît pas une occupation respectable pour une dame.

— Chère cousine Anna, Miss Silver est une des personnes les plus respectables que je connaisse. Tu as sûrement entendu cousine Vinnie chanter ses louanges !

Mrs. Fabian finit de se tamponner les yeux et se redressa. Miss Alvina Grey, fille d'un ancien vicaire de Deeping, vivait depuis des années dans le cottage autrefois alloué au sacristain. Elle parlait assurément en toute connaissance de cause des événements liés à l'affaire de la boucle d'oreille, puisque c'était chez elle que Mary Stokes s'était réfugiée, avant de révéler qu'elle avait vu une jeune femme assassinée dans le Hallier du Pendu. Mrs. Fabian avait entendu cette histoire bon nombre de fois. Seul son désarroi l'avait empêchée de faire le rapprochement entre l'invitée de Georgina et la petite dame de Londres qui avait séjourné chez Monica Abbott, et avait joué un rôle si remarquable dans l'élucidation du mystère.

— Oui, oui, bien sûr ! s'exclama-t-elle, retrouvant sa vivacité. Son nom m'avait échappé. Certaines personnes ont la mémoire des noms, mais moi, je ne retiens que les visages. Après tout, comme le dit Shakespeare :

Qu'est-ce qu'un nom ? Ce que nous appelons une rose,
Nommé tout autrement, conserverait la suavité de
[son parfum.

« Silver... oui, c'est bien cela, je m'en souviens parfaitement à présent. Miss Maud Silver. Tous étaient unanimes à vanter ses mérites. Ta cousine Alvina s'était prise d'affection pour elle au point de lui livrer la recette de ses délicieuses brioches.

Ayant ainsi préparé le terrain, Georgina quitta une Mrs. Fabian revigorée et traversait le hall quand Anthony sortit du salon. En la voyant, il l'invita à y entrer. Elle le suivit dans la pièce et ferma la porte.

— Où sont les autres ? demanda-t-elle.

— Johnny a emmené Mirrie faire un tour dans sa vieille guimbarde. Elle a pleuré à s'en rendre malade, et il a pensé qu'un peu d'air frais lui ferait du bien.

— Elle aimait vraiment oncle Jonathan. Pauvre petite Mirrie ! J'imagine qu'il représentait ce qui lui était arrivé de plus merveilleux dans sa vie. L'oncle Albert et la tante Grace m'ont l'air plutôt rébarbatifs.

Anthony, qui s'était approché de la fenêtre, se tourna et revint près de la jeune fille.

— Laissons-la de côté pour l'instant. C'est de nous que je voulais te parler.

Elle leva les yeux vers lui, un peu alarmée.

— Qu'y a-t-il ?

— Mirrie affirme que Jonathan a modifié ses dernières volontés, dit-il de but en blanc. Elle le tient de lui personnellement.

— Je croyais que nous ne parlions plus de Mirrie.

— Il n'est pas question d'elle, mais du testament.

Elle fit quelques pas vers la cheminée et contempla tristement les flammes.

— Je n'ai pas très envie d'en discuter, Anthony.

— Moi non plus. Je ne me soucie que de nous. Je n'ai abordé ce sujet que pour ne plus y revenir. Jonathan a promis à Mirrie qu'il la traiterait comme sa propre fille, ce qui, en clair, implique qu'elle héritera de l'essentiel de sa fortune. Et cela signifie également... Oh, Georgina ! Ne le comprends-tu pas ? Cela signifie que je suis libre, désormais, de te demander de m'épouser.

Dans le feu, une bûche de pommier exhalait un délicieux parfum. Elle s'était consumée à moitié, mais conservait sa forme et n'était pas tombée. De petites étincelles rougeoyantes couraient dans les cendres, sous l'appel d'air montant de la cheminée. Georgina les observait, les pommettes avivées par une légère rougeur. Elle répondit à voix basse :

— Je doute qu'une demande en mariage conditionnelle me séduise beaucoup, Anthony.

— Que veux-tu dire ? Comment aurais-je pu te demander ta main, moi, le parent pauvre, si tu avais hérité de tout cet argent ?

— Rien ne t'en aurait empêché si tu te préoccupais un peu moins de l'argent, et plus de moi.

Elle tourna brièvement la tête vers lui, et il eut le temps d'apercevoir ses yeux étincelants de colère, avant qu'elle se remette à fixer le feu.

— Georgina !

— Mais oui. Si cet argent t'importait moins, il ne serait pas un obstacle entre nous. Ce n'est guère mieux que si tu voulais m'épouser pour ma fortune. Dans un cas comme dans l'autre, je passe en second. Je n'épouserai certainement pas un homme qui tient un tel raisonnement.

Il prit la main de Georgina et la pressa contre sa joue.

— Tu ne penses pas sérieusement que cet argent compte pour moi ?

— Bien sûr que si, puisque tu accepterais qu'il nous sépare.

— Mais comme tu n'en auras pas, ma chérie, le problème est réglé ! Ton oncle t'a probablement légué quelque chose, mais d'après ce que tu m'as dit avant-hier, ce n'est sans doute pas considérable.

Elle le regarda avec calme.

— Je me demande de quelle somme, au juste, ta fierté pourrait s'accommoder. Réfléchissons un peu. Imaginons qu'il m'ait laissé cinq cents livres par an...

Il eut un rire ulcéré.

— Où veux-tu en venir ?

— J'essaie de définir où, toi, tu as fixé la limite.

— Sais-tu si ton oncle t'a laissé cette somme ?

— Non. Je me demandais simplement à partir de combien tu renoncerais à moi. Et tu ne m'as pas répondu. Pourrais-tu, oui ou non, épouser une femme dotée de cinq cents livres par an ?

Blessé, il l'empoigna par les épaules.

— Si tu crois marchander avec mes sentiments...

— Anthony !

— Tu penses vraiment que ce maudit argent compte pour moi ?

— Nous pourrions toujours en donner une partie. Imagine — simple supposition — que cela dépasse ce que tu juges acceptable... Non, Anthony, tu ne dois pas m'embrasser. Pas avant que je t'y autorise. Pas plus que toi, je ne permets que l'on marchande avec mes sentiments. J'ignore ce que mon oncle m'a laissé et cela m'est bien égal. D'abord, je veux que tout soit net entre nous. Si j'ai quelque chose, cela sera à nous. Si je n'ai rien, ce que tu as sera à nous.

Si mon argent nuit à ton bonheur, nous nous en débarrasserons. Nous pouvons en discuter, déterminer ce que tu supportes de garder. Et maintenant, soupira-t-elle d'une voix tremblante, tu ne crois pas qu'on pourrait arrêter de se disputer pour ça?

Il la serra tendrement contre lui et ils s'embrassèrent. Cependant, Georgina s'écarta.

— Il ne faut pas.
— Pourquoi?
— Parce que... parce que... Oh, je n'aurais jamais dû te laisser faire! Je cherchais seulement un moyen de ne plus parler d'argent.
— C'était bien trouvé. Quel autre obstacle y aurait-il?
— Un que tu ignores, et beaucoup plus grave.
— Jonathan? Tu sais, chérie, je crois que cela lui aurait fait plaisir.
— Oui, j'en suis sûre. Il t'aimait beaucoup, mais... mais...
— Pas de « mais » qui tienne!

Maintenant qu'ils en arrivaient au cœur du problème, les mots ne passaient plus. Georgina s'appuya contre l'épaule réconfortante d'Anthony. Pourquoi ne pouvaient-ils rester ainsi, sûrs de leur amour, sans se soucier du lendemain? Tout au long de l'histoire du monde, les amoureux ont souhaité suspendre le cours du temps, mais il continue de s'écouler inexorablement. L'instant magique s'envole, quelle que soit la ferveur avec laquelle ils lui crient : « *Verweile doch, du bist so schön[1]!* » Georgina dit d'une voix étranglée :

— C'est sans espoir, Anthony. Frank Abbott croit que j'ai tué mon oncle.

---

1. « Demeure encore, tu es si beau! » (*N.d.T.*)

20

Avant ses six semaines de rêve à Field End, Mirrie avait vécu dix-huit années de pauvreté. Ce n'était pas la misère. Elle avait un toit et mangeait à sa faim. Les vêtements qu'elle recevait par charité étaient souvent d'assez bonne qualité. Le raccommodage, lorsqu'il s'avérait nécessaire, était fait très soigneusement, les premiers temps par tante Grace puis, sous l'œil attentif de cette dernière, par Mirrie elle-même. Mais il n'y avait pas un sou en trop. Jamais d'extra, jamais de petit plaisir, jamais rien de drôle. L'enfant avide de couleurs et de gaieté commença à saisir toutes les occasions d'en trouver, quels que fussent l'endroit et la manière dont elles se présentaient. Elle apprit, d'une façon parfaitement fortuite et innocente, qu'une fillette qui fond en larmes dans un bus et explique d'une voix entrecoupée qu'on lui a volé ses sous n'est pratiquement jamais forcée de descendre pour continuer à pied. Il se trouve toujours une âme charitable pour fourrer dans la menotte tremblante le montant du trajet. Elle avait réellement perdu son argent, la première fois, mais cet incident lui avait montré comment économiser ce que tante Grace lui donnait pour le bus, afin de se payer sa place au cinéma. Elle était bien loin de la vérité en affirmant à Johnny qu'elle n'avait jamais vu de vrai film, mais elle ne pouvait tout de même pas lui dire comment elle se débrouillait. Les moyens ne manquaient pas pour se procurer une pièce de six pence par-ci, par-là. Il y avait le coup de la bouteille de lait cassée. Elle en ramassait une dans une poubelle, se postait à proximité d'une crémerie et laissait tomber la bouteille sur le trottoir au moment où une femme bien habillée sortait de la boutique. Devant cette belle petite fille en pleurs, toute terrorisée à l'idée de recevoir des coups en rentrant chez elle, la dame sortait un shilling de bon cœur et disait à l'enfant de garder la monnaie. Évidemment, il fallait trouver une excuse pour justifier le temps passé au cinéma. Mirrie était assez liée avec une fillette, Beryl Burton, dont les parents plaisaient beaucoup à oncle Albert et tante Grace. Elle avait toujours la ressource de dire qu'elle était chez Beryl. Le fait que Mirrie n'eût été prise en faute qu'une seule fois montrait assez son ingéniosité. Même alors, elle avait réussi à improviser pour s'en sortir : il y avait eu un changement de dernière seconde, et elle était allée chez Hilda Lambton.

Hilda comptait parmi les gens auxquels Mirrie préférait ne plus penser. Elle n'avait rien à lui reprocher, sauf qu'elle lui rappelait trop Sid Turner. Dans le temps, Mirrie faisait croire à sa tante qu'elle allait dans un musée ou une galerie d'art avec Hilda, alors qu'elles retrouvaient Sid et son copain Bert Holloway pour se faire un cinoche. On pouvait aller tant qu'on voulait dans les musées, ça ne dérangeait pas tante Grace parce que c'était gratuit, et oncle Albert trouvait ça instructif. Ils avaient fait un raffut de tous les diables quand ils avaient découvert ses rendez-vous avec Sid. Pendant des jours et des jours, oncle Albert ne lui avait adressé la parole que pour citer la Bible ; quant à tante Grace, elle ne cessait de la morigéner et lui avait dégoté ce travail affreux à l'orphelinat. Elle n'en sortait plus que pour se rendre à l'église ou pour prendre le thé chez eux, après quoi oncle Albert la raccompagnait à l'orphelinat. Adieu le cinoche, adieu Hilda et Sid. Ça faisait trop mal d'y penser et Mirrie avait tiré un trait sur son passé.

Mais six semaines ne suffisaient pas à en détruire l'influence. Ce passé-là lui avait donné un besoin irrésistible de liberté. En arrivant à Field End pour ce qui devait être un bref séjour, elle savait que la chance se présentait et qu'il fallait la saisir au bond. Elle devait plaire non seulement à oncle Jonathan, mais à tous les gens de la maison afin qu'ils l'aiment et souhaitent la garder. Si elle restait suffisamment longtemps, elle pourrait peut-être rencontrer quelqu'un, se marier, et alors elle ne retournerait plus jamais à l'orphelinat. Au début, ses ambitions n'allaient pas plus loin. Puis Jonathan Field l'avait prise en affection. Cela ne s'était pas fait en un jour. Elle avait commencé à sentir en lui de l'indulgence et une immense chaleur humaine. Elle put dès lors être tranquille : elle lui plaisait sans fournir le moindre effort, en restant tout simplement elle-même. L'idée d'un bref séjour fut oubliée et Field End devint son foyer. Lorsque Jonathan lui dit qu'il la considérait comme sa propre fille et qu'il allait modifier son testament en sa faveur, Mirrie eut l'impression de revenir de très loin. Le chemin n'avait pas été facile, mais jalonné de dures étapes, parfois effrayantes. Ça, elle en avait bavé. Enfin, maintenant, c'était terminé. Elle pleurait avec l'abandon d'un enfant mais, alors même que ses larmes coulaient, elle avait conscience de quelque chose auquel elle ne savait donner un nom. Oncle Jonathan avait été gentil et elle pleurait parce qu'il était mort. Il lui avait fait une promesse et, lui, il n'avait pas menti. A son retour de Londres, il lui avait annoncé qu'elle n'avait plus à s'inquiéter. Elle ne serait jamais forcée de retourner chez tante Grace et oncle Albert. Elle n'aurait plus à se lever à six heures pour passer l'aspirateur dans tout l'orphelinat. Elle ne porterait plus les affaires des autres, pas même celles de Georgina. Chez *Richard*, le magasin le plus chic de Lenton, on trouvait des vêtements ravissants. Dans la vitrine, Mirrie avait repéré un manteau gris avec la jupe assortie qui, d'après l'étiquette, coûtait vingt-cinq guinées. Elle pourrait l'acheter le lendemain si elle voulait. Ou, sinon le lendemain, dès qu'on aurait procédé à la lecture du testament.

Johnny l'emmena faire une balade en voiture dans la campagne. Ils montèrent le pré communal et traversèrent les bois qui s'étendaient au-delà. Le ciel, où des nuages gris s'annonçaient au nord, était d'un bleu pâle et froid sur lequel les branches des arbres dénudés formaient un lacis pareil à de la dentelle. Mais Mirrie n'était pas sensible à ce genre de beauté. Elle, elle aimait l'éclat des enseignes au néon et la splendeur en Technicolor des films qu'elle voyait au cinéma. Pourtant, elle apprécia la caresse de l'air sur ses joues, sur ses paupières irritées par les larmes. C'était bon de rouler les vitres baissées.

Ils ne parlèrent pas, au début, mais quand ils débouchèrent sur une prairie, Johnny gara la voiture sur l'herbe, au bord de la route. Le terrain bosselé montait en pente douce de chaque côté, avec çà et là un groupe de bouleaux. Les fougères de l'an passé formaient un tapis brun semé de mûriers, de genêts et de bruyère fanée. Les nuages sombres approchaient derrière les deux jeunes gens; bientôt ils couvriraient le ciel.

— Ça va mieux? demanda Johnny en se tournant vers Mirrie.

— Oui, beaucoup mieux, merci.

Il pensa qu'elle ressemblait à un petit chat trempé par la pluie, qu'on avait envie de réconforter et de réchauffer, avant de lui donner une soucoupe de lait — ou de crème bien onctueuse, si l'on en avait. Mirrie préférerait certainement. Stupéfiant, la rapidité avec laquelle un petit être habitué à n'avoir que de l'écrémé prenait goût à la crème. Il avait observé ce phénomène chez Mirrie et, à sa propre surprise, cela l'avait non seulement amusé mais touché. Il songeait que s'occuper d'elle — veiller à ce qu'elle eût sa crème, par exemple — pouvait être une tâche aussi agréable que lucrative. Si elle héritait de Jonathan, elle aurait assurément besoin de quelqu'un pour prendre soin d'elle, et de sa fortune.

— On ne pleure plus maintenant, d'accord? lui dit-il.

— Je vais essayer...

— A la bonne heure!

— Il était tellement... gentil avec moi.

— Il t'aimait beaucoup.

— C'est ce qu'il disait. Pour lui, j'étais comme sa fille. Johnny... tu sais qu'il a changé son testament mais, dis, tu crois qu'il n'aurait rien laissé du tout à Georgina?

Le jeune homme poussa un léger sifflement.

— Qu'est-ce qui te donne cette idée?

— Il était fâché contre elle, expliqua-t-elle d'une petite voix crispée. Je ne sais pas très bien pourquoi, mais cela se voyait. Je n'aimerais pas qu'il l'ait laissée sans un sou.

— Oh, non ! Jamais il n'aurait été si dur. Pense qu'elle est sa propre nièce et qu'elle vivait avec lui depuis l'âge de trois ans.

— Oui, je sais. Johnny... Si j'ai beaucoup d'argent, qu'est-ce que je vais en faire ?

— Qu'est-ce qui te plairait ?

Elle prit un air pensif.

— Je ne sais pas. J'aimerais bien continuer à vivre à Field End. Tu crois que je pourrais ?

— Je suppose que oui, si tu en as envie. Il faudrait savoir à qui revient la maison.

— Oncle Jonathan voulait qu'elle soit mon foyer.

— Alors, il faudrait savoir s'il t'a laissé de quoi l'entretenir.

— Il voulait que tout le monde sache qu'il me considérait comme sa fille.

Si l'on se fiait à ces paroles, cela impliquait que dans le pire des cas elle recevrait la moitié de l'héritage. Mais peut-être bien davantage. Mirrie, qui ne le quittait pas des yeux tandis qu'il se livrait à ces réflexions, lui demanda d'un ton solennel :

— Tu penses que je pourrais avoir une voiture ?

— Mon chou, je ne vois rien qui s'y oppose.

Il avait failli éclater de rire, mais elle continuait à le regarder d'un air grave.

— Il faudrait que je sache conduire.

— Pas de problème, je t'apprendrai.

— Oh, tu es trop gentil !

La conscience de Johnny Fabian était bien élevée et savait se tenir. Comme un enfant du XVIIIe siècle, elle ne parlait pas avant qu'on lui adresse la parole. Toutefois, quand la douce petite voix de Mirrie s'extasia sur tant de gentillesse, elle se manifesta résolument, au mépris de toute discipline. Tenaillé par le remords, Johnny dit très vite :

— Les gens seront toujours gentils avec toi, Mirrie.

— C'est vrai ?

Elle lui tendit les mains, qu'il serra dans les siennes. Elle avait mis des gants chauds, trop longs et trop larges parce qu'ils étaient à Georgina. Il les lui ôta et porta les petites mains froides à ses lèvres, pour embrasser d'abord une paume, puis l'autre.

— Oh, Johnny...

— Comment ne pas t'aimer ? Je ne devrais pas, et pourtant...

— Pourquoi ne devrais-tu pas ?

— Tu vas être très riche, Mirrie.

— Ça a de l'importance ?

— Cela n'en aurait aucune si je l'étais aussi.

— Et tu ne l'es pas ?

Il eut un rire un peu piteux.

— Mes quelques deniers me viennent de ma tante et de mon dur labeur.

— Tu achètes des voitures pour les revendre ?

— Je les achète le moins cher possible pour les revendre le plus cher possible, c'est ça l'idée. Si Jonathan m'a laissé quelque chose, j'investirai le tout dans un bon garage. Je saurai le faire marcher. Je m'y connais en mécanique.

— Ta voiture n'est pas très belle.

— Ce tas de ferraille ? C'est sûr. J'arrive tout de même à le faire rouler, ce qui relève de l'exploit.

Elle dit de l'air d'une fillette distribuant son gâteau d'anniversaire :

— Si j'ai vraiment beaucoup d'argent, je t'en donnerai.

La conscience de Johnny le tiraillait à nouveau. Il embrassa les doigts de Mirrie et répondit d'un air rieur :

— Cela ne se fait pas, mon chou. Du moins, pas de cette façon-là.

— Je ne vois pas pourquoi.

— Parce que, pour commencer, tu seras sous la responsabilité d'un tuteur jusqu'à tes vingt et un ans et, quel qu'il soit, il ne te laissera pas faire. Et même à supposer qu'il accepte, il existe un préjugé stupide contre les hommes qui vivent aux crochets des jeunes filles. Tu ne voudrais pas me voir mis au ban de la société, n'est-ce pas ? C'est très mauvais pour les affaires.

Il sentit les mains de Mirrie frémir dans les siennes.

— Johnny, tu disais que cela ne se faisait pas de cette façon-là. Existe-t-il un autre moyen d'y arriver ?

— Eh bien...

Elle dégagea ses mains et les joignit d'un air suppliant.

— Lequel ? Je veux savoir lequel !

— Je crains que ce ne soit tout à fait irréalisable, dit-il avec un sourire taquin.

— Dis-le-moi ! Dis-le-moi tout de suite !

— Il faudrait m'épouser.

Elle changea d'expression. Quelque chose passa sur son visage, trop furtif pour que Johnny pût l'interpréter avec certitude. Le souffle court, elle demanda :

— Ça, j'en aurais le droit ?

— Ma foi, le mariage est entré dans nos mœurs.

Un jour, tu te marieras, toi aussi. Mais pas forcément avec moi.

Elle respira très vite, puis insista :

— Pourquoi pas ?

— Parce que tu es trop jeune.

— Des tas de filles se marient à dix-huit ans ! protesta-t-elle en rougissant.

— Je suis trop pauvre.

— Et si ça m'est égal ?

Il ne put, cette fois, s'empêcher de rire.

— Si j'étais de ces individus animés par des sentiments nobles et élevés, je te répondrais : « Comment le pourrais-je, ma chérie ? Les gens risqueraient de croire que je vous épouse par intérêt ! »

— Moi, je n'appelle pas ça de la noblesse, mais de la bêtise.

— Moi aussi.

— C'est pour ça qu'Anthony ne demande pas à Georgina de l'épouser ?

— Ça ne m'étonnerait pas.

— Mais il est amoureux d'elle, non ?

— C'est à lui qu'il faut poser la question.

— J'ai bien vu comment il la regarde. J'aimerais bien qu'on me regarde comme ça. On dirait qu'il ne s'aperçoit même pas de mon existence.

— Il ne voit qu'elle, cela crève les yeux. Mais courage ! Les soupirants ne te manqueront pas.

— Tu crois ? demanda-t-elle d'une petite voix triste.

— A commencer par moi, ma chérie.

Ils arrivèrent en retard pour le thé. Mirrie avait les joues roses et les yeux brillants. Elle serra la main de Miss Silver, qui la considéra avec indulgence, et se glissa sur le siège à côté d'elle. Mrs. Fabian, qui servait le thé, décréta qu'il était trop infusé, ce qu'elle jugeait des plus mauvais pour la santé.

— Mon cher papa était très strict quant à sa préparation. Il insistait toujours pour doubler la dose habituelle, deux cuillerées par personne et deux pour la théière. Il ne laissait jamais infuser plus d'une minute, montre en main. Cela nous paraît aujourd'hui très extravagant. Mais chez lui, sa parole faisait force de loi. Je n'ai pas souvenir que ma mère se soit jamais dressée contre sa volonté. Je me demande comment il aurait réagi à l'époque du rationnement.

Johnny répondit, pince-sans-rire :

— Cela, nous ne le saurons jamais, ce qui est peut-être aussi bien. Je reprendrais volontiers une demi-tasse de tanin.

21

L'inspecteur Abbott arriva à Field End à neuf heures le lendemain matin. La première personne qu'il aperçut après que Stokes l'eut fait entrer fut Maud Silver, qui descendait l'escalier. Du fait qu'elle ne portait pas de chapeau et avait au bras son sac à ouvrage en chintz fleuri, la seule et unique conclusion qui s'imposait était qu'elle avait élu domicile dans la maison. Il l'attendit, reçut un accueil calme et posé, et demanda :

— Puis-je savoir comment vous êtes venue ici ?

— Certainement, Frank. Avec Miss Grey, en voiture.

— Je vous croyais en visite chez Monica. Elle semblait également le penser hier, quand je suis passé après le déjeuner. Vous veniez d'arriver, n'est-ce pas ?

— Miss Grey a fait appel à mes services, l'informa tranquillement la détective.

Frank leva un sourcil.

— Voilà une affaire rondement menée ! Elle est venue, elle vous a vue, vous avez vaincu, et elle s'est dépêchée de vous ramener ici. Un peu rapide, vous ne trouvez pas ?

— C'est une amie de votre cousine Cicely.

— Ceci explique cela! Avez-vous pris votre petit déjeuner?

— Pas encore. Le gong venait de sonner quand vous êtes entré.

Il s'écarta pour la laisser passer.

— Je serai dans le bureau. Pouvez-vous avoir l'obligeance de me rejoindre quand vous aurez terminé? J'aimerais discuter avec vous.

Miss Silver pénétra dans la salle à manger, où elle trouva Mrs. Fabian, Georgina et Anthony. Mirrie arriva un moment plus tard. Elle était essoufflée, car toute sa vie cela avait été un crime d'être en retard, or elle s'était assoupie après la tasse de thé au lit qui représentait pour elle un des summums du luxe. Plus besoin de s'arracher à la tiédeur des draps dès la sonnerie du réveil, de poser ses pieds nus sur le carrelage glacé dans la pièce toute noire. Au lieu de cela, elle dégustait du thé chaud avant de se pelotonner à nouveau dans son lit douillet. D'habitude, elle ne se rendormait pas, mais ce matin-là elle avait plongé dans un rêve étrange où Johnny et elle se mariaient à l'église, quand, derrière eux, un homme remontait l'aile et criait: « Non! » Elle se réveilla tout effrayée, car elle ne rêvait presque jamais et détestait lorsque cela lui arrivait. Elle s'aperçut qu'il était tard et, comme avant, elle se pressa, ce qui était ridicule car ici personne ne la réprimanderait si elle faisait la grasse matinée. Oncle Albert, tante Grace et la directrice étaient bien loin! Elle n'aurait plus jamais à les revoir ni à retourner chez eux.

Derrière elle, Johnny entra dans la salle à manger. Il lui posa une main sur l'épaule en passant et lui murmura:

— Bien dormi ?

Tous s'assirent tandis que Mrs. Fabian dissertait sur les petits déjeuners campagnards, désormais tombés en désuétude.

— Trois ou quatre plats chauds, sans parler des œufs accommodés au goût de chacun, et encore du jambon et de la langue froide. Les familles écossaises commençaient par du porridge, mais mon cher papa se plaisait à dire que l'avoine, c'était bon pour les chevaux. Il détestait cela et n'aurait jamais admis d'en voir à sa table. Les céréales spéciales pour le petit déjeuner n'existaient pas, avant la Grande Guerre. Du moins, je ne crois pas... Tout a tendance à s'embrouiller dans la mémoire, vous ne trouvez pas ?

La question semblant adressée à l'ensemble des personnes présentes, Miss Silver, dont les pensées étaient trop bien organisées pour donner lieu à une telle confusion, se contenta de remarquer que deux guerres mondiales avaient certainement apporté bon nombre de changements. Elle déjeuna d'un œuf mollet, de deux toasts et d'une tasse de thé, puis se rendit dans le bureau où elle trouva Frank assis à la table de travail.

— Je regrette que Cicely vous ait embringuée dans cette histoire, lui dit-il d'emblée d'un air préoccupé.

On lui fit immédiatement sentir qu'il s'était montré offensant :

— Je n'ai certes pas pour habitude de me laisser embringuer dans quoi que ce soit.

Miss Silver s'était assise, ayant au préalable éloigné un peu son siège de Frank Abbott, qui secoua la tête.

— Vous savez très bien ce que je veux dire. Vous

vous laissez toujours attendrir par les jeunes filles. Georgina Grey est fort séduisante, mais il fait peu de doute qu'elle a assassiné son oncle.

— Elle a bien conscience que telle est votre opinion.

— Les faits parlent d'eux-mêmes ! Jonathan Field se dispute avec elle lundi matin et lui annonce sa décision de refaire son testament. Il l'apprend également à l'autre nièce, Mirrie, qui, enchantée, répand joyeusement la nouvelle autour d'elle. Field se rend à Londres, chez son notaire, et modifie ses dispositions testamentaires. Il revient ici mardi soir et affirme à Mirrie qu'elle n'a plus à s'inquiéter pour son avenir. Il donne à entendre aux autres membres de la famille qu'il a réglé cette affaire à sa satisfaction. Ils savent additionner deux et deux ! A peine quelques heures plus tard, Field est abattu à cette table, d'une balle dans la poitrine. Georgina prétend l'avoir découvert peu avant une heure du matin. Le claquement de la porte vitrée donnant sur la terrasse l'aurait réveillée. Elle aurait ramassé le revolver pour le poser sur la table. On n'y a relevé que ses empreintes, hormis celles de la victime. Qui plus est, le foyer était plein de cendres, parmi lesquelles se trouvait un fragment relativement intact d'un acte notarié. Georgina soutient que son oncle aurait brûlé son testament suite à une scène émouvante de réconciliation. Elle l'avait rejoint dans le bureau après le dîner et je n'ai aucun doute qu'une scène s'est produite, mais quant à savoir si ce fut une réconciliation ou une nouvelle querelle, nous n'avons que sa parole. Elle ne l'a pas tué à ce moment-là puisqu'il était vivant quand Stokes est entré à vingt-deux heures. Mais si, comme cela semble probable, elle l'a abattu plus tard dans la nuit, elle a très bien pu brûler le testament avant d'alerter Hallam. Le raisonnement tient debout, non ?

Miss Silver, qui l'avait écouté avec une extrême gravité, objecta :

— Il en est souvent ainsi des preuves par présomption. A mon avis, vous ne devriez pas en conclure pour autant que Miss Grey est coupable.

Il parvint à dissimuler son impatience.

— Trouvez-vous la chose si difficile à croire ? Elle a dû éprouver une rude déception en se sachant déshéritée. Toute sa vie, elle s'était crue destinée à recevoir la fortune de Jonathan Field. Il n'avait pas d'autre proche parent, il l'aimait, il était fier d'elle... Et voilà que, du jour au lendemain, tout change. Il découvre Mirrie, la ramène en visite et devient complètement gâteux. Georgina pouvait légitimement ressentir de la jalousie.

Miss Silver émit une petite toux sèche.

— Je n'en ai décelé aucun signe.

— Ma foi, elle ne serait pas humaine si elle n'a pas été jalouse dans une certaine mesure.

— Elle n'a pas ce genre de tempérament, fit doucement valoir Miss Silver.

Cette fois, le policier ne put empêcher son impatience de percer dans sa voix.

— Quelqu'un pensait visiblement le contraire, car elle a reçu une lettre anonyme l'accusant de jalouser et d'humilier Mirrie ! Quand Georgina a montré cette lettre à son oncle, il y a ajouté un tel crédit qu'il lui a annoncé sa décision de modifier son testament. Je subodore que ses nouvelles dispositions devaient être radicalement différentes. Votre protégée avait les meilleures raisons du monde de lui en vouloir. Et c'est qu'en plus il n'a pas perdu de temps ! Il a filé chez son notaire pour revenir mardi soir juste avant le dîner, le document en poche. Georgina l'a rejoint aussitôt après et soutient qu'il a brûlé le testament de ses propres mains. Vous trouvez cela plausible, vous ? Pas moi !

Miss Silver répondit d'une voix pensive :

— Je ne sais pas, Frank. Quelle que soit la façon d'envisager les faits, il ressort que Mr. Field était enclin à de brusques sautes d'humeur et à des décisions impulsives. Il avait pris une décision subite à la suite d'une querelle. N'aurait-il pu en prendre une tout opposée à la suite d'une réconciliation ?

Abbott l'observa d'un œil pénétrant.

— Alors, qui l'a tué ?

— C'est ce qu'il nous reste à découvrir...

A peine avait-elle prononcé ces mots que le téléphone émit une sonnerie stridente. Frank Abbott se pencha pour décrocher. Une voix demanda :

— Est-ce bien le 10, à Deeping ?

— Oui, confirma le policier.

— Qui est à l'appareil ? s'enquit la voix.

— L'inspecteur Frank Abbott.

— Je suis Me Maudsley, le notaire de Mr. Field. Je viens d'apprendre son décès par les journaux du matin. J'appelle d'Édimbourg.

La ligne était si nette que Miss Silver entendait parfaitement l'homme de loi.

— Je désirais vivement vous joindre, dit Abbott.

— Je m'en doute. Hier, j'étais en voyage. Je me suis arrêté en chemin pour voir un client et je suis arrivé fort tard. Je suis absolument bouleversé par cette nouvelle. Existe-t-il une possibilité qu'il s'agisse d'un accident ?

— Aucune. Mr. Field a été assassiné.

— Je suis bouleversé, répéta Me Maudsley. Quand je pense que lundi et mardi dernier il était avec moi !

— Oui, c'est d'ailleurs pour cette raison que nous désirions vous joindre. Je crois qu'il a refait son testament ?

— Oui, en effet, mais...

— Votre premier clerc dit qu'il l'a emporté avec lui.

— C'est exact.

— Le document avait été signé devant témoins ?

— Certes, néanmoins...

— Ce fut votre dernier contact avec Mr. Field ?

— Non, inspecteur.

— Vous l'avez revu après qu'il a quitté votre étude ?

— Non. Il m'a téléphoné.

Frank sentait avec une conscience aiguë le regard intelligent de Miss Silver posé sur lui. La voix du notaire, qui appelait depuis la cabine téléphonique de son hôtel à Édimbourg, leur parvenait distinctement.

— Il vous a téléphoné ? Quand ?

— Sur le coup de vingt et une heures trente, mardi soir.

— Vous êtes formel sur ce point ?

— Oui, à cinq minutes près.

— Ce coup de fil avait-il un rapport avec le testament signé le matin même ?

— Oui, et de taille ! Mr. Field appelait pour m'informer qu'il venait de le détruire.

Sous le regard pénétrant de Miss Silver, Frank Abbott insista :

— Il s'agit bien du dernier en date des testaments ? Et il vous a dit qu'il l'avait détruit ?

— Il a déclaré qu'il venait de le brûler.

— Mais il l'avait signé à peine quelques heures plus tôt !

— Mr. Field était à certains égards un homme impulsif. Il avait signé ce document sous le coup de la colère. Je dois dire que je m'étais élevé avec vigueur contre certaines de ses clauses. Nous étions de vieux amis et je pouvais me permettre de lui parler franchement. S'il m'a appelé ce mardi soir, c'était pour m'annoncer qu'il s'était rangé à mon avis et qu'il venait de brûler le testament en présence de sa nièce Georgina Grey. Il m'a remercié de lui avoir fait entendre raison et m'a dit qu'il avait bien failli commettre une injustice. Il a ajouté que rien ne pressait, mais qu'il passerait me voir dès mon retour pour mettre au point des dispositions ne lésant aucune des parties concernées.

— Je suppose que le testament antérieur est désormais celui qui prévaut ?

— Indubitablement. L'avez-vous trouvé ?

— Oui, dans un tiroir de son bureau. Puis-je savoir quand vous pensez revenir ?

— Je réserve un wagon-couchette pour cette nuit et je viens directement à Field End. Ayant été désigné comme exécuteur testamentaire, je me chargerai de la procédure afin qu'elle soit parfaitement régulière.

22

Frank raccrocha en murmurant :

— C'est donc bien Jonathan Field qui, pris de remords, a brûlé le testament... Avez-vous entendu la révélation que vient de me faire Me Maudsley, le notaire ? demanda-t-il à la détective.

— Oui, répondit celle-ci en inclinant la tête. J'en ai saisi l'essentiel.

— Voilà qui tombe à pic pour Georgina Grey ! Field a dû téléphoner sitôt qu'elle est retournée au salon, et avant que Stokes apporte les boissons. Mais la question demeure : est-elle revenue plus tard dans la nuit pour le supprimer, ou devons-nous trouver un autre suspect ?

Le ton de la vieille demoiselle se chargea de reproches :

— Mon cher Frank, le testament une fois détruit, quel motif aurait-elle eu d'assassiner son oncle ?

— Ma chère Miss Silver, pas besoin de chercher bien loin. Il lui avait toujours laissé entendre qu'elle serait son héritière. Sans l'ombre d'un doute, le testament d'il y a deux ans la place à la tête d'une véritable fortune. Quand elle a vu son oncle détruire celui en faveur de Mirrie Field, Georgina a su qu'elle redevenait son unique héritière. Elle conserverait cette position tant que l'envie ne le prendrait pas de modifier à nouveau son testament. Il avait agi impulsivement ; qui sait s'il ne se raviserait pas encore une fois ? Oh, peut-être pas le lendemain, mais un jour ou deux plus tard — dès qu'elle aurait le malheur de le froisser, ou que Mirrie éveillerait en lui un regain d'affection.

La détective le regarda dans le blanc des yeux.

— La croyez-vous réellement capable d'un tel raisonnement ?

— Elle est très intelligente.

— Je ne faisais pas allusion à ses facultés intellectuelles, et vous le savez très bien. Ce que je voulais dire, c'est qu'un tel manque de scrupules ne lui ressemble pas.

— Acquittée et lavée de tout soupçon ? Alors, il nous faut trouver un autre suspect. Malheureusement, nous sommes handicapés par le fait que, s'il existe, il reste pour le moment sans visage et sans nom. En réalité, nous n'avons pas le plus petit indice sur son identité et l'endroit où le chercher.

Miss Silver le fixa de ses yeux pétillants de vivacité.

— Vous m'intéressez au plus haut point. Continuez, je vous en prie.

Abbott se pencha pour soulever un lourd album et le déposa sur le sous-main.

— Cet album était placé sur le bureau quand Jonathan a été assassiné. Peut-être avez-vous entendu parler de son étonnante collection d'empreintes digitales ? Une partie d'entre elles se trouve là-dedans. Un samedi, il y a quinze jours, Anthony Hallam m'a amené ici à l'occasion d'un bal et je suis resté pour la nuit. Quelques personnes étaient invitées à dîner; Field a conduit un petit nombre d'entre nous dans cette pièce et nous a fait admirer sa collection. Il nous a relaté comment il s'était trouvé enterré sous des décombres pendant le Blitz, en compagnie d'un homme dont il ne pouvait voir le visage, mais dont il était assez près pour le toucher. Cet homme, sous l'effet de la claustrophobie, fut pris d'une véritable logorrhée. Il avoua deux meurtres et décrivit en détail sa façon de procéder. Ma foi, c'était parfaitement crédible. N'importe quoi pouvait arriver pendant ces raids, et Jonathan avait fort bien pu obtenir les empreintes du type en lui passant son porte-cigarettes. Mais, sur le moment, j'ai pensé que ce n'était pas la première fois qu'il racontait cette anecdote et qu'il brodait probablement un peu. D'après lui, on l'avait sorti de là inconscient, et il était revenu à lui à l'hôpital avec une jambe cassée. Son compagnon avait disparu. Jonathan passa rapidement sur cette partie de son récit, car les invités arrivaient pour le bal, toutefois il entrouvrit cet album pour nous donner un aperçu des empreintes. La page était marquée par une enveloppe.

Tout en parlant, Abbott tourna les pages et l'enveloppe apparut. Il la tendit à Miss Silver afin qu'elle l'examine. L'inspecteur observa avec intérêt qu'en moins de temps qu'il n'en fallait pour le dire, elle avait remarqué l'inscription presque indéchiffrable au crayon. Elle l'orienta de façon à la placer en pleine lumière et lut, comme Abbott avant elle : *Notes sur l'histoire du Blitz. J.F.*

— Cette enveloppe est vide, constata-t-elle.

— Oui, mais elle ne l'était pas le soir du bal, j'en mettrais ma main au feu. Il y a quinze jours, quand

Field nous a entraînés ici pour nous raconter cette anecdote, l'enveloppe se trouvait au même endroit, toutefois elle n'était pas vide. Ces notes mystérieuses étaient à l'intérieur. Il a à peine entrouvert l'album et dès qu'il a séparé les pages, l'enveloppe est tombée du côté gauche, lourdement, parce qu'il y avait quelque chose dedans — quelque chose qui n'y est plus. Évidemment, elle a pu être vidée à n'importe quel moment entre le samedi du bal et hier matin. Il serait pratique de supposer que les notes ont disparu à l'heure du crime, c'est-à-dire dans la nuit de mardi à mercredi. Mais rien ne prouve que ce soit le cas, et pas davantage que la page où figuraient les empreintes de l'inconnu ait été arrachée à ce même moment.

— C'est donc cette page-là qui a été arrachée ?

— Oui, celle que marquait l'enveloppe.

Abbott souleva l'album en le dressant sur le bureau afin qu'elle pût le voir. Elle l'examina attentivement.

— Ce serait une bien surprenante coïncidence que la disparition de cette page et des notes la concernant n'ait aucun lien avec le meurtre.

— Coïncidence ou pas, cela a pu avoir lieu entre le soir du bal et la nuit du meurtre. Néanmoins, la porte de la terrasse était ouverte ; bien que l'arme du crime ait pu appartenir à Field, il ne possédait pas de permis, et personne dans la maison n'admet en connaître l'existence. Un modèle allemand. Dieu sait qu'on a fait entrer chez nous en contrebande des milliers d'armes à feu pendant la démobilisation. Il se peut que Jonathan Field s'en soit procuré une. En 1944, il était en France, où il travaillait pour la Croix-Rouge. Anthony Hallam combattait en Afrique. Johnny Fabian a eu dix-huit ans juste à la fin de la guerre; il n'a passé que peu de temps en France. L'un et l'autre auraient pu rapporter un revolver en souvenir, mais ni l'un ni l'autre n'avaient la moindre raison de supprimer Jonathan. Non, nous n'avons plus qu'à nous rabattre sur la théorie exaspérante que l'inconnu du Blitz avait appris qu'il possédait ses empreintes, et avait coutume de régaler ses invités par le récit de ses aveux.

— C'est ce que vous appelez une théorie exaspérante ? interrogea la détective.

— Ma chère Miss Silver, nous ne savons strictement rien de cet homme. Nous ne sommes même pas sûrs qu'il existe ! Il se peut que Field ait déliré sous le choc, ou simplement qu'il ait tout inventé. D'après ce que j'ai entendu dire, il en était bien capable ! Combien de fois a-t-il relaté cette anecdote ? Nous l'ignorons. En tout cas, ce soir-là, les autres personnes présentes à part moi étaient Anthony Hallam, Mirrie Field, Johnny Fabian, les jumelles Shotterleigh qui sont de petites jeunes filles du coin, et un dénommé Vincent, lui aussi de la région mais revenu depuis peu d'Amérique du Sud — beaucoup d'argent, et pas de famille. J'ai rarement vu un tel raseur, et j'avoue que j'ai failli mourir d'ennui pendant qu'il me racontait comment il avait perdu un timbre rare dans un rapide. Nous étions donc sept. Georgina Grey est entrée juste au moment où Jonathan commençait son récit, mais elle l'avait déjà entendu pas mal de fois, aussi ne la compterai-je pas. Le seul candidat possible pour le rôle de l'assassin du Blitz serait Vincent. Néanmoins, outre les empreintes, Field avait une autre possibilité d'identifier l'homme : par sa voix. Il pensait pouvoir la reconnaître s'il l'entendait. Ainsi, cela élimine tous ses familiers, y compris Vincent que, visiblement, Field n'a pas reconnu. Quand Georgina est venue le prévenir que les invités arrivaient, elle est restée sur le seuil en laissant la porte ouverte derrière elle. Field s'est obstiné à terminer son histoire, et elle est repartie sans lui. Mais elle n'a pas refermé la porte : n'importe qui, dans le hall, a pu écouter tout à loisir. Voilà qui allonge la liste des personnes susceptibles d'avoir entendu parler de l'assassin. Cette liste augmente à l'infini quand on considère que l'histoire était excellente. Tous ceux qui l'ont entendue de première main ce samedi-là ont pu la répéter une douzaine de fois avant que le meurtre ait lieu. Si bien qu'en fait elle a pu se répandre comme une traînée de poudre.

— C'est effectivement le genre d'histoire que les gens aiment répéter, admit Miss Silver, qui l'avait écouté avec attention. Il se peut même que vous l'ayez fait, vous aussi.

Il éclata de rire.

— Non, mais je ne chercherai pas à me prévaloir de ma discrétion. En réalité, j'étais beaucoup trop occupé pour y penser ! Cependant, les six autres ont eu amplement le temps d'en parler autour d'eux. Si, par un incroyable concours de circonstances, elle est parvenue aux oreilles du meurtrier, il a pu juger préférable de détruire la confession et les empreintes. Surtout s'il a entrevu un risque, même minime, de tomber sur Jonathan, lui fournissant l'occasion de reconnaître sa voix. Supposons un instant que les choses se soient passées ainsi. X, notre assassin, arrive probablement dans un véhicule volé, ce qui est courant pour ce genre de besogne. Il se gare sans se faire remarquer et contourne la maison. Peut-être a-t-il pris rendez-vous avec Jonathan, sous un quelconque prétexte. Ou alors, voyant de la lumière, il frappe au carreau et invente une histoire crédible. Quoi qu'il en soit, Jonathan le fait entrer et ils discutent. A un certain moment, celui-ci montre sa collection. Alors X sort son revolver et tire, après quoi il déchire la page où figurent ses empreintes, prend les notes et déguerpit. Il n'a pas le temps de brûler ces documents compromettants sur place, car le coup de feu pourrait donner l'alerte. Dès qu'il sera loin de Field End, rien ne permettra plus d'établir un lien entre le meurtre et lui, et il pourra détruire tranquillement la page et les notes.

Miss Silver, qui s'était arrêtée de tricoter, demanda avec sagacité :

— Mais pourquoi a-t-il laissé l'arme derrière lui ?

— Eh bien, peut-être n'était-ce pas la sienne. Supposons qu'elle ait appartenu à Jonathan. Celui-ci est en train de parler à un homme dont il devine qu'il est un meurtrier. N'aurait-il pu ouvrir le tiroir et garder l'arme à portée de main, par précaution ?

— Je ne sais pas, dit Miss Silver. Il est très improbable que Mr. Field ait accepté un rendez-vous à une heure aussi tardive, ou laissé entrer un parfait inconnu, sous un prétexte anodin.

Frank parut un peu désarçonné par cet argument.

— Cependant, celui qui l'a tué connaissait l'histoire de l'assassin du Blitz, sans quoi il n'aurait eu aucune raison de faire disparaître ces indices.

Miss Silver émit une petite toux discrète.

— Il a arraché la page, il a pris les notes. Pouvez-vous m'expliquer pourquoi il a laissé l'enveloppe en place, signalant avec tant d'obligeance la page arrachée ?

23

Me Maudsley arriva à dix heures et demie, après avoir voyagé par le train de nuit depuis Édimbourg et pris son petit déjeuner chez lui. C'était un homme d'une soixantaine d'années, à la voix et aux manières agréables. Ses traits étaient bien dessinés et, s'il avait pris un peu d'embonpoint ces deux dernières années, il le portait bien. Après un bref conciliabule avec l'inspecteur Abbott, au cours duquel les principaux éléments de l'affaire lui furent soumis, il suggéra de procéder immédiatement à la lecture du testament afin d'informer les bénéficiaires de son contenu.

Ils entrèrent dans le bureau. L'homme de loi connaissait de longue date Mrs. Fabian et Georgina. Il avait fait sauter Johnny et Anthony sur ses genoux alors qu'ils n'étaient que des bambins. En revanche, Mirrie et Miss Silver lui étaient inconnues. Mirrie entra au bras de Johnny, écarquillant les yeux de l'air étonné d'un chaton découvrant le monde. Pendant l'échange de salutations et de condoléances qui suivit, elle continua de se serrer contre son compagnon. Me Maudsley ayant fait part de son émotion en apprenant la nouvelle, ayant reçu les réponses appropriées et quelques mots ayant été ajoutés d'un ton feutré, il alla prendre place derrière le bureau. Quand tout le monde fut installé, il commença :

— J'ai ici les dernières volontés de Mr. Field, qui m'a nommé exécuteur testamentaire. En la présente circonstance, le mieux est, je crois, de vous exposer les dispositions prévues.

Grave et solennel, son regard allait de l'un à l'autre. Des sièges avaient été disposés en demi-cercle. Frank Abbott était assis à droite du bureau avec, près de lui, Maud Silver dans un petit fauteuil sans accoudoirs ; ensuite Mirrie et Johnny, qui avaient rapproché leurs chaises afin qu'elle pût continuer à le tenir par le bras. Puis venaient Anthony Hallam, sombre et les traits crispés, et enfin Georgina, très pâle.

On avait donné à Mrs. Fabian le grand fauteuil de Jonathan Field, mais en dépit de son confort on eût dit qu'elle était assise sur un tabouret en bois. Elle se tenait raide comme un piquet, dans son tailleur noir réservé d'ordinaire aux enterrements, et gardait les mains jointes sur sa jupe. Elle ne se laisserait pas aller à espérer que Jonathan avait songé à elle. On l'avait priée d'assister à la lecture du testament simplement par égard, parce qu'elle avait vécu longtemps à Field End et élevé Georgina. Tout au plus, elle recevrait un petit legs qui couvrirait les frais de déménagement, disons dix ou vingt livres. Mais non, elle ne devait même pas compter là-dessus et, surtout, ne pas laisser paraître de déception. Sa chère maman lui avait enseigné qu'une vraie dame ne montrait jamais ses sentiments en public. Mrs. Fabian s'était efforcée d'inculquer les mêmes principes à sa petite Georgina et se félicitait de la manière dont celle-ci se comportait à présent — quelle maîtrise de soi, quelle considération à l'égard des autres ! Néanmoins, elle s'affligeait de la voir si pâle, si tendue. Cette enfant aimait beaucoup son oncle et ressentait un vide immense. Peut-être qu'Anthony et elle... Mrs. Fabian contint un petit tressaillement de joie à cette perspective. Pendant ce temps, Me Maudsley poursuivait :

— Le capitaine Hallam étant également exécuteur testamentaire, avec sa permission je me bornerai pour l'instant à résumer les legs succinctement. D'abord, pour Mr. et Mrs. Stokes, vingt livres par année de service, et la même chose pour le jardinier John Anderson. Cinq mille livres à Anthony Hallam, et une rente viagère de quatre cents livres par an à Mrs. Fabian. Tout le reste va à Miss Georgina Grey, le capitaine Hallam et moi-même étant désignés comme co-tuteurs.

Une légère rougeur était montée aux joues de Georgina, qui évitait le regard d'Anthony. Si elle avait tourné la tête vers lui, elle aurait été saisie par sa pâleur. Tant aux yeux de Me Maudsley que pour Frank Abbott, le jeune homme accusait le coup.

Il n'était pas le seul. Mirrie fixait le notaire avec ébahissement et lui dit d'une voix tremblante de petite fille :

— Mais je ne comprends pas... Ce n'est pas le testament qu'il a signé lundi dernier... Ce n'est pas possible...

— Non, en effet, Miss Field. Ce testament date d'il y a deux ans.

— Mais il en a fait un autre ! Je le sais ! Il me l'a dit !

Les doigts crispés sur la manche de Johnny, elle continuait à regarder avec incrédulité l'homme de loi, qui expliqua gravement :

— Oui, il avait rédigé un autre testament, toutefois il a jugé préférable de le détruire.
— Non !
— Il est regrettable que vous ayez entretenu de faux espoirs. Manifestement, il vous avait donné à entendre que vous hériteriez d'une part de sa fortune.
— Mais oui ! Il m'avait promis de me traiter comme sa propre fille, et que tout le monde saurait ce que je représentais pour lui...

Me Maudsley était venu à Field End animé de très fortes préventions à l'encontre de Miss Field. Il ne s'attendait pas à la trouver si jeune, ni à penser que le destin avait joué à cette petite un bien vilain tour. Si Jonathan n'avait brûlé son nouveau testament avant d'être assassiné, elle serait maintenant à la place de Georgina. Eût-il vécu assez longtemps pour prendre les dispositions qu'il envisageait, il aurait sans nul doute assuré son avenir avec générosité. En l'occurrence, elle était complètement laissée pour compte. Deux ans plus tôt, Jonathan ne soupçonnait même pas son existence. Le notaire s'exprima d'une voix plus douce :

— Votre oncle m'a téléphoné mardi soir. Il avait le sentiment que son dernier testament n'était pas équitable, c'est pourquoi il venait de le brûler. A mon retour d'Écosse, il avait l'intention d'en faire un autre qui assurerait votre sécurité sans léser personne.
— Alors je n'ai rien ?
— Aux termes du testament en vigueur, non.

Mirrie lâcha le bras de Johnny, se leva et fit quelques pas vers le bureau.
— C'est la faute de Georgina ! Elle est venue ici et elle l'a convaincu de le brûler... Elle ne peut pas...

me faire ça ! Pas alors... qu'il me considérait... comme sa fille !

Les mots sortaient par à-coups, en un souffle douloureux. Livide, les yeux embués de larmes, elle serrait ses mains contre sa poitrine. Georgina se leva et s'approcha d'elle, mais Mirrie se déroba à son contact.

— Tu vas me renvoyer ! Il voulait prendre soin de moi, et toi, tu l'en as dissuadé !

— Non, Mirrie, ne dis pas ça ! Ce n'est pas vrai, crois-moi. Je lui ai dit que l'argent m'était égal. Je voulais seulement qu'il ne soit plus fâché contre moi. Je ne m'expliquais pas sa colère, je ne pouvais la supporter. Comment aurais-je deviné qu'il brûlerait le testament ?

Elles auraient pu être seules. Cette scène aurait pu faire partie d'une pièce, dont les autres étaient de simples spectateurs. Mirrie détourna la tête et répliqua :

— Peut-être qu'il ne l'a pas brûlé, après tout... Peut-être que c'est toi !

— Mr. Field m'a téléphoné pour m'informer qu'il venait de détruire le testament, confirma Me Maudsley.

Mirrie fit volte-face.

— Vous êtes de son côté ! Vous prenez son parti ! Tout le monde va me repousser, maintenant. Vous allez essayer de me renvoyer chez oncle Albert et tante Grace, qui me remettront à l'orphelinat ! Mais je n'irai pas ! Je n'irai pas ! Je n'irai pas !

Sa voix s'était muée en un hurlement, et, à chaque fois qu'elle répétait ces mots, elle tapait du pied comme une enfant en colère.

Johnny s'était levé en même temps qu'elle. Se

détournant du notaire, Mirrie se retrouva en face de lui. Lui fit-il une réflexion à ce moment précis ? Personne n'en eut la certitude, après coup, pas même lui. Les joues baignées de larmes, elle lui lança :

— Maintenant, tu ne voudras plus m'épouser !

Désespérée, elle s'enfuit en courant.

24

Johnny la suivit, plongé dans la plus extrême confusion. Elle n'aurait pas un sou, en fin de compte. Jonathan avait signé le document qui faisait d'elle son héritière, puis, dans la même journée, l'avait détruit. Et pourtant Johnny ne pouvait pas plus s'empêcher de courir après elle que d'être aveuglé par un éclair ou de se baisser pour éviter un coup. Il n'était pas mû par la réflexion ou la raison, mais par une des plus grandes forces qui soient au monde. Il rattrapa Mirrie alors qu'elle atteignait la porte de sa chambre. Comme précipitée là par une tempête ou par un raz de marée, elle appuya son front contre le panneau de bois; elle pleurait à gros sanglots qui la secouaient de la tête aux pieds.

Johnny l'enlaça, ouvrit la porte et l'entraîna vers un confortable fauteuil tapissé de chintz où il la fit asseoir.

— Qu'est-ce que ça veut dire, de pleurer à s'en rendre malade comme une petite sotte? Arrête, tu m'entends? Tout de suite!

Il s'était agenouillé auprès d'elle et lui avait pris les mains. Elle ne pouvait plus dissimuler ses traits déformés par le chagrin. Les larmes coulaient tandis que d'autres plus nombreuses encore débordaient de ses yeux pour prendre leur place. Elle dégagea ses mains en hoquetant.

— Il m'avait promis que je n'aurais plus jamais à me faire de souci... Il m'avait dit que tout était réglé... Et ensuite il a brûlé le testament... mais peut-être que c'était Georgina ? Oh, Johnny, tu ne crois pas que c'est elle qui l'a brûlé ?

— Certainement pas. Jamais Georgina ne ferait une chose pareille, alors arrête de la calomnier ou tu lui ôteras toute envie d'agir dans le sens que souhaitait Jonathan. Sois sûre que tu l'en dissuaderas en t'opposant à elle, alors qu'elle serait peut-être disposée à nous offrir une gentille petite somme pour nous installer.

— Mais tu ne veux plus de moi, maintenant. Tu disais que tu étais trop pauvre pour m'épouser, mais je pensais que si j'avais beaucoup d'argent, je pourrais t'en donner.

— Et je t'ai répondu que cela ne se faisait pas.

— Oui, mais moi, je trouvais cette idée complètement stupide. Je t'en aurais convaincu et tout se serait arrangé... mais maintenant, je n'ai même pas d'argent à te donner...

Ces paroles entrecoupées de gros soupirs étaient, hélas ! la stricte vérité. Si Johnny n'épousait pas un beau parti, il devrait gagner son pain à la sueur de son front et cette simple pensée le révoltait. Mirrie et la fortune en plus, c'était une perspective particulièrement séduisante, mais Mirrie sans rien du tout annonçait une vie de dur labeur. L'idée aurait dû le dégriser définitivement, pourtant il se mit à embrasser les mains de la jeune fille et à tenir des propos qui, au lieu de lui glacer le sang, semblaient avoir sur lui l'effet inverse.

— Mirrie... Dis-moi que tu m'aimes un peu. Je veux te l'entendre dire. Je suis tombé amoureux fou de toi... Je croyais que tu l'avais compris. Je me tuerai à la tâche pour te rendre heureuse, si tu veux bien de moi. Jamais je n'aurais cru qu'une fille m'inspirerait de tels sentiments, mais pour toi je me sens prêt à tout! Tu sais que je cherche à investir dans un garage. Que dirais-tu, si j'en cherchais un avec un petit appartement au-dessus?

Les larmes de Mirrie avaient séché. Elle demanda en contemplant Johnny entre ses longs cils:

— On aurait la télévision?

— Pas au début... à moins que Georgina n'ait la riche idée de nous en offrir une en cadeau de noces. Petite Mirrie, dois-je comprendre que tu acceptes?

— Je n'ai pas de mouchoir, dit-elle en reniflant.

— Les filles n'en ont jamais. Prends le mien.

Elle se moucha et s'assit très droite.

— Johnny, tu ne devrais pas être ici. Tante Grace affirmait qu'une jeune fille convenable ne laisse entrer personne dans sa chambre.

— Pas même la bonne?

Les yeux de Mirrie s'emplirent de réprobation.

— Elle parlait d'un homme!

Il eut un rire altéré par l'émotion.

— Tu es une drôle de petite bonne femme.

— Pas du tout. Il faut que tu partes.

Il alla ouvrir la porte à moitié et revint près d'elle.

— Voilà qui devrait satisfaire ton souci des convenances.

— Johnny... J'ai cru que tu t'en allais...

— Mais c'est ce que tu voulais!

— Oh non! protesta-t-elle, ses larmes se remettant à couler. Seulement, tante Grace...

— Laissons tante Grace où elle est, d'accord? Ils ne me plaisent pas beaucoup, l'oncle Albert et elle, alors oublions-les un peu. C'est de nous que je veux discuter.

Elle secoua la tête lentement, d'un air lugubre.

— Discuter? Et de quoi? Je n'aurai pas un sou.

— Oui, c'est bien dommage. Mais penses-tu que tu supporterais d'être un peu pauvre pendant quelque temps?

— Il le faudra bien. Oh, Johnny, je t'en supplie, ne les laisse pas me renvoyer chez mon oncle et ma tante!

— Ma chérie, ces gens-là n'existent plus pour nous. Que dirais-tu d'être la femme d'un garagiste? J'espère que tu sais cuisiner, car c'est très important et, sinon, il faudra apprendre.

Le visage de Mirrie s'éclaira un peu.

— Oh, mais si, je sais! Même tante Grace trouvait que je me débrouillais bien, et oncle Albert aimait mieux mes omelettes que les siennes.

— Quel manque de tact! J'imagine qu'elle ne le prenait pas très bien.

— Tu parles! Et il aimait aussi beaucoup mes soupes. Est-ce que nous serons très, très pauvres?

Johnny ressentit alors un empressement extraordinaire à se priver de presque tout pour veiller sur Mirrie et manger des omelettes. Il était même prêt à travailler dur afin de fournir les œufs nécessaires.

Il le lui dit, et ils étaient occupés à s'embrasser quand Mrs. Fabian entra et les surprit. Elle était venue consoler Mirrie qui avait perdu une fortune, et la trouvait resplendissante de bonheur. Elle adhérait toutefois à l'avis de tante Grace concernant les conversations dans les chambres à coucher. Ils pouvaient bavarder dans le petit salon, et Johnny devait se montrer plus avisé.

— Oui, Johnny. Mirrie est une toute jeune fille. Et elle ferait bien de sécher ses larmes avant de descendre.

25

L'enquête par-devant jury se déroula le lendemain matin et les obsèques de Jonathan Field furent célébrées dans l'après-midi. Lors de l'audience, seules les preuves matérielles furent présentées, aussi le procès fut-il ajourné. L'inhumation eut lieu à Deeping en présence d'une très nombreuse assistance.

Miss Silver enleva le bouquet de fleurs qui ornait son chapeau — le plus beau, après celui des grandes occasions — et couvrit sa robe olive du manteau en drap noir que ses années de service étaient en passe de faire entrer dans la légende. Un excellent tissu. Il datait d'avant-guerre, évidemment, mais il était si chaud et si pratique! Une petite écharpe en laine noire, aimablement prêtée par Mrs. Fabian, lui permit de se passer de son collet de fourrure, un peu jauni et encore plus antique que le manteau. Ce collet, qui avait connu des jours meilleurs, était resté douillet et confortable. Miss Silver jugeant la campagne synonyme de courants d'air, il l'accompagnait toujours lors de ses déplacements en dehors de Londres. Toutefois, comme la couleur était un peu claire pour des funérailles, la vieille dame accepta avec plaisir l'écharpe de Mrs. Fabian.

Côte à côte, Georgina et Mirrie suivirent le corbillard. Elles se tinrent ensemble devant la tombe. Quand Mirrie céda à la douleur, Johnny s'avança et la soutint par les épaules. Mais Georgina resta seule, grande et mince dans son manteau et sa jupe de deuil. Elle fixait sombrement la ligne des arbres qui se découpaient contre le ciel d'un bleu glacé. Quand tout fut fini, elle répondit avec calme et simplicité aux vieux amis venus par groupes de deux ou trois lui présenter leurs condoléances.

A l'autre bout de la foule, Frank Abbott ne parvenait pas à se débarrasser de Mr. Vincent.

— Bizarre, bizarre, vous ne trouvez pas? Un homme riche, très en vue, assassiné chez lui dans un petit village de campagne... pas du tout le genre de chose auquel on s'attendrait.

Frank n'avait jamais trouvé de village de campagne à l'abri du crime et il en fit part à son interlocuteur, citant à l'appui les aventures de Sherlock Holmes et du Dr Watson.

Mr. Vincent le fixa sans sourire.

— Ah, mais ce ne sont que des histoires! Il faut bien que l'intrigue comporte des péripéties, sans quoi on s'ennuierait. Mais on ne s'attend pas du tout à ces choses-là dans la vie réelle. Vous ne pensez pas que cela a un rapport avec l'anecdote qu'il nous a relatée après le dîner, le soir du bal? Vous y étiez, vous aussi.

— Oui, j'y étais.

— Quelle impression vous a-t-il donnée? poursuivit Mr. Vincent. Personnellement, cela m'a rappelé ce qui m'est arrivé il y a quatorze ans, lorsque je me trouvais au Venezuela...

Frank le fit aussitôt revenir aux réalités du Nottinghamshire d'après-guerre.

— Il faut avouer que cette histoire était à couper le souffle.

— Oui, d'ailleurs je l'ai moi-même racontée à plusieurs reprises, convint Mr. Vincent. Lord et Lady Pondesbury ont eu l'extrême gentillesse de m'inviter à dîner; ni eux ni leurs invités n'ayant été présents quand Mr. Field nous montrait son album, j'ai pris la liberté de la répéter. Je crains de ne pas avoir été aussi brillant. Par exemple, je n'ai pu me rappeler s'il avait mentionné la date exacte des événements, ou même s'il avait fait référence à une année particulière de la guerre. Je leur ai parlé de mon expérience au Venezuela, dans les années trente...

— Avez-vous souvent répété l'histoire de Mr. Field? le coupa brusquement Frank.

— Deux, ou plutôt non, trois fois, répondit Mr. Vincent avec complaisance. Un de mes amis dirige un foyer pour jeunes gens dans la banlieue de Londres, du côté de Pigeon Hill. J'y ai passé une soirée en sa compagnie, le mardi — à moins que ce ne soit le mercredi? — de la semaine dernière. En tout cas, certainement pas cette semaine-ci... Oui, je crois bien que c'était le mardi, car j'associe cette soirée avec ma belle-sœur Emmeline Craddock, or c'est ce mardi-là que j'ai reçu d'elle une lettre où elle se proposait de venir passer le week-end chez moi. La date ne me convenait pas du tout, mais j'ai bien peur de l'avoir froissée en lui répondant par la négative. Une femme charmante que j'aime beaucoup, même si elle est un peu encline à se vexer quand on la contrarie.

— Vous avez raconté l'anecdote de Mr. Field dans ce foyer?

— Oui, à plusieurs personnes... Puis plus tard, dans un petit discours improvisé. On m'a accordé une grande attention et j'ai pu la terminer — l'anecdote, mais, hélas, pas le discours — avant que mon ami me fasse remarquer que le temps passait et que je risquais de rater mon train. Mais il faut vraiment que je vous relate cet incident au Venezuela...

Mirrie n'avait encore jamais assisté à un enterrement. A l'intérieur de l'église, cela avait déjà été assez pénible. Toutes ces fleurs amoncelées sur ce long cercueil, et tous ces gens dans ces vêtements rappelant les pires défroques des colis de charité... Même Lady Pondesbury et Mrs. Shotterleigh avaient l'air d'avoir trouvé leurs nippes chez un fripier. Georgina et Mirrie, elles, avaient des jupes et des manteaux neufs. Mirrie portait un adorable petit chapeau qui ressemblait un peu à une toque, avec un bout de voilette. Il était vraiment très seyant. Elle ne s'était encore jamais habillée tout en noir; cela lui allait, quoique moins bien qu'à Georgina. L'idée de ses nouveaux vêtements la réconfortait, mais quand elle contemplait le cercueil en pensant que l'oncle Jonathan reposait dedans, elle ne pouvait refouler ses larmes.

Ce fut pire encore dans le cimetière battu par le vent. Georgina et elle durent se tenir au bord de la fosse. Mirrie se sentit à deux doigts de craquer. Elle avait la gorge si serrée qu'elle avait l'impression d'étouffer, et ses larmes jaillissaient si vite qu'elles lui brouillaient la vue. Johnny s'était approché et avait passé son bras autour d'elle. Elle ne put s'arrêter de pleurer, mais sa sensation de suffoquer disparut et elle se tourna vers le jeune homme pour cacher son visage contre son épaule.

Les gens défilaient devant Georgina, qui leur répondait les paroles d'usage d'une voix triste et douce. Certains d'entre eux avaient un mot gentil pour Mirrie. Lord Pondesbury lui tapota l'épaule et plusieurs personnes murmurèrent : « Pauvre petite. » Au bout d'un moment, ils commencèrent à s'en aller. Georgina s'entretenait avec le vicaire. Mirrie se tamponna une dernière fois les yeux et rangea son mouchoir dans sa poche. Johnny s'était écarté d'elle. Ils allaient bientôt rentrer à la maison. Ce serait un soulagement de partir d'ici ! Elle regardait les groupes de gens s'éloigner quand, de l'autre côté du cimetière, elle vit Sid Turner qui s'avançait vers elle.

Le choc fut épouvantable. Sid, en costume foncé et cravate noire, un chapeau melon sur la tête... Tout ce qu'il portait était neuf et de bonne qualité. Il se flattait d'être toujours tiré à quatre épingles. En revanche, le costume de Lord Pondesbury datait visiblement d'avant la guerre. La cravate noire de Mr. Shotterleigh avait l'extrémité tout effilochée. Même le colonel Abbott était loin d'être aussi élégant que Sid. Mais dans ce cimetière de campagne, au milieu de ces vieilles pierres tombales, leur apparence n'avait rien d'incongru, contrairement à celle de Sid... Pour la première fois, Mirrie comprit que des vêtements pouvaient sembler trop neufs.

Sid s'approcha d'elle et souleva son melon. La jeune fille se mit à trembler. Elle aurait dû se sentir heureuse de le revoir, pourtant, elle avait envie de courir se cacher avant qu'il ne rencontre Johnny.

— Alors, Mirrie ? dit Sid.

Il était à peu près de la même taille que Johnny. Elle leva la tête pour le regarder, rencontra ses yeux sombres et pleins d'audace, et baissa la tête aussi vite qu'elle le put. Quoique bref, ce simple coup d'œil lui fit prendre conscience que ses cheveux noirs frisaient un peu trop et qu'il les portait un peu trop longs. Elle se rapprocha de Johnny et comprit aussitôt qu'elle avait commis une erreur, car Sid se rapprocha aussi.

— Alors, Mirrie ? répéta-t-il. Tu es très mignonne en noir. Si on allait chez toi ?

Johnny, qui était en train de parler avec Grant Hathaway, se tourna pour découvrir Mirrie rouge et embarrassée en face d'un jeune gommeux qui semblait l'importuner.

— Rentrons, à présent, dit-il au vif soulagement de la jeune fille.

Mais, par-dessus sa tête, elle entendit Sid déclarer :

— Bonne idée. Je prendrais bien une petite bière... Pardon ! Là, je crois que j'ai fait une gaffe. Mais, j'oubliais, vous ne savez pas qui je suis. Vous avez devant vous le petit ami. Mirrie, tu nous présentes ?

Elle dit d'une voix à peine plus forte qu'un murmure :

— Sid Turner, le demi-frère de tante Grace... Johnny.

Sur ces entrefaites, Georgina les rejoignit et Mirrie dut tout répéter.

Sid vint avec eux à Field End. Les deux jeunes filles montèrent au premier et Mirrie dut expliquer davantage l'identité de l'invité.

— Il... il était gentil, dit-elle d'une voix mal assurée. De temps en temps, il m'emmenait au cinéma. Tante Grace ne le savait pas. Elle ne me permettait jamais de sortir. Elle... elle et oncle Albert n'aimaient pas beaucoup Sid.

Georgina les approuvait sur ce point, cependant elle se borna à demander :

— Tu savais qu'il viendrait aux obsèques ?

— Non. Il a tout appris par les journaux. Je ne vois pas ce qu'il fait là.

Dans son for intérieur, elle le savait très bien. Il était venu parce qu'il croyait qu'oncle Jonathan avait rempli sa promesse. Elle avait parlé à Sid du testament, mais elle n'avait pas pu lui apprendre que Jonathan l'avait brûlé. Plus de testament, plus d'argent. Elle était la même Mirrie Field, sans un sou vaillant, et elle allait devoir l'annoncer à Sid. Cela l'effrayait tant qu'elle en tremblait comme une feuille.

— Qu'y a-t-il, Mirrie ? s'inquiéta Georgina. Est-ce à cause de cet homme ? Parce que si tu préfères ne pas descendre...

— Non, non, je dois y aller. Ça ne lui plairait pas, sinon...

— Aurais-tu peur de lui ? Il ne faut pas, tu sais. Nous allons prendre le thé, et ensuite Anthony ou Johnny le raccompagnera à la gare de Lenton. Descendons et finissons-en. Les gens vont bientôt arriver.

En bas, Sid Turner avait clairement laissé entendre que le thé n'était pas sa boisson favorite après des funérailles. On lui servit un whisky-soda, et Johnny lui tint compagnie.

Le thé fut servi dans la salle à manger. Sid louchait sur l'argenterie disposée sur le buffet et sur les portraits de famille accrochés aux murs. C'était une belle demeure, sans cette atmosphère de splendeur enfuie qui planait ces temps-ci dans tant de grandes maisons. Sid avait fait quelques acquisitions lors de ventes aux enchères. On pouvait gagner un peu d'argent à droite, à gauche, pour peu qu'on sache s'y prendre — la commission d'un marchand qui ne voulait pas être vu en train d'enchérir, ou un tuyau sur un objet de réelle valeur à une petite vente apparemment sans intérêt. En cherchant un peu, on tombait toujours sur de bonnes occasions, et Sid s'entendait à en tirer le meilleur parti.

Il comprit bien vite que ce ne serait pas facile de parler à Mirrie. Elle devait être fixée, à présent, et il ne s'engagerait pas avant de savoir à quoi s'en tenir. C'était un joli petit lot, très attirant tout en noir, même si pour sa part Sid préférait les couleurs vives. Mais la beauté, c'était l'autre fille. De la classe, elle en avait à revendre. Avec cette silhouette et ces cheveux blonds, elle aurait gagné un maximum comme mannequin. Elle serait trop heureuse de travailler si Mirrie avait hérité de tout. A combien ça pouvait bien s'élever?... Il allait avoir du mal à approcher la petite, car elle était coincée au milieu des gens revenus pour le thé.

26

Sid Turner ne se sentait pas très à l'aise parmi toutes ces personnes qui s'appelaient par leur prénom et causaient d'affaires de famille. Dans son milieu, il était considéré comme l'arbitre des élégances. Les gars imitaient ses chemises, ses cravates et la coupe de ses costumes; les filles battaient des cils et tortillaient des hanches en s'approchant de lui. Il commençait à détester tous ces snobs, qui ne lui accordaient pas plus d'attention qu'à une potiche.

— Je crains qu'on ne vous néglige, Mr. Turner, dit une voix tout à coup.

Il se retourna et vit la petite dame fichue comme l'as de pique qui était revenue du cimetière avec eux. Elle paraissait tout à fait chez elle et lui proposa du thé, du café ou une autre boisson de son choix. Puisqu'elle avait ôté son chapeau, tout laissait supposer qu'elle était de la maison — la gouvernante ou quelque chose de ce genre-là. Oui, c'était sûrement ça : la vieille préceptrice de Georgina Grey. Sid répondit qu'un verre lui ferait du bien, et pendant qu'il attendait qu'elle revienne, il eut l'idée ingénieuse de la faire parler. Fouineuses par nature, les vieilles filles étaient au courant de tout et aimaient s'écouter parler. Celle-ci serait folle de joie qu'on s'intéresse à elle, pour une fois. Il en tirerait bien quelques renseignements intéressants. Il adressa donc à Miss Silver une version édulcorée de son sourire ravageur.

— Vous êtes la gouvernante, ou quoi ?

Nul n'était mieux qualifié que Maud Silver pour remettre à sa place un malotru. Elle s'y prenait on ne peut plus simplement, et comme il en va de toutes les choses simples, c'est par ses effets que le phénomène est le mieux décrit. L'offenseur avait l'impression d'une chute soudaine de la température ambiante. Miss Silver paraissait reculer à une distance terrifiante, et il sentait naître en lui une gêne qu'il croyait avoir laissée sur les bancs de l'école. L'inspecteur principal Lamb lui-même en avait fait la dure expérience. Sid Turner fut épargné uniquement parce que la détective désirait bavarder avec lui. Elle avait observé ses retrouvailles avec Mirrie devant la tombe, et l'accueil que lui avait réservé la jeune fille. Elle avait analysé leur attitude réciproque pendant le retour à Field End. Elle indiqua donc d'une voix douce que, depuis de longues années, elle s'était retirée de l'enseignement.

Sid Turner fut flatté de sa perspicacité. La vieille gouvernante — il avait tapé dans le mille ! Il savait jauger les gens au premier coup d'œil.

— Moi, je suis comme qui dirait un parent de Mirrie. Le demi-frère de sa tante. Je suis venu la soutenir dans cette cruelle épreuve, mais il n'y a pas moyen de l'approcher pour le moment. J'imagine que le vieux a fait le nécessaire ?

Miss Silver émit une toux hésitante.

— Le vieux ?

— Jonathan Field, si vous préférez. Il devait la traiter comme sa propre fille, non ? Il avait refait son testament en sa faveur. Vous devez être au courant ! Elle a hérité de la maison ?

Miss Silver prit un air perplexe.

— Vraiment, je ne pourrais vous répondre.

Turner éclata de rire.

— Mais ça ne veut pas dire que vous n'en savez rien ! Je parie que vous pourriez me raconter deux ou trois trucs, avec un peu de bonne volonté. Allez, soyez gentille ! Mirrie me le dirait, si je pouvais m'approcher d'elle. Alors, la maison ? C'est à elle qu'il l'a léguée, pas vrai ?

Miss Silver répondit d'une voix embarrassée :

— Je crains que non.

— A qui, alors ?

— A Miss Georgina Grey, d'après ce que j'ai cru comprendre.

Sid Turner se permit une regrettable expression, qui ne lui valut qu'un « Oh ! Mr. Turner ! » effarouché.

— D'accord, d'accord. De quoi hérite Mirrie, finalement ?

— Vraiment, je ne pourrais le dire.

Il ingurgita le reste de l'alcool d'un air furieux et reposa violemment son verre. Miss Silver fit entendre une toux timide.

— Je suis sûre qu'il était animé des meilleures intentions, mais vraiment, je ne sais pas ce qu'il a décidé pour la maison. Les grandes demeures sont difficiles à entretenir, de nos jours ! D'ailleurs, celle-ci est liée à des événements tragiques, et Miss Mirrie est une jeune fille sensible. Elle n'aimerait sans doute pas repenser à Mr. Field chaque fois qu'elle entre dans le bureau, même si ce n'est pas elle, mais sa cousine, qui l'a découvert étendu de tout son long par terre, une balle dans la cervelle. Quel choc, pour une jeune fille !

— Mais... commença Turner, avant d'ajouter, très vite : Vous vous trompez du tout au tout ! D'après le journal, il était assis à son bureau.

Miss Silver s'agita et perdit contenance.

— Ah ? Je ne sais pas. On n'aime pas s'appesantir sur des détails si douloureux. C'est pourtant bien ce que j'avais cru comprendre, mais sans doute me suis-je méprise. De quel journal parliez-vous ?

— Je ne sais plus, et d'ailleurs, peu importe. Il est mort et enterré, alors qu'est-ce que ça change ? Tout ce que je veux savoir, c'est si Mirrie va obtenir son dû.

Apparemment incapable de chasser cette tragédie de ses pensées, Miss Silver reprit :

— Quelle triste histoire ! Un homme qui avait tant d'amis, tant d'occupations passionnantes... Sa collection était très réputée. Jusqu'à sa dernière heure, il s'est intéressé à l'un des albums. Il recueillait les empreintes digitales de personnages célèbres. Une marotte insolite... Votre journal précisait-il qu'on a retrouvé l'album près de lui ?

— Je crois que oui... Ça, c'est une idée ! Vous pensez que c'est à cause de sa collection qu'on l'a dégommé ?

Miss Silver se récria d'un air horrifié :

— Oh ! Mr. Turner !

— Voyons, les faits parlent d'eux-mêmes. D'un côté l'album, de l'autre le vieux, abattu d'une balle dans le cœur. Il y a de quoi se demander si on ne l'aurait pas supprimé parce qu'il possédait des empreintes compromettantes. Vous ne savez pas s'il manque une page à l'album, par hasard?

Depuis qu'il avait posé son verre, Turner ne savait que faire de ses mains. Après les avoir fourrées dans ses poches, il les ressortit pour pianoter sous le rebord du magnifique buffet d'acajou près duquel ils étaient debout. Il semblait marquer le tempo d'un air qu'il avait dans la tête.

Miss Silver jugea bon de recourir à son expression la plus crue :

— Sapristi! Le disaient-ils, dans ce journal dont vous parliez?

— Alors je ne me trompe pas? On a bien arraché une page?

— Je n'ai jamais dit cela, Mr. Turner. Je me demandais si vous l'aviez lu dans le journal. Il n'y avait rien à ce propos dans la presse que nous recevons ici. Mais peut-être les policiers... Si l'une des pages manquait, ils l'ont sûrement remarqué.

— S'ils n'ont pas vérifié, ils devraient s'y mettre vite fait... Mais, bien sûr, je ne peux pas m'en mêler. Ils risqueraient d'avoir une dent contre un type qui essaie de leur apprendre leur boulot.

Miss Silver toussa d'un air de reproche.

— Ils sont extrêmement compétents. J'ai un respect et une admiration sans bornes pour la façon dont ils accomplissent leur devoir. Je me fie à eux pour ne négliger aucun indice, si minime soit-il. Ne dit-on pas que le crime parfait n'existe pas et qu'il y a toujours un grain de sable? L'inspecteur Abbott est un officier d'une extrême intelligence et je ne doute pas qu'il suivra avec zèle la piste qui s'offre à lui.

L'attention de Turner se fit plus concentrée, le rythme de ses doigts plus saccadé sur le bois.

— Vous dites qu'il a une piste ?

Toute l'attitude de Miss Silver refléta le désarroi.

— Oh, non ! N'allez pas imaginer que j'aie voulu entendre cela. Étant hébergée dans cette maison, je suis tenue à la plus grande réserve. Tout ce dont je pourrais avoir eu vent serait placé sous le sceau du secret.

Maud Silver perçut en Turner un changement brutal. Son expression ne trahissait rien et son teint ne s'était pas altéré, mais, sans se fonder sur la moindre manifestation extérieure, elle eut l'impulsion de reculer. N'ayant pas pour habitude de céder à la peur, la vieille dame ne bougea pas d'un pouce et leva la tête pour lui planter son regard dans les yeux. Ce fut lui qui fit un pas en arrière.

Les gens commençant à prendre congé, la foule autour d'eux se clairsemait. Turner vit Mirrie avancer en direction de la porte et, oubliant Miss Silver, il la suivit. Elle était sortie dans le hall en compagnie d'une vieille fille qui semblait être un personnage important à en juger par les effusions qu'elle suscitait — Georgina Grey l'embrassait, Mirrie recevait d'elle un baiser, Anthony Hallam et Johnny Fabian l'escortaient sur le perron pour la voir partir... Il s'approcha de Mirrie par-derrière et la prit par le bras.

— Qui c'était ? Une altesse royale ?

La jeune fille tourna vers lui des yeux craintifs.

— C'est Mrs. Borrodale, la marraine de Georgina.

— Tous ces salamalecs alors qu'elle n'a même pas de titre ? Elle est pleine aux as, j'imagine ?

— Au contraire, je crois qu'elle a des moyens très modestes, mais tout le monde l'aime beaucoup.

— Faut qu'on parle. Où on peut aller ?

— Sid, je ne...

— Tu veux que je te cause en public ?
— Tu ne ferais pas ça !
— A ton avis ? Alors, où on va ?

Elle le conduisit dans le petit salon, où il ferma la porte.

— Qu'est-ce qui se mijote par ici ?
— Sid, pourquoi es-tu venu ?
— Pour te voir, pardi ! Il fallait que j'en aie le cœur net et je ne me fie pas au téléphone. Les gens sont trop curieux, dans les villages. Je pourrais t'en raconter plus d'une à ce sujet. Quant aux lettres, merci bien ! Les formules de politesse, très peu pour moi.
— Pourtant, tu m'avais demandé de t'écrire.

Combien elle regrettait de l'avoir écouté ! Elle lui avait fait des confidences, et à quoi cela l'avait-il menée ?

Elle s'approcha de la cheminée et tendit ses mains vers les flammes. Pourquoi était-elle entrée ici avec Sid ? Elle n'aurait jamais dû venir. Il allait la forcer à parler et, quand il saurait tout, il se mettrait dans une rage folle. Elle aurait mieux fait de rester auprès de Johnny. Alors, Sid n'aurait pas pu l'obliger à l'accompagner. Mais Johnny était sur le perron et disait au revoir à Mrs. Borrodale.

Sid s'approcha d'elle. Autrefois, elle le trouvait superbe quand il s'accoudait ainsi à une cheminée, comme si la maison lui appartenait. Justement, il croyait peut-être que c'était le cas ! Elle devait le détromper : cette maison n'était ni à lui ni à elle. Mais plus elle y pensait, et moins elle se sentait la force de lui avouer la vérité. Elle risqua un coup d'œil vers lui et le regretta aussitôt. Sid arborait cette mine sombre qui l'avait toujours terrorisée.

— Allez, parle ! Combien il t'a laissé ? Ils ont bien dû ouvrir le testament !

Devant l'hésitation de Mirrie, il durcit le ton :

— Dans la voiture devant nous, c'était le notaire. La vieille — Mrs. Fabian, c'est ça ? —, elle a dit qu'il avait un train à prendre. Son fils devait l'accompagner à Lenton. Ça ne m'étonnerait pas qu'elle ait voulu me suggérer de partir avec lui. Pas question ! Ce que je veux maintenant, c'est savoir à quoi m'en tenir. Le vieux Field t'avait promis de te traiter comme sa fille. Il avait signé un nouveau testament.

— Oui. Je t'avais même appelé pour te l'annoncer.

— Si tu crois que j'ai besoin de toi pour me tenir au courant ! répliqua-t-il avec un rictus. Mon amie à l'étude m'avait déjà renseigné. Tu savais très bien que tu ne devais pas m'appeler. Une baraque pareille est équipée de téléphones dans tous les coins. Qu'est-ce qui te dit que personne ne t'écoutait d'un autre appareil ?

— Oh, j'en suis sûre ! Après le dîner, ils étaient tous dans le salon en attendant le café, et les domestiques étaient occupés aux cuisines. Tu voulais que je te tienne au courant, et j'étais tellement heureuse de ce que mon oncle venait de me dire ! C'était mardi soir, à son retour de Londres.

— C'est bon, mais ne recommence pas. Donc ce testament, Maudsley a dû te dire ce qu'il y a dedans. La maison est à toi ?

Elle tremblait de tous ses membres, mais Sid n'aimait pas attendre. Elle répondit précipitamment :

— Non.

— Qui en a hérité ?

— Georgina.

— Et toi, qu'est-ce que tu as ?
— Moi ?
— Oui, toi ! Allez, parle !
— Moi, je... je n'ai rien du tout. Oh, Sid !

Il l'avait brutalement empoignée au-dessus du coude. Elle le regarda fixement, les pupilles dilatées par la peur.

— Comment ça, rien du tout ? Tu n'oserais pas me faire une entourloupe, hein ? Pas à moi ! Tu n'as pas intérêt !
— Non, jamais... Sid, tu me fais mal !
— Tu auras encore plus mal si tu me mens. Je sais qu'il a refait son testament. Qu'est-ce qu'il t'a laissé ?

Des paroles terrifiées se bousculèrent sur ses lèvres.

— Ce n'est pas ma faute ! Il avait signé le testament et il m'a dit de ne plus me faire de souci. Et puis Georgina est allée lui parler après le dîner, alors il a déchiré le testament, et... et... il l'a brûlé.

Le visage de Sid avait pris la pâleur cireuse d'une chandelle, à ceci près qu'une chandelle n'a rien d'effrayant et que Sid, lui, la terrorisait. Mirrie était incapable de détourner les yeux. Il répéta d'une voix étranglée par la fureur et l'incrédulité :

— Il l'a brûlé ?
— Ce n'est pas ma faute ! gémit-elle, fondant en larmes.

En quelques secondes, bien des choses passèrent dans l'esprit de Turner, des idées désordonnées qui semblaient rivaliser pour occuper la première place. C'est cet instant que Johnny choisit pour entrer. Au spectacle du jeune gommeux de Londres, empoignant Mirrie en train de pleurer, son sang ne fit qu'un tour. Sid lâcha Mirrie et recula. Il n'aimait pas cette lueur menaçante dans les yeux de Johnny et n'avait pas l'intention de se battre.

— Mirrie est bouleversée, avança-t-il en guise d'explication.

En sanglotant, Mirrie s'essuyait les yeux à l'aide d'un mouchoir qui le matin encore était propre et bien repassé, et qui ressemblait désormais à un chiffon roulé en boule. Sèchement, Johnny riposta :

— On le serait à moins, un jour pareil. J'accompagne Me Maudsley à la gare dans dix minutes. Je vous dépose ?

Sid Turner hésita. Il connaissait Mirrie depuis trop longtemps pour ignorer qu'elle mentait comme elle respirait. Il décida de vérifier la véracité de ses dires.

— Elle est bouleversée parce qu'elle se retrouve sans le sou. En tant que membre de sa famille, je voudrais savoir ce qu'on va faire pour qu'elle obtienne son dû.

— Je ne vois pas de quoi vous parlez, dit Johnny en levant les sourcils. Mirrie, tu devrais monter te reposer.

— Oh que non ! Pas avant qu'on ait tiré l'affaire au clair. Le vieux Field avait fait d'elle son héritière. Et maintenant il paraît que je ne sais qui a brûlé le testament et qu'elle n'a rien du tout ?

— C'est Mr. Field qui l'a détruit de ses propres mains.

— Mon œil ! répliqua Turner d'un ton mauvais.

Johnny ouvrit violemment la porte.

— Si vous voulez que je vous dépose, décidez-vous. Et si vous voulez savoir ce qu'est devenu le testament, vous aurez tout le loisir d'interroger Me Maudsley avant d'arriver à Lenton. Après quoi, je vous conseille vivement de vous mêler de vos affaires et de laisser Mirrie tranquille.

Turner regarda Mirrie, qui continuait à pleurer. Puis il regarda la porte ouverte et se rappela qu'il y avait près de cinq kilomètres jusqu'à Lenton.

— Dans ces conditions, dit-il, je viens avec vous.

27

Quand la porte se referma sur eux, Mirrie se frotta énergiquement les yeux et se dressa sur la pointe des pieds pour se regarder dans le miroir ovale, au-dessus de la cheminée. La dorure du cadre était patinée et le tain moucheté de noir. C'était une des choses qui pour Mirrie restaient un mystère, à Field End, Abbottsleigh et Reynings, le manoir des Pondesbury. Il y avait là-bas un tas d'objets branlants, et bien loin de les jeter pour en acheter des neufs, leurs propriétaires semblaient fiers de leur vétusté. Ils ne les trouvaient pas vieux, mais « anciens ». Johnny lui avait expliqué que ce miroir était une véritable antiquité. Le peu que Mirrie vit d'elle-même suffit à la convaincre de rester dans le salon jusqu'à ce qu'elle eût une chance de monter sans rencontrer personne. Elle était affreuse avec ses yeux bouffis, et elle ne pouvait même pas se dire que le miroir déformait les traits, car ses paupières douloureuses et son nez gonflé l'auraient démentie. Quand le hall fut silencieux, elle entrouvrit la porte et passa la tête par l'entrebâillement.

Seule Georgina était en vue, au pied de l'escalier. Elle avait la main sur le pommeau de la rampe et s'apprêtait à monter. Ce n'était pas grave si Georgina la voyait dans cet état. Pendant que Mirrie sortait du salon, sa cousine arrivait sur le palier. Elle allait entrer dans son boudoir quand, tournant la tête, elle vit Mirrie derrière elle. Triste et lasse, Georgina avait désespérément besoin de solitude. Si brève et impersonnelle qu'eût été l'enquête par-devant jury, cette journée avait été très éprouvante.

Il avait fallu parler affaires avec Me Maudsley. Ensuite avait eu lieu le déjeuner avec des parents et quelques vieux amis venus de loin — des personnes âgées, pour la plupart, toutes bien intentionnées, mais s'attendant à recevoir de la considération et des réponses à leurs innombrables questions. Enfin, c'était terminé, de même que l'enterrement et le thé à l'intention de ceux qui avaient suivi le cortège funèbre. Tout était fini, les gens étaient partis et elle avait envie de se retrouver seule, de ne plus penser. Anthony s'était montré froid et distant toute la journée — en fait, depuis la lecture du testament la veille. Malgré son air dur et têtu, il était aussi malheureux qu'elle. Non, vraiment, elle ne voulait plus penser.

Mais elle découvrit Mirrie à un ou deux mètres derrière elle — une petite Mirrie ébouriffée, qui faisait penser à un chaton perdu sous la pluie. Georgina n'était pas du genre à la laisser dehors.

— Oh, Mirrie, que se passe-t-il?

Piteuse et le cœur brisé, celle-ci se remit à pleurer tout doucement. Il ne restait qu'une seule chose à faire. Georgina ouvrit sa porte à la petite créature sanglotante et la fit asseoir dans un fauteuil avant de s'installer à côté d'elle.

— Mirrie, pourquoi pleures-tu?

— C'est trop affreux...

— Je sais. Mais ne pleure plus, car oncle Jonathan n'aurait pas aimé te voir malheureuse.

— Il était si bon envers moi !

— Il t'aimait énormément.

Mirrie étouffa un sanglot.

— Tu vas me renvoyer ?

— Je voulais justement te parler à ce sujet.

— Alors c'est vrai ! Oh, Georgina, non, non... par pitié, ne me renvoie pas ! Oncle Albert et tante Grace... et cet orphelinat... Tu ne peux pas imaginer ce que c'était... Et puis, je ne reverrai jamais Johnny ! Il est amoureux de moi, mais il m'oubliera quand je serai loin. Je le sais, j'en suis sûre ! Je t'en supplie, ne me force pas à partir !

— Je ne te forcerai à rien. J'ai parlé de toi à Me Maudsley.

— Qu'est-ce qu'il a dit ? Il ne m'aime pas ! ajouta-t-elle bien vite, en voyant Georgina hésiter. Il était très content que le testament soit brûlé. Il va t'empêcher de m'aider.

— Écoute-moi, Mirrie. Oncle Jonathan voulait que tu n'aies plus jamais de souci. Mardi, il a brûlé le testament qu'il venait de signer parce qu'il avait agi sous le coup de la colère, alors qu'il était fâché contre moi. J'ignore quelles en étaient les clauses — cela, il ne me l'a pas dit. Il m'a seulement expliqué qu'elles étaient injustes, et qu'il voulait prendre de nouvelles dispositions, équitables pour tout le monde. Malheureusement, il est mort sans en avoir eu le temps, mais je tiens à respecter sa volonté de mon mieux. Voilà de quoi j'ai discuté avec le notaire.

Mirrie ne pleurait plus et respirait très vite, les yeux rivés sur Georgina qui continuait à parler :

— Mᵉ Maudsley dit que je ne peux pas toucher au capital, qui est placé sous sa tutelle conjointement à celle d'Anthony. Ils me verseront des rentes, mais, pas plus que moi, ils n'ont le droit d'entamer cette somme. Ce que je peux faire — et j'en ai la ferme intention —, c'est te reverser la moitié des rentes, la part que Jonathan comptait te laisser. Il m'est impossible de te dire à combien cela s'élèvera, car je ne sais pas quel sera le solde. L'État prélève toujours des droits de succession très lourds. En tout cas, il est hors de question que tu retournes chez ton oncle ou dans cet orphelinat contre ton gré.

Les lèvres de Mirrie formèrent un *O* silencieux et ses yeux s'arrondirent. Enfin, elle s'exclama :

— Oh, Georgina ! J'aurai de l'argent à moi ?

— Bien sûr ! Est-ce que cela te réconforte un peu ?

Mirrie hocha vigoureusement la tête.

— Je pourrai le donner à Johnny, pour son garage !

Georgina, dont la voix jusqu'à cet instant avait été chaleureuse et vibrante de sympathie, changea de ton :

— Il t'en a demandé ?

La petite tête ébouriffée fit signe que non.

— Pas du tout, c'est mon idée à moi. Tu comprends, il m'a avoué dès le début, même s'il en riait, qu'il était trop pauvre pour être désintéressé. Je lui ai raconté qu'oncle Jonathan me traiterait comme sa fille, et que si j'avais de l'argent je lui en donnerais. Il m'a expliqué que ça ne se faisait pas et qu'un homme ne devait pas accepter d'argent d'une jeune fille. A l'époque, je croyais que je serais riche, alors quand Johnny m'a parlé de ce garage...

Sa voix se brisa en un sanglot. Georgina l'interrogea d'un ton troublé :

— Mirrie... Quand Johnny t'a-t-il dit tout cela ?

— Mercredi dernier. Quelle journée épouvantable ! J'avais pleuré pendant des heures et il m'a emmenée faire un tour en voiture. Il a dit que le seul moyen, pour que je lui donne de l'argent, ce serait de l'épouser.

Non, Johnny n'avait pas perdu de temps ! Georgina ressentait une brûlante indignation en pensant au chagrin de Mirrie quand elle découvrirait qu'il ne faisait la cour qu'à la fortune de Jonathan, pas à une petite fille sans le sou. Elle comprenait désormais le cri qu'elle avait poussé avant de s'enfuir du bureau, après la lecture du testament : « Maintenant, tu ne voudras plus m'épouser ! » Johnny avait couru après elle. Qu'avait-il pu lui dire ? Mirrie s'était-elle rendu compte qu'il n'en avait qu'après l'argent et qu'il ne voulait plus d'elle ? Georgina s'enquit d'une voix hésitante :

— Vous en avez reparlé tous les deux, depuis ?

— Oui. Je croyais que tout était fini, mais il tient toujours à ce qu'on se marie. Il dit qu'il s'usera les mains pour moi. Il m'a promis que je ne retournerai jamais chez oncle Albert et tante Grace. Il a hérité d'un peu d'argent et il veut chercher un garage avec un petit appartement au-dessus, pour qu'on s'y installe. Oh, Georgina ! C'est trop beau pour être vrai.

— Il sait que tu n'as pas un sou ?

— Oui, mais il dit qu'il m'aime et que ça n'a aucune espèce d'importance.

28

Johnny revint de la gare le cœur léger, avec le sentiment que la vie ordinaire pouvait enfin reprendre son cours, maintenant que toutes sortes de choses très désagréables et éprouvantes appartenaient au passé. Il comptait Sid Turner au nombre de ces désagréments. Si sociable qu'il fût, Johnny se sentait incapable de frayer avec lui, même sur une île déserte. Il l'avait vu suivre Me Maudsley dans un compartiment de première classe, se demandant combien de temps il faudrait au contrôleur pour découvrir qu'il ne possédait qu'un billet de troisième. Il s'amusa pendant tout le trajet du retour en imaginant la tête du notaire à ce moment-là.

Il grimpa les marches quatre à quatre et entra dans le boudoir de Georgina. Elle avait passé une robe d'intérieur et était assise, toute pensive, dans la lumière tamisée de la lampe à abat-jour. Un petit feu réconfortant pétillait dans l'âtre et communiquait à la pièce une douce chaleur. Johnny se laissa tomber dans le fauteuil au coin de la cheminée.

— Et voilà, ils sont partis, le Vice et la Vertu se tenant par la main. Quelque chose me dit qu'il n'en résultera pas une amitié durable.

— Je ne comprends pas pourquoi ce Turner est venu, dit Georgina, les sourcils froncés.
— Non ? C'est que tu as l'esprit trop noble et pur. Le mien me dit que ce triste sire est venu flairer l'héritage de Mirrie et mettre le grappin dessus.

Dans le regard que Georgina posait sur lui passa une expression indéfinissable.

— Elle a peur de lui.
— Puisqu'elle n'a pas d'argent, je doute qu'il persévère dans ses vues matrimoniales. Gageons que Sid Turner disparaîtra de sa vie sans tambour ni trompette.
— Elle ne le regrettera pas.
— Non, sûrement pas !
— Mais ce n'est pas très agréable pour une jeune fille de sentir qu'un homme n'en a qu'après son argent. Même si elle ne ressent rien pour lui, elle peut en rester meurtrie, tu ne crois pas ?
— Elle t'a parlé ? s'enquit Johnny.
— Oui. C'est moi qui l'y ai encouragée.
— Qu'a-t-elle dit ?
— Que pouvait-elle bien me dire, à ton avis ?
— Que je lui ai fait la cour ?
— Serait-elle en droit de l'affirmer ? Est-ce la vérité ?
— La vérité toute nue.
— Tu as toujours su t'y prendre avec les filles, n'est-ce pas, Johnny ?
— Ça, je ne peux pas le nier, admit-il, la mine contrite. Et d'ailleurs, pourquoi pas ? Elles aiment ça et moi aussi. Tout le monde est content et ça ne fait de mal à personne.
— Quand on te connaît, on sait qu'il ne faut pas te prendre au sérieux. Mais Mirrie risque d'y croire. Si,

toi, tu n'y vois qu'un jeu, ce n'en est peut-être pas un pour elle.

Après quelques secondes de silence, il répondit :

— Et si je ne jouais pas, pour une fois ? C'est sérieux, tu sais.

Un autre silence suivit, plus prolongé. Penché en avant, le menton dans sa main, Johnny tournait la tête vers la cheminée et laissait son regard se perdre dans les flammes. Georgina ne pouvait voir son visage.

— Tu en es bien sûr ? dit-elle enfin.

— C'est drôle, hein ? J'aimerais t'en parler, si cela ne t'ennuie pas.

— Cela ne m'ennuie pas, Johnny.

— Tout a commencé le jour où Jonathan l'a ramenée ici. Tu sais combien elle est attendrissante. Qui ne fondrait pas devant elle ? Une petite fille perdue, essayant de se faire aimer dans l'espoir qu'on lui permettra de rester. Cela semblait normal d'être aux petits soins pour elle. Mais quand j'ai vu que ça lui plaisait, j'ai commencé à cogiter. Jonathan devenait gâteux dès qu'il la regardait et j'ai pensé... Ma foi, tu devines ce que j'ai pensé.

— Oh, parfaitement.

— J'aurais été gentil avec elle. Je veux dire...

Il lui fut impossible de préciser ce qu'il entendait par là. Cependant, il vivait sous le même toit que Georgina depuis dix-neuf ans et ils n'avaient guère de secret l'un pour l'autre. Elle comprenait tout à fait ce qu'il voulait dire, et l'exprima clairement :

— Tu as pensé qu'oncle Jonathan t'aiderait à créer ta propre entreprise et vous accorderait sa bénédiction.

— Quelque chose de ce genre. Mais je n'étais pas pressé. Je cherchais une bonne petite affaire et je pensais qu'avec le temps il s'habituerait à l'idée que j'étais amoureux de Mirrie. Dire qu'il a fallu que tout cela arrive! L'avenir s'annonçait sans nuage, puis, du jour au lendemain, la situation s'est retournée et on ne savait plus où on en était. Mirrie m'avait confié que Jonathan avait refait son testament et la considérait comme sa propre fille. Je n'avais aucune intention de me déclarer à ce moment-là, pourtant la conversation a tourné ainsi. Mirrie aurait beaucoup d'argent et voulait m'en donner. J'ai répondu que c'était impossible, et... oh! je suppose que tu imagines le reste. Je crois que j'ai perdu la tête — je n'ai pas fait beaucoup d'efforts pour m'en empêcher — et sans savoir comment nous nous sommes mis à parler de notre petit appartement au-dessus du garage. J'ai les deux mille livres de ma vieille tante Eleanor...

— Oh, Johnny! protesta Georgina.

— Je sais, je sais, convint-il avec un sourire penaud. A peine Jonathan est-il parti, faisant de Mirrie son héritière, que j'entreprends de la séduire.

— Cela donne assez cette impression.

— Pourtant, c'est arrivé si simplement! Et si vite, aussi, que je n'en reviens pas moi-même.

Ainsi, il ne jouait pas la comédie, songea Georgina qui l'observait attentivement.

— Tu as dû avoir un choc en apprenant que Jonathan avait brûlé le testament.

— Oui, en un sens. Tu ne me croiras sans doute pas, mais...

— Pourquoi ne te croirais-je pas?

Il eut un petit rire bref, qui sonna étrangement.

— J'ai moi-même du mal à l'admettre! Quand Maudsley a annoncé que, aux termes du testament antérieur, tu étais la seule héritière de Jonathan,

Mirrie a craqué. Elle a cru qu'elle retournerait dans cet orphelinat où on lui menait une vie d'enfer. Alors, je n'ai pensé qu'au meilleur moyen de la protéger pour qu'elle se sente en sécurité. Quand elle m'a lancé que je ne voudrais plus d'elle, j'ai su que mon plus cher désir était de l'épouser, et que jamais, de ma vie, je n'avais voulu quelque chose aussi fort. Alors je l'ai suivie et je le lui ai dit.

Georgina lui tendit la main, mais il ne s'en rendit pas compte car il regardait fixement le feu.

— Et puis, cet après-midi au cimetière, ce sale type est venu parler à Mirrie. De toute évidence, il pensait qu'elle avait hérité. Dans la voiture, quand je l'ai accompagné à Lenton avec Maudsley, il ne parlait que du testament détruit, en jurant qu'il veillerait à ce qu'elle obtienne son dû. J'ai laissé Maudsley s'en occuper, ce qu'il a fait avec beaucoup d'efficacité. Mais tout le temps où je les écoutais — tout le temps, Georgina ! —, je me répétais que si Jonathan n'avait pas été là, je n'aurais pas valu beaucoup plus cher qu'un Sid Turner. Tu sais que je n'étais absolument rien pour lui, même pas un parent éloigné, rien qu'un étranger. Pourtant, il m'a permis de vivre ici et m'a toujours fait sentir que cette maison était la mienne. Si j'avais dû vivre d'expédients, il n'y aurait guère eu de différence entre Turner et moi. J'ai la nette impression que je dois une fière chandelle à Jonathan. A maman aussi... et à toi.

— Merci, Johnny, répondit Georgina non sans émotion. Que vas-tu faire, à présent ? Mirrie et toi, vous êtes-vous fiancés ?

— Oui. Tu crois qu'on devrait officialiser ?

— Je ne sais pas. Elle est encore très jeune.

— Il faut que quelqu'un la protège, et elle ne retournera pas chez son oncle et sa tante.

— Ils ne voudront pas d'elle, si elle n'a pas d'argent. Attends que j'aie tout arrangé avec Me Maudsley.

Pour la première fois, il se tourna pour la regarder bien en face.

— Aurais-tu des projets ?

— Tu verras !

Georgina éclata de rire en lui tendant sa main, qu'il prit, cette fois. Toute gravité oubliée, il la scrutait avec espièglerie.

— Est-ce que, par hasard, tu envisages de nous offrir un beau cadeau de mariage ?

— Cela se pourrait bien ! répondit Georgina, le sourire aux lèvres.

29

Plus tard dans la soirée, Miss Silver alla s'entretenir avec l'inspecteur Abbott. Comme les précédentes, cette conversation eut lieu dans le bureau, toutefois dans une ambiance beaucoup moins solennelle. Le choc et la tension des premiers jours s'étaient un peu estompés. Le sac à ouvrage en chintz était ouvert sur un coin de la table, ses pivoines et ses pieds-d'alouette formant un charmant contraste avec la doublure en soie jaune pâle. Les mains de la vieille dame étaient occupées par des aiguilles à tricoter bleu ciel, dont dépendait un ouvrage vaporeux en laine blanche. Une serviette douce, étalée sur ses genoux, protégeait le futur châle du contact de sa jupe. Les bébés avaient toujours besoin de châles, et ceux tricotés par Maud Silver étaient très prisés. La détective releva le nez de ses aiguilles pour faire remarquer :

— Il serait bon d'enquêter sur les antécédents de Sid Turner.

— Ce type-là me déplaît souverainement, mais c'est probablement la coqueluche de Pigeon Hill, dit Frank en riant.

— Il est très imbu de lui-même. Ce qui importe plus est que Mirrie Field en a peur.

— Qu'est-ce qui vous fait dire cela ?

— Je les ai observés quand il l'a abordée, au cimetière. J'étais trop loin pour les entendre, mais il arborait un air confiant et sûr de lui, alors que, d'instinct, Mirrie s'est rapprochée de Mr. Fabian. Sid Turner a immédiatement montré son mécontentement et Mirrie a paru terrorisée.

— Tiens ! J'aurais cru qu'elle s'amuserait à les dresser l'un contre l'autre — quoique, comme vous vous apprêtiez sans doute à l'objecter, peut-être pas à l'enterrement de son oncle.

— Cet homme lui fait peur, persista Miss Silver sans relever ces paroles.

— Il serait bien du genre à causer de l'esclandre. Cela cache vraisemblablement quelque chose ; toutefois, je suppose que vous n'êtes pas venue me trouver pour discuter de la vie sentimentale de Mirrie Field ! Elle a pu flirter avec Sid s'il était ce que Pigeon Hill avait de mieux à offrir, mais comment s'étonner qu'elle lui préfère Johnny Fabian de Field End ? Sid a dû sentir qu'il était du mauvais côté de la barrière. Il fait sans doute fureur, dans son milieu.

Mais Miss Silver secoua la tête.

— Je ne pense pas que ce soit aussi simple. Mirrie a mené une vie bien morne auprès de l'oncle et de la tante qui l'avaient recueillie. Non seulement ils étaient pauvres, mais ils se montraient d'une extrême sévérité. Ils ne lui donnaient pas d'argent de poche, lui interdisaient toute forme d'amusement. Elle n'avait même pas le droit d'aller au cinéma, et n'aurait de toute façon pas eu de quoi se payer un ticket. Pourtant, j'ai découvert qu'elle avait vu la plupart des films actuels. Elle a dit à Georgina que son oncle et sa tante n'aimaient pas Sid Turner et ne voulaient pas qu'elle le fréquente, mais je suis certaine qu'elle s'est débrouillée pour endormir leur méfiance. Elle sait très bien parvenir à ses fins. Son petit air ingénu est un atout considérable ! Jusqu'à un certain point, je le crois naturel, mais elle a appris à en jouer avec un art consommé.

— Eh bien ! Quelle dissection !

Miss Silver continua à tricoter imperturbablement.

— Vous m'avez dit bien souvent que je comprends les jeunes filles. Le temps que j'ai passé dans des salles de classe aurait été perdu si je n'avais acquis une certaine connaissance des types de caractère et de leurs formes prévisibles de comportement. Les jeunes filles comme Mirrie ne sont pas rares. Ses défauts ont été accentués par l'austérité et la froideur de son environnement. Elle a soif de confort, de distraction et d'affection. Et elle a appris à jouer un rôle. Mais, comme Lord Tennyson le dit si bien en parlant de celui qui masque ses lacunes pour satisfaire à la mode, la nature en temps et heure reprendra le dessus. Car qui peut feindre constamment ?

— Ma chère Miss Silver, vous vous surpassez !

L'ayant remis à sa place d'un coup d'œil, la vieille dame argumenta :

— Je m'efforce de vous convaincre que, devant la soudaine apparition de Sid Turner, non seulement Mirrie a été saisie au point d'oublier de feindre, mais qu'elle avait de bonnes raisons d'avoir très peur de lui.

— Je suis tout ouïe.

Maud Silver tira à plusieurs reprises sur le brin de laine blanche qui sortait du sac à ouvrage, puis reprit avec gravité :

— Georgina vous a dit qu'elle a reçu une lettre anonyme l'accusant de jalouser Mirrie et de chercher à l'humilier. Je soupçonne que certains de ces reproches ont été émis par Mirrie elle-même, quoique sans se douter de l'usage qu'en ferait Sid Turner.

— Donc, selon vous, il serait l'auteur de la lettre ?

— C'est plus que probable. J'ai eu une petite conversation avec lui dans la salle à manger, au retour du cimetière. La pièce était bondée, des rafraîchissements circulaient ; les personnes présentes étant pour la plupart des parents ou de vieux amis de la famille, il s'est trouvé isolé. Quand je l'ai abordé, il s'est enquis d'une manière extrêmement grossière si j'étais la gouvernante. En m'entendant répondre que je m'étais retirée de l'enseignement depuis quelques années, il m'a visiblement prise pour l'ancienne préceptrice de Georgina et a eu l'idée de m'extorquer des informations concernant les dispositions légales de Mr. Field. Je dois dire que tout son discours reflétait un esprit vulgaire.

— Et vous ne l'avez pas foudroyé sur place ?

— Frank, voyons !

— C'est vrai ? Il a survécu ?

Miss Silver ne se permit pas de sourire, mais les commissures de ses lèvres frémirent imperceptiblement.

— Je me suis abstenue de le blâmer.

— Pourquoi tant de mansuétude ?

— Je voulais le faire parler.

— Et alors, qu'a-t-il dit ?

— Il a cherché à savoir si Mirrie héritait de la propriété. Il tenait la chose pour certaine et, en apprenant que c'était Georgina, il est resté médusé. Je l'ai poussé à se livrer, sans plus lui fournir d'informations. Il me considérait comme une personne sans importance, dont il était inutile de se méfier. J'ai émaillé mes propos d'inexactitudes et de confusions, et à plusieurs occasions il est intervenu pour me corriger.

— Où voulez-vous en venir ? demanda Frank avec un demi-sourire.

— Aux détails qu'il a été à même de rectifier. Vous devriez savoir si le fait que Mr. Field a été abattu d'une balle dans la poitrine, alors qu'il était assis à sa table de travail, a été divulgué par la presse. Ce n'était pas mentionné dans les deux quotidiens que l'on reçoit ici.

Frank l'observait attentivement.

— Non, on n'a fourni aucun de ces détails à la presse. Ils ont été mentionnés pour la première fois ce matin même, lors de l'enquête par-devant jury. Auparavant, on s'était borné à indiquer que Field avait été abattu dans son bureau.

— Lorsque, à dessein, j'ai déclaré que Mr. Field avait été retrouvé par terre, abattu d'une balle dans la tête, Sid Turner a aussitôt affirmé que, d'après le journal, la victime était assise à son bureau. Un peu plus tard, il a précisé spontanément que Mr. Field avait été tué d'une balle en plein cœur.

— Mirrie a pu le lui dire, objecta Frank, les sourcils froncés.

— Elle n'en a pas eu l'occasion. J'étais avec eux dans la voiture, au retour des obsèques. Ensuite, Mirrie et Georgina sont montées directement au premier.

— Elle a pu le lui écrire, ou bien il l'a entendu raconter dans la région. Ces choses-là se savent.

Miss Silver toussota d'une manière qu'il interpréta comme un désaccord.

— Quand j'en suis venue à l'album...
— Ah, parce que vous avez aussi parlé de ça ?
— Je voulais voir comment il réagirait.
— Et il a réagi ?
— Oh, très vivement ! Je lui ai demandé si le journal précisait que la collection d'empreintes de Mr. Field, contenue dans un album, avait été retrouvée près de lui. Il a répondu par l'affirmative.
— Il n'avait été fait aucune mention de cet album.
— C'est bien ce que je pensais. Sid Turner était ravi de la perche que je lui tendais. Il fit mine de se demander si les empreintes n'avaient pas un rapport avec le meurtre, et suggéra que le crime avait pour but de faire disparaître une preuve compromettante. Il voulut alors savoir si une des pages n'était pas arrachée.
— Tiens, tiens ! Et qu'avez-vous répondu ?
— J'ai demandé s'il en était fait mention dans son journal.
— S'il a répondu par l'affirmative... coupa Frank Abbott.
— Il a éludé ma question, en disant : « Donc, on a bien arraché une page ? » J'ai répliqué que je ne pouvais le dire, mais que les policiers le savaient sûrement. Turner mourait d'envie d'en savoir plus. J'ai eu l'impression constante qu'il désirait attirer l'attention sur l'album et suggérer un lien avec le meurtre. Il est très difficile de reproduire l'atmosphère de cette conversation, mais il connaissait l'existence de cet album avant que j'y fasse allusion, et il savait aussi qu'une page en avait été arrachée.
— Telle est donc l'impression qu'il vous a donnée ?
— Oui, très nettement. J'ai alors vanté l'efficacité

de la police, ajoutant que vous étiez un officier extrêmement intelligent et que vous suivriez la piste avec zèle.

— Non! Et alors, a-t-il mordu à l'hameçon?

— Il a demandé si vous aviez une piste.

— Carrément?

— Carrément. Feignant de me troubler, j'ai répondu que je n'avais rien voulu dire de la sorte. Rappelez-vous qu'il me prenait pour une humble domestique, portée aux commérages mais soucieuse de ne pas être renvoyée. Il s'est imaginé que j'avais vendu la mèche et, ne se méfiant pas de moi, n'a pas dissimulé son inquiétude.

— Il croit donc en ce moment que nous sommes sur une piste?

Miss Silver tira à nouveau sur sa pelote de laine.

— Il doit en effet avoir cette impression.

— Et ensuite, que s'est-il passé?

— Les gens commençaient à partir. Il a enfin trouvé l'occasion d'aborder Mirrie, l'a suivie dans le hall, après quoi ils sont allés dans le salon.

Le silence s'installa. Miss Silver continuait à tricoter avec une aisance déconcertante le point compliqué, aussi aérien que de la dentelle. Frank Abbott s'adossa contre son fauteuil. Il portait un beau costume sombre et la cravate noire qu'il avait mise pour l'enterrement. Ses cheveux brillants accrochaient la lumière du lustre. Son haut front et son nez osseux accentuaient son expression méditative. Il émergea brusquement de ses pensées pour déclarer:

— J'échangerais bien un kilo de plumes de cheval contre une petite preuve.

Miss Silver répéta d'un ton légèrement interrogateur:

— Des plumes de cheval ?

— Une expression très imagée, expliqua Frank avec un sourire taquin. On en trouve généralement à proximité des nids de jument. Mais continuons. Que proposez-vous ?

— Rien dont vous n'ayez déjà eu l'idée vous-même. Enquêter sur Sid Turner. Découvrir où il se trouvait la nuit de mardi à mercredi. Déterminer s'il a pu entendre, peut-être de la bouche de Mirrie, l'anecdote relatée par Mr. Field il y a quinze jours. Vous étiez présent ce soir-là. Mirrie semblait-elle particulièrement frappée par cette histoire ?

— Et comment ! Elle grillait d'en savoir la fin.

— Elle a pu en parler à Sid dans une lettre, ou même de vive voix.

En un éclair, Frank se revit dans le bureau, la nuit du bal, cherchant un mouchoir que Cicely y avait oublié. Si curieux que cela parût, ce souvenir n'était pas sans rapport avec les propos de sa vieille amie. Car il avait entendu un son provenant de la terrasse. La porte vitrée avait battu, comme elle le ferait plus tard, la nuit du meurtre. Quand Abbott avait repoussé le rideau, il s'était trouvé nez à nez avec Mirrie dans sa robe blanche à volants, ouvrant des yeux grands comme des soucoupes... Elle avait peur, et pas seulement parce qu'elle avait été saisie de voir le rideau s'écarter brusquement devant elle. Ils avaient regagné la salle du souper et elle était restée près de Johnny. Mais qui avait-elle retrouvé dans le jardin, et pourquoi son compagnon n'était-il pas rentré dans la pièce avec elle ? Se pouvait-il que ce fût Sid Turner ? Frank garda ses pensées pour lui-même et demanda :

— Avait-elle l'habitude de téléphoner à Turner ?

— Je ne sais pas, mais je peux mener une enquête discrète. Je crois être en mesure de le découvrir.

— En fait, reprit Frank, qui fronçait les sourcils, je sais que l'histoire s'est répandue jusqu'à Pigeon Hill. Une des personnes présentes dans le bureau était ce Vincent dont je vous ai déjà parlé. Si jamais vous ressentez un jour une envie irrésistible de mourir d'ennui, demandez-lui de vous raconter ce qu'il faisait au Venezuela en 1935 ou en 1937. Il lui faudra déjà vingt bonnes minutes rien que pour se rappeler la date. Vincent a un ami à Pigeon Hill qui dirige un foyer pour jeunes. La semaine dernière, il y est allé et a répété l'histoire du Blitz devant plusieurs personnes. Je doute que Sid Turner fréquente ce genre d'endroits, mais l'histoire ayant été relatée là-bas, elle a pu parvenir à ses oreilles par un autre biais que celui de Mirrie. Malheureusement, même cela, nous ne pouvons le prouver.

— Il savait qu'une page de l'album avait été arrachée, fit valoir Miss Silver d'une voix douce. Il s'est empressé de suggérer un lien entre la disparition et le meurtre.

— Pourquoi ?

Elle adressa à Frank le regard qu'elle aurait eu pour un bon élève ne donnant pas sa pleine mesure.

— Simple manœuvre de diversion. C'est cousu de fil blanc.

— Miss Silver !

Que ce fût à cause de cette incursion dans le parler populaire ou de l'idée qu'elle présentait, Abbott resta interloqué.

— Il a voulu détourner l'attention du testament.

Après un long silence, le policier déclara avec détermination :

— Eh bien, voilà un point de vue qui mérite

réflexion. Pour l'heure, un autre détail me turlupine et j'aimerais savoir s'il a retenu votre attention. Je crois que c'est là-dessus que toute l'affaire s'articule.

— Oui? l'encouragea Miss Silver en le contemplant avec intérêt.

— Cette porte, qui communique avec la terrasse... Qui l'a ouverte?

— Puisqu'elle est pourvue d'un système à espagnolette, composé d'une tige de fer qu'on hausse ou qu'on baisse en faisant tourner une poignée intérieure, il est superflu de se demander si une clef a été perdue ou si on en a fait un double. Ce genre de porte ne peut s'ouvrir du dehors, cela ne vous aura sûrement pas échappé! Mr. Field étant retourné dans son bureau vers vingt heures trente, la conclusion naturelle serait qu'il a lui-même fait entrer quelqu'un. On peut imaginer qu'il se soit absenté quelques minutes et qu'une personne de la maison se soit glissée dans le bureau pour entrouvrir la porte-fenêtre, mais cela me paraît peu plausible. La porte aurait claqué, ce qui s'est produit plus tard dans la nuit, réveillant Georgina. Et pourquoi prendre la peine d'ouvrir justement celle-ci? Il existe trois autres portes, en façade, latérale et de service, sans parler des innombrables fenêtres du rez-de-chaussée, dont une pouvait rester ouverte si quelqu'un de la maison projetait de faire entrer un intrus.

— Vous avez soupesé toutes les hypothèses! Je vous l'accorde, Jonathan a probablement fait entrer son meurtrier, s'il s'agissait d'une personne étrangère à la maison. Mais je conserve quelques soupçons à l'égard de Georgina, vous savez. Après les derniers événements, elle n'avait aucune certitude quant aux intentions de son oncle. Quelle serait sa situation, au bout du compte ? Pourtant... Vous avez certainement remarqué qu'Anthony l'évite. Ce que vous ignorez peut-être, c'est qu'il l'aime en silence depuis des années, n'osant se déclarer à cause de leur différence de fortune. Le soir du bal, il ne pouvait s'empêcher de la dévorer des yeux. Quoi qu'il en soit, en admettant que Jonathan ait fait entrer quelqu'un de plein gré, la seule hypothèse logique serait qu'un rendez-vous avait été pris. La présence de cette personne ne lui causait aucune inquiétude. Rien ne prouve que l'arme du crime appartenait à Jonathan, ni qu'il s'attendait à une agression. Lorsqu'on l'a abattu, il était assis tranquillement à son bureau. Il a été pris totalement à l'improviste au milieu d'une conversation amicale, ce qui, à pareille heure, implique un rendez-vous. De quelle façon ce rendez-vous avait-il été convenu ? Par courrier ? Extrêmement improbable. Un homme préméditant un meurtre ne laisse pas de trace écrite et, de plus, Jonathan aurait eu l'occasion d'indiquer qu'il attendait un visiteur. Non, il a dû téléphoner très tard le mardi soir. Le prétexte n'était pas difficile à trouver. Supposez qu'il ait prétendu posséder des empreintes susceptibles d'intéresser Jonathan. S'il cherchait juste un moyen d'entrer, il a pu inventer quelque chose de sensationnel. Tout le monde savait que Jonathan ne reculait devant rien pour obtenir un spécimen rare. Cette histoire de testament montre assez son caractère impulsif ! Je l'imagine très bien recevant un inconnu sous l'inspiration du moment. Cela expliquerait la présence de l'album sur le bureau... En fait, cela expliquerait presque tout, y compris la page et les notes volées.

Miss Silver, qui l'avait écouté avec attention, demanda pensivement :

— Est-il possible de savoir quels appels téléphoniques ont été reçus à Field End mardi soir ?

— D'après Georgina, ma cousine Cicely lui a téléphoné peu avant vingt-deux heures, au sujet d'un patron de robe qu'elle voulait lui emprunter. Mais nous savons grâce au central de Lenton qu'une communication provenant d'une cabine locale a été transmise vers vingt-deux heures trente. En toute logique, c'est Jonathan qui a répondu. On peut donc supposer que le rendez-vous a été convenu à ce moment-là.

— Un rendez-vous à une heure aussi tardive a de quoi surprendre.

Mais Frank secoua la tête.

— Jonathan Field ne se serait pas arrêté à ce genre de considération, s'il s'agissait de mettre la main sur un spécimen unique.

30

Le lendemain étant un dimanche, Maud Silver assista à la messe matinale de l'église de Deeping. Georgina ne l'accompagna pas et Mirrie fut retardée par un cruel dilemme. Elle aurait aimé mettre sa jupe et son manteau noirs tout neufs, avec la petite toque à voilette. Mais l'enterrement étant passé, elle ne pouvait s'habiller de noir de la tête aux pieds. Mrs. Fabian lui conseilla d'égayer sa tenue par un pull ou un chemisier blanc, avec le rang de perles offert par Jonathan. Les gants noirs ne s'imposaient plus. C'était ce qu'il y avait de drôle, avec Mrs. Fabian. Elle s'affublait des vêtements les plus excentriques, des horreurs démodées depuis des lustres, mais elle savait exactement ce qui convenait à une jeune fille et ce qui ne se faisait pas. A la campagne, peu importait si vos habits étaient un peu fatigués, du moment qu'ils étaient adaptés aux circonstances. Mirrie pouvait porter son petit chapeau noir pour se rendre à l'église, parce qu'on était dimanche et qu'il était parfait pour l'occasion. Mais pas question de le mettre tous les jours! Pour finir, elle n'alla pas à la messe, car Johnny voulait l'emmener faire un tour en voiture.

Miss Silver apprécia le service, simple et sans apparat, écouta attentivement le sermon plein de bonté et de sens pratique. Lorsqu'elle sortit, il faisait grand vent et le temps tournait à la pluie. Elle partit avec les Abbott, qui l'avaient invitée à déjeuner, et fut soulagée en constatant qu'ils étaient arrivés chez eux, bien à l'abri, quand éclata une très forte averse.

Après le repas, le colonel battit en retraite dans son bureau avec les journaux du dimanche et les deux dames s'installèrent confortablement dans le petit salon.

Elles se mirent à causer de la vie du village et, quelques minutes plus tard, le nom de Maggie Bell se glissa dans la conversation. Monica ne savait plus qui d'entre elles l'avait mentionné la première que déjà elle soupirait :

— Je crois qu'elle n'a pas décollé du téléphone cinq minutes depuis mercredi matin.

Miss Silver toussota avec réserve.

— Ah, oui... la ligne groupée !

— On ne lui en tient pas rigueur, reprit Monica, car vraiment je ne sais comment elle s'en passerait. Cela l'empêche de se sentir exclue, vous comprenez. Ce ne serait pas grave si l'on se rappelait qu'elle écoute, mais, évidemment, on finit par l'oublier. J'ai toujours dit que cela m'était égal qu'on m'entende passer ma commande au poissonnier, mais tout de même, dans certaines circonstances, on regrette ces atteintes à la vie privée ! Par exemple, quand Cicely était tellement malheureuse et refusait de répondre à Grant, je suis sûre que Maggie n'en perdait pas une miette. Oh, mon Dieu, quels moments épouvantables !

— Mais tout s'est merveilleusement terminé, observa Miss Silver de sa voix la plus apaisante.

Monica essuya une larme d'un revers de la main.

— Oui ! Et Grant est si gentil avec elle... C'est une petite tête de mule et elle a sa fierté ! Lui passer ses caprices serait la pire des choses. Elle le mépriserait et risquerait de devenir comme sa grand-mère.

— Non, Cicely a trop bon cœur pour lui ressembler, objecta Miss Silver en souriant. De plus, elle est heureuse. Avez-vous jamais songé que Lady Evelyn devait être une femme profondément blessée ?

Une étincelle de colère brilla dans les yeux dorés de Monica. Ils avaient la même nuance ambrée que ceux de Cicely, mais elle possédait une beauté faite de chaleur et de sérénité, bien différente du charme fantasque de sa fille.

— Elle était cruelle et semait la discorde. Inutile d'insister, elle me m'inspire aucune pitié. Enfin, si, peut-être un peu, mais elle s'est montrée tellement méchante envers Reg, Frank et ses parents ! Ne parlons plus d'elle.

— Croyez-vous qu'il me serait possible de rendre une brève visite à Maggie Bell ?

— Oh, elle serait enchantée ! répondit Monica sans hésiter. Elle adore recevoir des visites, surtout le dimanche après-midi car, lorsque Maggie se sent bien, sa mère la laisse seule pour aller voir une de ses sœurs, qui vit à Lenton.

— C'est ce que m'a expliqué Georgina. Elle m'a remis quelques magazines et des romans-photos en guise d'entrée en matière... au cas où ce serait nécessaire.

A quinze heures trente, la détective sonna chez Mr. Bisset. S'il n'avait dépendu que de lui, elle se serait déplacée pour rien car, le dimanche après-midi, à quatorze heures trente au plus tard, il était plongé dans une torpeur trop profonde pour être secouée par un coup de sonnette. Ce fut Mrs. Bisset, dont le sommeil était plus léger, qui vint ouvrir et découvrit Miss Silver sur le pas de sa porte. Elle n'attendait personne, car tout le monde à Deeping savait que les Bisset appréciaient la sieste dominicale. Et elle ne fut pas réjouie outre mesure en reconnaissant la visiteuse. La plus soigneuse des femmes ne peut paraître aussi nette au réveil qu'avant de s'endormir ! Elle se tapota les cheveux, réprima un bâillement et s'apprêtait à s'enquérir de ce qu'elle pouvait faire pour Miss Silver, quand celle-ci la devança :

— Pardonnez-moi de vous déranger, Mrs. Bisset, mais j'ai appris par Mrs. Abbott que Miss Bell risquait d'être seule cet après-midi, et je me demandais si une petite visite lui ferait plaisir. J'ai des magazines pour elle, de la part de Miss Grey.

Il y avait quelque chose de si plaisant, de si amical dans la façon dont ces mots furent prononcés que Mrs. Bisset se détendit. Reculant de quelques pas, elle cria d'une voix un peu stridente en direction de l'escalier :

— De la visite pour toi, Maggie ! Tu es réveillée ?

Maggie l'était et, Miss Silver étant encouragée à monter sans attendre, Mrs. Bisset retourna à son confortable fauteuil à bascule et aux ronflements rythmés de Mr. Bisset.

Maggie était installée sur son divan, près de la fenêtre. Les dimanches après-midi étaient mornes et ennuyeux. Sa mère rendait visite à tante Ag à Lenton et le téléphone aurait aussi bien pu ne pas exister, vu le peu d'usage qu'on en faisait. Bien sûr, elle avait la TSF, mais elle n'aimait pas tant que ça la musique et les émissions culturelles. Elle, elle aimait les gens

— ceux qu'elle connaissait et qui la connaissaient, ce qu'ils se disaient quand ils pensaient que personne n'écoutait, les rendez-vous qu'ils se fixaient et les commandes qu'ils passaient chez les commerçants. On en apprenait beaucoup sur quelqu'un rien qu'en l'entendant parler au téléphone, mais les dimanches après-midi étaient tristes à mourir. Maggie avait un magazine — elle disait « un livre » — ouvert sur ses genoux, mais elle le trouvait sans intérêt. La fille du roman-feuilleton lui tapait sur les nerfs. Elle était courtisée par un beau jeune homme, qui avait de l'argent et une jolie maison, bref, l'homme idéal ! et elle ne trouvait pas mieux que de l'envoyer promener chaque fois qu'il lui adressait la parole. On n'avait pas idée d'être aussi bête. Dans la vraie vie, il serait parti et l'aurait oubliée vite fait, comme le petit copain d'Annie White le jour où elle s'était payé sa tête une fois de trop.

Le léger coup frappé à la porte fut donc un son qu'elle accueillit avec grand plaisir. Miss Silver lui apportait deux revues et trois romans-photos de Georgina, ainsi qu'un livre de Mrs. Abbott, qui l'avait reçu pour Noël et pensait que Maggie aimerait le regarder. Dès qu'elle vit le titre, *Le Costume à travers les âges*, et les nombreuses illustrations, Maggie en fut convaincue. Mais, pour l'instant, elle se préparait à tirer le meilleur parti possible de sa visiteuse. Miss Silver avait assisté aux obsèques, avait déjeuné chez les Abbott et séjournait à Field End, ce qui se combinait pour faire d'elle une source d'informations du plus haut intérêt.

La vieille dame se montra si obligeante qu'elles furent bientôt engagées dans une de ces longues et agréables conversations qui abordent toutes sortes de domaines sans obéir à aucune règle. D'abord, les questions vinrent essentiellement de Maggie et les réponses, calculées pour piquer l'intérêt sans ajouter grand-chose aux détails parus dans la presse, furent aimablement fournies par la détective. Maggie fut ravie d'apprendre comment Miss Georgina et Miss Mirrie étaient habillées à l'enterrement, l'une et l'autre ne portant que des vêtements neufs.

— Quelques-unes de ces dames feraient bien d'en prendre de la graine, si vous voulez mon avis. Tenez, Mrs. Fabian, par exemple. Vous ne le croiriez pas, mais son tailleur noir, eh bien, elle l'avait déjà quand Mr. Fabian est mort il y a vingt ans ! C'est ce que dit maman, et elle parle en connaissance de cause. Elle l'a eu je ne sais combien de fois entre les mains, à relâcher les coutures quand Mrs. Fabian prenait du poids puis à les reprendre quand elle maigrissait. Sans parler de l'ourlet à augmenter quand les jupes raccourcissent, ou à diminuer quand elles rallongent ! La dernière fois, maman, elle lui a parlé franchement. Elle lui a dit tout net : « Mrs. Fabian, ça ne vaut pas le prix que je serais forcée de vous demander pour les transformations. »

Quand elles eurent épuisé le sujet captivant du meurtre et parlé chiffons, la conversation, guidée par Miss Silver, s'orienta sur les désavantages d'une ligne téléphonique groupée.

— Je suis sûre qu'avec tout ce qui se passe et ces appels incessants de la police, vous devez être très incommodée. Il y a ce tintement particulier chaque fois qu'on transmet une communication, n'est-ce pas ? Et évidemment, l'appel peut nous être destiné ! Ce doit être une aide inestimable pour Mrs. Bell de vous avoir ici pour vous occuper de ce genre de chose.

Saisissant la perche que lui tendait Miss Silver en suggérant qu'un tintement et une sonnerie étaient faciles à confondre, Maggie répondit d'un ton longanime que, bien sûr, c'était pénible, mais qu'elle devait faire son possible pour soulager sa pauvre maman, sans quoi celle-ci ne viendrait jamais à bout de sa besogne.

Ces préliminaires étant terminés, Miss Silver toussota.

— Je suppose que vous n'auriez pas souvenir d'avoir été souvent dérangée, mardi soir ? Mais non, plusieurs jours ont passé depuis... Même sur le coup, j'imagine que vous n'avez rien remarqué.

Maggie se rengorgea. Elle était très observatrice et on n'avait pas intérêt à prétendre le contraire. Quant à garder un souvenir, tout ce qui se passait à Deeping ou dans les environs restait aussi frais dans sa mémoire qu'au moment où cela s'était produit. Miss Silver l'en félicita en déclarant que c'était un don du Ciel.

— Vous voulez dire que vous vous rappelez si quelqu'un a appelé Field End mardi dernier, dans la soirée ?

Maggie hocha la tête, son petit visage pointu révélant sa concentration.

— D'abord, il y a eu Miss Cicely.

— Vers quelle heure, approximativement ?

— A vingt et une heures cinquante-deux. Miss Cicely avait besoin d'un modèle de robe, et Miss Georgina lui a dit de venir chercher le patron quand elle voulait le lendemain matin. Seulement, le lendemain, ça m'étonnerait qu'elles y aient pensé, parce que Mr. Field avait été assassiné.

— Et ce fut le seul appel pour Field End ce soir-là ?

— A vingt-deux heures, maman a commencé à me mettre au lit. Le téléphone a sonné deux fois, mais nous n'avons pas décroché. Mon dos faisait des siennes et ce n'était pas une paire de manches de me déplacer. Maman pose le téléphone près de moi, la nuit, une fois que je suis couchée. Certaines fois il sonne, d'autres pas du tout. Et quand il sonne, la plupart du temps c'est quelqu'un qui appelle le docteur pour une urgence, de la cabine du coin; si c'est une de mes mauvaises nuits, je ne décroche pas toujours.

Miss Silver lui lança un regard compatissant.

— Et, ce mardi-là, c'était une de vos mauvaises nuits ?

Le visage de Maggie se crispa rétrospectivement.

— Oh, oui ! Maman dort à côté. Je ne l'appelle que si j'en ai vraiment besoin. Quand on a travaillé dur toute la journée, on a besoin de son content de sommeil. Le téléphone me tient compagnie.

— Y a-t-il eu des communications pour Field End, après que vous vous êtes couchée ?

— Et comment !

— Savez-vous qui c'était ?

— Non, mais cet homme-là, je l'avais déjà entendu.

— Vous voulez dire que sa voix vous était familière ?

— Dans un sens, oui : je l'avais déjà entendue au téléphone.

A voir Miss Silver, si charmante et posée, personne n'eût deviné que les réponses de Maggie étaient de la plus haute importance. Pour Maggie elle-même, ce n'était qu'une agréable conversation avec la vieille dame en visite chez Mrs. Abbott.

Ça faisait toujours plaisir d'avoir quelqu'un de nouveau à qui parler, et ce n'était pas tous les jours qu'on l'écoutait en paraissant apprécier ce qu'elle disait.

— Donc, c'était un homme. Savez-vous à qui il s'adressait ?
— Oui : à Mr. Field.
— Vous rappelez-vous leur entretien ?
— Bien sûr que oui... De la fin, tout au moins.
— Comment cela, Miss Bell ?

Cela enchantait Maggie d'être appelée Miss Bell. Quand on ne met jamais le nez dehors et qu'on habite un village où tout le monde vous connaît depuis qu'on est haute comme trois pommes, cela n'arrive pas souvent. Elle parlait avec empressement. Quelqu'un qui s'intéressait pour de bon, quelqu'un qui l'appelait Miss Bell ! Elle s'expliqua sans plus de retenue :

— Eh bien, voilà comment ça s'est passé. Moi, j'étais dans mon lit et je n'avais pas trop mal à condition de ne faire aucun mouvement, et puis le téléphone s'est mis à sonner. Mais pour l'atteindre, il fallait bien que je bouge. D'abord, j'ai pensé que je ne le ferais pas, et puis j'ai changé d'avis et, le temps que j'attrape le récepteur, j'ai entendu Mr. Field qui disait : « Un peu tard, pour un rendez-vous, non ? »

— Qu'a répondu son interlocuteur ?

— Oh, il a dit que s'il n'était pas tombé en panne, il serait arrivé plus tôt. Il avait dû s'arrêter dans un garage pour la réparation. Ensuite, il a expliqué qu'il ne pouvait proposer de meilleur rendez-vous, car il devait continuer vers Londres pour prendre l'avion à la première heure. « C'est maintenant ou jamais, a-t-il ajouté. Une occasion unique ! » Alors, Mr. Field a dit : « D'accord. Passez par la terrasse, derrière la maison, et je vous ferai entrer. Vous verrez la lumière. »

Après un bref silence, Miss Silver remarqua :

— Miss Bell, il ne vous est pas venu à l'idée que la police devait être informée de cet appel ?

— Ils ont leurs propres méthodes, dit Maggie en reniflant.

— Ils savaient qu'une communication avait été transmise à Field End à vingt-deux heures trente, mais l'opératrice était incapable de leur en apprendre davantage.

— Ce n'était pas mon affaire, surtout si personne ne se donnait la peine de me poser la question !

Miss Silver comprit que Maggie n'était pas de celles qu'on pousse à des confidences en usant de sévérité. Elle expliqua donc de sa voix la plus douce :

— Vous leur rendriez un immense service. Je suis sûre que vous sentez toute l'importance de cette information. Le lendemain, en apprenant le meurtre de Mr. Field, vous avez bien dû penser que l'homme qui avait pris ce rendez-vous par téléphone était probablement l'assassin.

Maggie émit un : « Oooh ! » prolongé.

— Vous êtes beaucoup trop intelligente pour ne pas avoir fait le rapprochement et tiré vos propres conclusions.

Maggie tortillait son mouchoir, qui entre ses doigts prenait l'aspect d'une cordelette.

— Effectivement, je me suis dit...

Miss Silver lui adressa un sourire encourageant.

— Et vous aviez raison ! Donc, vous croyiez avoir déjà entendu cette voix ?

— Je ne le croyais pas, j'en étais sûre ! Et c'est pour ça que je n'en ai pas parlé, parce que j'ai pensé que si c'était un ami de la famille, il n'y avait rien de mal à cela. De toute façon, moins on en dit ct mieux on se porte.

— Vous connaissiez cette voix pour l'avoir entendue avant ? Sur la ligne de Field End ?

Maggie hocha la tête et réprima aussitôt une grimace, comme si ce geste lui était pénible.

— Oui, je l'avais entendue et je saurais la reconnaître.

— Quand l'aviez-vous entendue précédemment, Miss Bell ?

Cette fois, sans aucune hésitation, les mots coulèrent à flots :

— Il y a quinze jours, le samedi du bal en l'honneur de Miss Georgina et de Miss Mirrie.

— A quelle heure ?

— Le soir, à dix-huit heures cinquante. Elle était en train de se faire belle et elle a couru dans le petit salon de Miss Georgina pour répondre.

— Qui, Miss Bell ? Qui a répondu ? Miss Georgina ?

— Sûrement pas. Il n'était pas du tout le genre à Miss Georgina. C'était évident.

— C'était donc Miss Mirrie ?

Maggie était rouge comme un coquelicot, ce qui faisait paraître son visage encore plus mince et pointu. Elle n'avait jamais eu l'intention de trahir Miss Mirrie, ça non ! Elle n'avait pas pensé à mal, cela lui avait échappé. Mais maintenant qu'elle l'avait dit, c'était trop tard. Même si elle ne l'avait pas nommée, cela ne pouvait être que Miss Mirrie, qui avait sa chambre tout à côté de celle de Miss Georgina.

La détective n'avait pas manqué de parvenir à cette conclusion.

— C'est Miss Mirrie qui a décroché, la nuit du bal ?

— Oui, là ! C'est elle.

— Une bien jolie jeune fille ! dit Maud Silver en souriant. Je ne serais pas surprise qu'un tas de jeunes gens se fassent un plaisir de lui téléphoner.

Maggie acquiesça.

— Il paraît qu'elle fréquente Mr. Johnny et que c'est sérieux. Mais celui qui l'a appelée avant le bal, c'était pas un tendre. Il était monté sur ses grands chevaux et disait qu'il voulait absolument la voir. Il allait venir à moto et il serait sur la terrasse un peu avant minuit. Elle devait l'y rejoindre. Elle a parlé de lui montrer sa jolie robe à frous-frous, et il a répliqué que les robes, il n'en avait rien à faire, mais qu'il devait la voir pour lui indiquer la nouvelle adresse où elle pouvait lui écrire. Il a dit que l'ancienne ne convenait plus, ni le téléphone, et qu'elle ne devait l'appeler sous aucun prétexte ou sinon elle aurait des ennuis. Et il lui a raccroché au nez aussi sec.

— Vous êtes bien sûre qu'il parlait à Miss Mirrie ?

— Oh, oui ! Plusieurs fois elle a voulu dire quelque chose mais il ne la laissait pas en placer une. Dès le début, il lui a ordonné de se taire, de l'écouter et d'obéir. Ah ouiche ! s'exclama-t-elle, relevant le menton d'un air de défi. Moi, je sais bien ce que je lui aurais répondu, s'il m'avait parlé comme ça ! Mais elle, à part ces quelques tentatives, elle se taisait comme il le lui avait dit.

— Et c'était bien la même voix qui s'adressait à Mr. Field mardi soir ?

— Je ne voulais pas en parler à cause de Miss Mirrie, mais j'en suis absolument sûre, dit Maggie, visiblement vexée.

Bien que la jeune femme fût immobilisée sur son divan, Miss Silver eut conscience d'une sorte de recul.

— Est-ce la seule fois où vous avez entendu Miss Mirrie parler avec cet homme ?

Maggie réfléchissait fébrilement. Elle trouva une échappatoire et répliqua, en redressant à nouveau le menton :

— Vu qu'elle n'avait pas son mot à dire, ce n'est pas ce que j'appellerais parler !

— Non, vous avez indiqué très clairement que cet homme monopolisait la conversation. Ce que je voudrais savoir, c'est si en une autre occasion vous avez entendu la même voix s'adresser à Miss Mirrie.

Maggie attendit une seconde de trop avant de riposter :

— Même si c'était le cas, ça ne me regarde pas.

La vieille dame la considéra avec bonté.

— Vous craignez de nuire à Miss Mirrie. Mais vous pourriez l'aider, tout au contraire. Si cet homme, en usant d'intimidation, l'a convaincue de le rejoindre ou de lui fournir des informations, elle a besoin d'être protégée contre lui. C'est une toute jeune fille, qui n'a plus ses parents pour veiller sur elle. Je crois que vous me cachez quelque chose et je le regrette. Si cet homme est un meurtrier, Miss Mirrie ne court-elle pas un danger ? Je vous demande, avec le plus grand sérieux, de me dire ce que vous savez.

Après un moment d'indécision, Maggie céda.

— Elle lui a téléphoné.

— Quand ?

— A vingt heures quinze mardi soir. Inutile de me demander le numéro, car elle l'avait déjà donné à l'opératrice quand j'ai décroché. Au moment où j'ai pris la conversation, il lui reprochait de l'avoir appelé. « Et pas de noms, a-t-il dit, ou sinon gare à toi. » Il la traitait avec une brutalité que moi, à sa place, je n'aurais jamais tolérée. Mais elle, d'une voix suppliante, elle lui a expliqué qu'elle n'avait qu'une minute parce qu'ils étaient tous en train de prendre le café au salon. Son oncle était revenu de Londres. Il lui avait dit qu'il avait changé son testament en sa faveur et qu'il la considérait comme sa fille. Elle était drôlement contente, vous pensez !

— Et l'homme, qu'a-t-il répondu ?

— Que c'était très bien, mais qu'il était déjà au courant par son amie en haut lieu, sans quoi il aurait trouvé ça trop beau pour être vrai. Miss Mirrie lui a demandé ce qu'il voulait dire, et il a répondu qu'il avait les moyens de se renseigner, alors qu'elle ne se casse pas la tête car lui réfléchissait pour deux. Il lui a dit de retourner au salon avant qu'on remarque son absence.

Miss Silver demanda de son ton le plus grave :

— Miss Bell, confirmez-vous formellement que l'homme qui a parlé à Miss Mirrie avant le bal, et qu'elle a appelé ce mardi soir à vingt heures quinze, était bien le même que celui qui a fixé un rendez-vous par téléphone à Mr. Field, plus tard dans la soirée ?

— C'était la même voix, j'en jurerais.

— Il se peut que vous soyez amenée à le faire.

31

Johnny emmena Mirrie faire un tour en voiture. Ils montèrent dans les collines puis, quittant la route, bifurquèrent sur une piste sablonneuse qui s'enfonçait dans la forêt. A une époque si ancienne que l'incident était presque tombé dans l'oubli, un dénommé Sefton avait voulu se bâtir une maison à cet endroit. Le terrain appartenant à la commune, on lui opposa toutes sortes de tracasseries jusqu'à ce qu'il renonce et s'en aille, de guerre lasse. Tous les gens des villages voisins vinrent faire place nette. En réalité, il n'y avait pas grand-chose à enlever : quelques chargements de briques, une brouette cassée et un tas de gravier. Avant longtemps, la nature avait repris ses droits et le terrain retrouva son apparence habituelle, envahi de soucis, de jeunes pousses de genêts, de bruyère et de bouleaux. Désormais, les seuls vestiges de cette invasion manquée demeuraient la piste menant vers la maison, la végétation luxuriante qui avait surgi après l'excavation du site, et le nom qui lui était resté : la Folie de Sefton.

Johnny conduisit rapidement jusqu'au bout de la piste et s'y gara, remarquant que Sefton aurait eu une vue superbe si on l'avait laissé terminer sa maison. Il relata l'histoire à Mirrie, qui trouva l'endroit trop isolé, sans aucune autre habitation en vue.

Johnny éclata de rire.

— J'en connais qui adoreraient vivre seuls au sommet du monde.

— Pas moi, en tout cas ! J'aurais horreur de ça.

— Pourquoi ?

— Parce que j'aime les gens.

— Des cohortes et des cohortes d'humanité, dans des petites maisons toutes parfaitement identiques avec un aspidistra à la fenêtre ?

— Tante Grace en a un qui fait sa fierté. J'étais obligée de nettoyer les feuilles avec une éponge.

— Et cette occupation a marqué la naissance d'une vocation ?

— Pas du tout ! Je détestais ça.

— C'est une bonne chose, ma chérie. Car, bien que je sois d'un caractère agréable et facile à vivre, sur ce chapitre ma décision est irrévocable. J'ai longuement réfléchi au problème et rien ne m'en fera démordre. Pas question de cohabiter avec un aspidistra.

— Oh, Johnny, ce que tu es drôle ! dit-elle en riant joyeusement.

Ils ne contemplaient pas la vue qu'avait choisie Mr. Sefton. La colline était haute et dominait un large panorama. L'écho des cloches de Deeping, montant dans le silence, donnait une impression d'infinie sérénité. Les nuages chargés de pluie étaient encore pelotonnés à l'horizon, laissant le ciel pommelé de bleu et de gris. Par les deux vitres baissées de la voiture pénétrait un air doux, chargé de l'odeur des bois.

Mirrie et Johnny se regardaient. Elle ne portait pas

son nouveau tailleur noir mais sa jupe grise en tweed, son chandail blanc et un vieux pardessus de Georgina que Johnny avait déniché dans le cagibi sous l'escalier. La jeune fille était restée tête nue, toutefois elle avait noué une écharpe noire et blanche à son cou. Si les vêtements adaptés à la campagne n'avaient rien de folichon, ils offraient l'indéniable avantage d'être confortables et chauds. Et en plus, pensait Mirrie, ils lui allaient bien. Johnny, qui était du même avis, l'embrassa longuement avant de s'écarter d'elle.

— Ma chérie, ce n'est pas pour t'embrasser que je t'ai emmenée ici.

— Non ?

— Non. Si nous sommes là, c'est que j'ai à te parler et que dans ce genre d'endroit aucun raseur ne risque de nous interrompre.

— De quoi veux-tu me parler ?

— De toi, de moi... et de Sid Turner.

Elle tressaillit à la mention de ce nom.

— Non, Johnny, je ne veux pas !

— Désolé, mais j'y tiens absolument. Si tu ne voulais pas qu'on te questionne à son sujet, il ne fallait pas l'inviter à l'enterrement.

— Je ne l'ai pas invité. Il est venu, un point c'est tout.

— Et tu l'as emmené dans le petit salon, un point c'est tout.

— Ce n'est pas vrai ! C'est lui qui a voulu y aller. Moi, je n'avais aucune envie d'être avec lui.

— Alors pourquoi l'as-tu suivi ?

— Il m'y a forcée.

— Pourquoi l'as-tu laissé faire ?

— Je... je n'ai pas pu l'en empêcher.

Johnny lui prit les deux mains et l'obligea à se tourner vers lui.

— Et moi, tu ne m'empêcheras pas de tirer cette histoire au clair. Nous sommes ici pour cela. Personne ne viendra te sauver de mes griffes, même si tu appelles à l'aide à en perdre le souffle. Alors, ne prends pas ton air de chaton effrayé. Nous allons discuter en adultes responsables et, avant de commencer, je t'avertis : les mensonges, c'est terminé !

Mirrie ouvrit des yeux ronds.

— Les mensonges ?

— Oui. Plus de mensonges, de bobards, de salades et autres boniments, pour l'excellente raison qu'on ne me la fait pas. Chaque fois que tu m'as raconté des blagues, je l'ai su immédiatement. Avec moi, ça ne prend pas, alors pourquoi te donner tant de mal ? Je suis expert en la matière. Cela étant posé, parle-moi un peu de ce Turner.

— S... S... Sid ?

— Exactement, Sid. Le petit ami, puisque c'est en ces termes qu'il s'est présenté. D'après ce que tu m'as appris sur tante Grace, je l'imagine mal approuver un tel soupirant.

— Elle ne l'aimait pas.

— Ça ne m'étonne pas. Que fait-il dans la vie ?

— Je ne sais pas très bien.

Johnny eut un sourire sarcastique.

— Et si je ne veux pas qu'on me mente, je n'ai qu'à ne pas poser de questions. Voyons. Il a toujours de l'argent plein les poches, mais mieux vaut ne pas lui demander d'où il le sort, c'est ça ? Et puis, il ne s'appelle pas toujours Sid Turner. Cette lettre que tu as fait tomber devant la poste, c'est à lui qu'elle était destinée ?

Elle tourna vers lui des yeux remplis de larmes et, soudain, se cacha le visage dans les mains.

— Oh! Johnny!
— D'accord, c'est donc vrai. Elle était pour Sid. Maintenant, rappelle-toi le jour où tu l'as écrite, et où tu as fait semblant de me la lire.
— Mais je te l'ai lue pour de vrai!
— Pas dans sa totalité, je crois. Tu prétendais écrire à Miss Ethel Brown, une dame de ton ancienne école. Tu t'es enferrée dans les mensonges. Au début, Miss Ethel y était institutrice, puis elle était une parente de ta tante et travaillait dans une autre école. Tu lui avais promis d'écrire pour lui raconter si tu te plaisais à Field End. Dans le passage que tu m'as lu, tu expliquais qu'oncle Jonathan était très gentil et allait te léguer beaucoup d'argent. J'ignore la teneur du reste, mais si je sais une chose, c'est que tu n'écrivais pas à Miss Ethel Brown. Parce que, comme je te le rappelle, j'ai vu que cette lettre était adressée à un certain Mr. E. C. Brown, 10, Marracott Street, Pigeon Hill, S.E. Tu as alors prétendu que c'était le frère de Miss Brown, chez qui elle demeurait, étant souffrante. Tu aurais mieux fait d'économiser ta salive, car tu inventais au fur et à mesure et ça se voyait comme le nez au milieu de la figure. Maintenant, je veux la vérité. Cette lettre était pour Sid Turner, n'est-ce pas?

Elle hocha la tête d'un air lamentable et deux larmes roulèrent jusqu'aux commissures de ses lèvres.

— T'avait-il dit de lui écrire au cas où Jonathan te léguerait une part de sa fortune?

A nouveau, elle acquiesça d'un hochement de tête.

— Et tu lui obéis toujours? Quelle petite fille docile! C'est allé jusqu'où, avec Turner?
— Je n'ai pas... Je n'ai jamais... Oh, Johnny! sanglota-t-elle.

Il continua, de cette voix sèche qu'elle ne connaissait pas et qui la faisait pleurer :

— Inutile de chercher à m'attendrir. Tu vas me dire ce qui s'est passé exactement entre vous deux.

— Il... m'emmenait au cinéma. Tante Grace ne me permettait jamais de sortir, sauf pour prendre le thé chez des filles qu'elle jugeait fréquentables. J'allais au cinéma avec Sid, et je racontais que j'étais avec Hilda Lambton ou Mary Dean. Il ne s'est rien passé de plus, en fait.

Il posait sur elle un regard aussi dur que sa voix.

— Il a flirté avec toi ?

— Un tout petit peu.

— Qu'est-ce que ça veut dire, au juste ?

— Il me faisait du pied et il me tenait la main au cinéma, et puis il m'embrassait avant de me quitter. Cela ne me plaisait pas, je te jure que c'est vrai !

Elle pensait qu'elle ne pourrait jamais lui parler de la fois où Sid l'avait terrorisée, quand, à ce moment précis, il demanda :

— Qu'a-t-il fait pour t'effrayer à ce point ? Je veux savoir pourquoi tu en as si peur !

Le lui expliquer était au-dessus de ses forces. En frissonnant, elle se remémora la petite allée sombre à l'arrière des maisons, rien que des murs sans fenêtres, et Sid qui avait sorti son couteau pour en poser la pointe aiguë contre sa gorge. Au moindre geste, la lame s'enfoncerait et la tuerait. Elle en sentait la piqûre froide pendant qu'il lui disait ce qui lui en coûterait si l'envie lui prenait de moucharder.

— Où que tu ailles, où que tu sois, je te retrouverai et je te ferai la peau. Tu ne t'y attendras pas. Tu te promèneras en te croyant en sécurité, quand tout à coup tu sentiras un couteau se planter dans ton dos. Adieu, Mirrie ! Les mortes ne parlent pas.

Il avait rangé le couteau dans sa poche en riant et l'avait embrassée de force, en la serrant avec une brutalité qui lui avait coupé le souffle. Elle ne pourrait jamais en parler à Johnny. Et tout ça pour une malheureuse question ! Une bijouterie avait été fracturée et un policier qui faisait sa ronde avait été abattu ; Sid avait commenté la nouvelle en déclarant que les flics avaient le nez trop long et que celui-là n'avait eu que ce qu'il méritait. Sid et elle étaient en train de s'amuser, lui qui réclamait un baiser et elle qui refusait en le repoussant, quand, pour rire, elle glissa la main dans la poche intérieure de son veston. Elle avait voulu lui prendre son portefeuille, mais elle ressortit un petit sachet et, lorsque Sid tenta de le lui reprendre, le papier se déchira et quelque chose tomba entre eux. Il faisait noir, mais Mirrie le trouva. Elle posa tout de suite la main dessus et n'avait pas besoin de lumière pour savoir ce que c'était. Un anneau serti de trois grosses pierres ! Elle le glissa à son doigt, regrettant de ne pouvoir admirer l'effet que le bijou faisait sur elle. C'est alors que, heureuse et pouffant de rire dans l'allée sombre, elle posa cette maudite question. Elle ne s'était doutée de rien jusqu'à ce que ses mots résonnent :

— Quelle jolie bague ! Et juste à ma taille, en plus. Est-ce que tu l'as achetée pour moi ?

Aussitôt, il l'empoigna violemment et lui appuya la lame sur la gorge...

Comment expliquer tout cela à Johnny ? Elle tenta de s'écarter de lui et il lut de la terreur dans ses yeux. Il ne pouvait continuer à la harceler, pas quand elle le regardait avec ces yeux-là. Il avait toujours été bouleversé par les êtres blessés ou apeurés. Il lâcha enfin les mains de Mirrie et la prit dans ses bras.

— Ne me regarde pas comme ça, petite idiote ! Je ne vais pas te faire de mal, au contraire, mon seul souci est de veiller sur toi et de te protéger. Tout ce qu'on a pu te forcer à faire n'y changera rien. Tu comprends ? Ça m'est complètement égal. Si ce type cherche à t'intimider, je lui casserai la figure. S'il te fait chanter, dis-le-moi. Quels que soient tes ennuis, ensemble nous en viendrons à bout. Et je te tirerai de là, ça, je t'en donne ma parole !

Blottie contre lui, Mirrie avait la conviction qu'il disait vrai. Tout le temps où elle avait pensé à Sid et au couteau, elle s'était sentie transie, comme engourdie. Mais près de Johnny, elle revivait. Dans ses bras, elle avait chaud, elle était en sécurité. Sid et ses menaces étaient bien loin ! Johnny saurait la protéger. Elle enfouit son visage au creux de son épaule et lui raconta l'allée sombre, la bague, et la pointe du couteau sur sa gorge.

32

En rentrant à Field End, Miss Silver se sentait partagée quant à la conduite à tenir. Généralement prompte à prendre une décision, elle éprouvait en l'occurrence deux impulsions contradictoires auxquelles il fallait accorder la plus sérieuse attention avant de céder à l'une ou l'autre. D'un côté, elle ne pouvait minimiser l'importance des révélations de Maggie Bell, qu'elle se devait de communiquer à Frank Abbott sans perdre de temps. De l'autre, il eût été souhaitable d'avoir confirmation, grâce à Mirrie, des deux conversations téléphoniques surprises par la fille de la couturière. Pour ce qui était de la troisième, ayant eu lieu entre Jonathan Field et un mystérieux interlocuteur, on n'avait que la parole de Maggie. Toutefois, les deux premières conversations confirmeraient sans doute que la personne au bout du fil n'était autre que Sid Turner. Interrogée à l'improviste à ce sujet, Mirrie ne s'obstinerait pas longtemps à le nier. Maud Silver en était à ce stade de ses réflexions et s'était presque décidée à provoquer une entrevue avec la jeune fille, quand il lui parut clair qu'elle n'en avait pas le droit. Frank Abbott avait la responsabilité de l'enquête et, s'il fallait interroger

Mirrie, il était légitime que ce fût en présence du policier.

Il devait prendre le thé à Deepside, avec sa cousine Cicely et Grant, mais la détective répugnait à troubler cette courte réunion familiale. Elle en avait été informée uniquement parce que Monica avait indiqué que le colonel et elle y étaient invités. Cependant, plus elle y pensait, plus la situation lui semblait urgente. Pour finir, elle décrocha le téléphone du bureau et demanda le 3 à Deeping.

La voix de Cicely résonna à l'autre bout du fil :

— Oh, Miss Silver, c'est vous ?

— Oui, mon enfant.

— Que puis-je faire pour vous ?

Miss Silver adopta le français scolaire qu'elle avait coutume d'employer chaque fois qu'elle désirait communiquer une nouvelle de nature délicate.

— Je crois qu'il vaut mieux éviter les noms propres.

— Pourquoi ? Qu'y a-t-il ? demanda Cicely dans sa langue maternelle.

— Votre cousin est-il avec vous ?

— Oui. J'espère que vous n'allez pas encore nous le piquer sous le nez ?

Miss Silver toussa d'une manière un peu réprobatrice. Si Maggie écoutait, elle saurait certainement ajouter deux et deux. La vieille dame continua en français :

— Voulez-vous l'informer que je souhaite le voir le plus vite possible ? C'est tout, chère petite. Au revoir.

A Deepside, Frank éclata de rire et haussa les épaules : il était censé partir, n'est-ce pas ? S'agissant de Miss Silver, la voir sortir un lapin d'un chapeau n'était pas nouveau. Il finit son thé et prit congé tout en se demandant quelle surprise la détective lui réservait cette fois-ci.

Miss Silver avait également pris son thé. Le repas s'était déroulé dans une ambiance étrange. Johnny se montrait plus en verve que jamais, Mirrie heureuse et détendue, Georgina pâle et crispée. Mrs. Fabian, égale à elle-même, répétait qu'elle ne comprenait pas quelle mouche piquait Anthony.

— C'est tellement inhabituel de sa part de passer toute la journée dehors sans prévenir personne ! Tu es sûre qu'il ne t'en a rien dit, Georgina ?

— Non, cousine Anna.

— Vraiment très étrange, dit Mrs. Fabian à Miss Silver. Ce manque de considération me surprend beaucoup. Et puis, c'est important du point de vue des repas. Une personne de plus ou de moins à table, cela fait forcément une certaine différence. Je ne me rappelle plus qui a dit : « Le mal est forgé par la négligence autant que par l'égoïsme. » On m'avait fait écrire cette phrase vingt fois parce que j'avais oublié de fermer la porte de la serre. Une des plantes préférées de mon père avait gelé, dans la nuit.

Le rire de Johnny explosa, plein de gaieté.

— Tu crois que nous allons geler parce que Anthony n'a pas prévenu qu'il manquerait le dîner dominical ?

— C'était une simple illustration, répondit Mrs. Fabian, toujours parfaitement aimable. C'est si facile d'être distrait ! Et tous les remords ne changent rien. Je suis certaine qu'Anthony ne chercherait jamais à contrarier Mrs. Stokes ni un seul d'entre nous. Évidemment, comme les Stokes sortent le dimanche, ils n'en sauront rien. S'il n'y a pas assez pour tout le monde, chacun se servira un petit peu moins.

— Maman, tu exagères ! Si par malheur Mrs. Stokes t'entendait faire ce genre de réflexion, elle te rendrait son tablier séance tenante. Elle cuisine en quantités astronomiques. Tu devrais le savoir, depuis le temps !

Mrs. Fabian parut un peu désorientée.

— C'est vrai, mon chéri, mais ce doit être très compliqué à calculer et je me demande comment elle s'y prend. Moi, à sa place, je serais bien embarrassée.

A son arrivée, Frank Abbott trouva Miss Silver qui le guettait. Elle le fit entrer dans le bureau et lui relata avec méthode et précision sa visite à Maggie.

— Vous croyez qu'elle a vraiment entendu tout cela ? demanda-t-il quand elle eut fini.

— Lors de ma précédente visite, Monica m'avait déjà appris que Maggie écoutait toutes les conversations sur la ligne groupée.

— Oui, c'est vrai. Et Monica dit qu'en général cela ne prête pas à conséquence.

— C'est un tort ! décréta Maud Silver en secouant la tête. Un fait traité à la légère finit par être négligé. J'ai immédiatement pensé que Maggie pouvait détenir une information capitale.

— Je vois... Vous a-t-elle paru digne de foi ? Vous ne croyez pas qu'elle a pu coller ensemble quelques bribes d'information pour les adapter au meurtre ?

— Non. Elle n'inventait pas en me répétant les deux conversations de Mirrie avec cet homme. Elle éprouve de la sympathie et de l'admiration pour cette petite. Celle-ci a apporté des vêtements à modifier à Mrs. Bell. Maggie s'est prise d'amitié pour elle et ne cherche pas à cacher ses sentiments. Ses affections et ses antipathies se lisent sur son visage. Elle ne m'a pas livré ce renseignement de gaieté de cœur. Un mot lui a échappé, j'ai deviné de qui elle parlait et je l'ai persuadée de m'apprendre le reste.

— Eh bien, il se trouve que je peux confirmer la véracité de son témoignage en ce qui concerne l'une de ces conversations.

— Laquelle ?

— Celle qui a eu lieu avant le bal. Ce n'est qu'un détail, mais il cadre parfaitement. Cicely et moi sommes allés souper à minuit, mais je suis retourné dans le bureau où elle avait oublié son mouchoir. J'ai entendu battre cette porte-fenêtre, et, en écartant le rideau pour la fermer, je me suis retrouvé nez à nez avec Mirrie qui s'apprêtait à rentrer. Dans sa robe de bal, elle frissonnait de froid et de frayeur. Elle a prétendu qu'elle était sortie prendre l'air parce qu'elle avait chaud — un mensonge stupide, mais j'imagine qu'elle n'a rien trouvé de mieux. Sur le coup, j'ai pensé qu'un garçon l'avait emmenée sur la terrasse, avait voulu pousser la chose un peu trop loin et qu'elle s'était affolée. Cette gamine naïve est bien du genre à se laisser prendre au baratin. Si elle avait envie de flirter, pourquoi ne pas rester à l'intérieur, bien au chaud ? Quoi qu'il en soit, je me suis abstenu de tout commentaire.

Miss Silver remarqua pensivement :

— Voilà qui corrobore le témoignage de Maggie au sujet du premier coup de fil. Mirrie était sortie pour retrouver Turner. Quant à savoir pourquoi elle ne s'est pas munie d'un châle, on s'interrogerait en pure perte ! Les jeunes filles répugnent à mettre un vêtement chaud sur une robe du soir. Elles portent un manteau de fourrure toute la journée puis, quand la température est tombée à plusieurs degrés au-dessous de zéro, elles sortent sur la terrasse ou dans le jardin la gorge nue.

— Parler de gorge nue est un euphémisme! dit Frank en riant. Eh bien, puisque le témoignage de Maggie paraît fondé, je propose que nous interrogions Mirrie au sujet de la deuxième conversation. Si là encore ses déclarations s'avèrent exactes, nous aurons tout lieu de croire que Maggie dit vrai concernant la troisième conversation, entre Turner et Jonathan Field. Voulez-vous aller chercher la jeune fille? Cela l'effraiera sans doute moins que si nous envoyons Stokes lui dire que nous désirons la voir.

33

Dans le petit salon, Mirrie et Johnny étaient absorbés par une captivante occupation, qui consistait à dresser la liste des meubles dont ils auraient besoin dans un appartement hypothétique, au-dessus d'un garage qu'il leur restait à découvrir. Il y aurait une chambre à coucher, un salon, une cuisine et une salle de bains, et ils feuilletaient un vieux catalogue d'avant-guerre, qui leur donnait le sentiment magnifique, quoique illusoire, qu'une somme ridicule suffirait à leur bonheur. Johnny murmura bien que les meubles étaient dix fois plus chers qu'avant, mais il tempéra immédiatement l'effet de ses paroles en ajoutant :

— Évidemment, ce sont les prix du neuf. Nous, nous avons tout intérêt à chercher des meubles d'occasion, qui sont beaucoup plus solides et bon marché. Et d'ailleurs ce n'est qu'un jeu, puisque je n'ai pas encore de garage et encore moins l'appartement qui va avec.

— Mais tu le trouveras, dit Mirrie, qui le couvait des yeux. Oh, Johnny, ce que tu es intelligent !

— Tu sais, dit-il en fermant le catalogue, si Georgina vend Field End, il y a un tas de choses dont elle ne voudra pas s'encombrer. Je suis prêt à parier qu'elle nous donnera de quoi nous meubler quand nous aurons notre appartement.

— Tu crois?

— Oui. Georgina est une très chic fille. Je vais te dire une chose qui va te surprendre : je ne lui ai jamais fait la cour de toute ma vie. Si ravissante qu'elle soit, et bien qu'on ait vécu dans la même maison, mes sentiments pour elle sont aussi purs qu'envers une sœur. Oui, je crois que c'est ce qu'elle est pour moi. Ma petite sœur.

Mirrie battit des cils, le regarda dans les yeux, puis battit à nouveau des cils — une mimique qui avait nécessité de longues séances d'entraînement devant la glace. Cependant, le frémissement de sa voix n'était pas feint lorsqu'elle demanda :

— Tu as fait la cour à beaucoup de filles?

— A des dizaines! Si j'en crois ma mère, mes débuts de séducteur remontent à mes six ans. En revenant d'une fête de Noël, j'ai annoncé à ma famille que j'allais me marier avec une petite fille qui avait des boucles blondes et un collier en corail. Nous avions échangé des bonbons et un baiser, mais comme j'avais oublié son nom, c'est resté une aventure sans lendemain.

Nouveau battement de cils.

— Et, depuis, tu n'as pas arrêté d'embrasser des filles?

— C'est à peu près ça.

— Et, ensuite, de les oublier?

— Dis-moi, chérie, tu tiens vraiment à ce que je me les rappelle?

Mirrie le regarda sans papillonner.

— Si je m'en allais, moi aussi tu m'oublierais.

— Mais tu ne t'en iras pas, donc, aucun risque ! Et vois-tu, si je t'embrasse chaque jour comme ça...

Ils en étaient à leur troisième ou quatrième baiser quand Miss Silver ouvrit la porte. Mirrie rougit, Johnny sourit, et la vieille demoiselle dit d'un ton indulgent :

— Je suis navrée d'interrompre votre conversation, mais l'inspecteur Abbott est ici, et il pense que Mirrie pourrait l'aider à vérifier certains détails.

Lorsqu'un policier pensait cela, c'était plutôt mauvais signe, songea Johnny. Il ne laisserait pas Abbott harceler Mirrie pour l'amener à se contredire.

— J'aurais cru qu'on nous avait déjà posé toutes les questions possibles et imaginables, dit-il à haute voix.

— Il pense que Mirrie pourrait l'aider, répéta Miss Silver.

Un refus aurait produit une impression désastreuse, car on risquait d'en déduire que Mirrie cachait quelque chose. Johnny espérait de tout son cœur qu'il n'en était rien.

— D'accord, nous arrivons. Mais oui, je viens également. Je n'ai aucune confiance en ce vieux Frank — pas avec une fille comme Mirrie. Vous servirez de chaperon et je serai le conseiller de la défense. Ainsi encadrée, elle s'en sortira lavée de tout soupçon.

Frank ne parut guère réjoui à la vue de Johnny, qui lui présenta immédiatement son ultimatum.

— Je ne sais pas plus que Mirrie pourquoi vous voulez l'interroger, mais soit je reste, soit elle se tait. Elle n'est absolument pas tenue de répondre, alors remballez vos instruments de torture.

— Je suis ici pour diriger cette enquête et il n'y a

pas de quoi plaisanter, lui rappela Frank d'un air pincé. Restez si vous voulez, mais ne nous interrompez pas. Je désire demander à Miss Field des précisions au sujet d'une conversation téléphonique qui a eu lieu mardi soir, quelques heures avant la mort de son oncle.

Pâle, Mirrie s'assit sur un fauteuil et Johnny se percha à côté d'elle, sur l'accoudoir.

— Vous avez téléphoné vers vingt heures quinze, continua Frank. A un certain Sid Turner, si je ne m'abuse. Quelqu'un a surpris votre conversation.

Johnny, qui gardait la main posée sur l'épaule de la jeune fille, la sentit trembler à la mention du nom de Turner. Elle étouffa un cri en reprenant rapidement son souffle.

— Mais ils étaient tous réunis au salon... Les Stokes et Doris rangeaient la cuisine...

— Je ne doute pas que vous ayez pris beaucoup de précautions, néanmoins une oreille indiscrète vous écoutait. Comprenez-moi bien, vous n'avez aucune raison de vous inquiéter. Vous ne faisiez rien de mal en téléphonant. Simplement, cette conversation est liée à des éléments essentiels de l'enquête, et il importe que tout soit bien clair. La personne qui vous écoutait a produit un témoignage que je vais vous résumer. Vous avez appelé Turner mardi soir, à vingt heures quinze. Vous étiez tout heureuse parce que Mr. Field venait de rentrer de Londres et vous avait annoncé qu'il vous avait couchée sur son testament, car il voulait vous traiter comme si vous étiez sa propre fille. Turner a dit qu'il en avait eu confirmation par une amie en haut lieu, sans quoi il aurait pensé que c'était trop beau pour être vrai. Vous n'avez absolument rien dit de mal mais, comme je vous l'ai expliqué, nous essayons de recouper différents témoignages. J'aimerais savoir si vous êtes d'accord avec cet exposé des faits.

Johnny réfléchissait fébrilement. Lorsque Mirrie leva vers lui des yeux implorants, il prit sa décision. Il la serra par les épaules pour la rassurer.

— Ma chérie, toi seule peux répondre. C'est bien ainsi que cela s'est passé?

Mirrie tourna vers Frank un regard craintif.

— Il m'avait avertie de ne pas lui téléphoner, mais j'étais folle de joie et je pensais qu'il serait content pour moi.

— Ce témoignage relatif à votre conversation est donc exact?

— Oui.

— Vous avez appelé Turner à Londres et vous lui avez appris que Mr. Field avait modifié son testament?

— Il ne voulait pas que je l'appelle, mais j'ai cru que...

— Oui, vous nous l'avez expliqué. Accepteriez-vous de signer une déposition, simplement pour confirmer ces faits? Nous tenons à éviter toute erreur.

Elle regarda Johnny, qui hocha la tête.

— Vas-y.
— Sid sera fâché.
— Tant pis pour lui. Il vaut mieux écouter Frank. La police veillera à ce que Sid cesse de t'importuner.

Abbott leur laissa le temps de tenir conciliabule. Si Johnny désirait coopérer, son aide était la bienvenue.

— Qu'entendait Turner, selon vous, en parlant d'une « amie en haut lieu »?

— Il connaissait une fille à l'étude de Me Maudsley, expliqua Mirrie, reprenant confiance.

— Pourtant, d'après notre témoin, vous lui avez demandé ce qu'il voulait dire. Si vous saviez qu'il parlait d'elle, pourquoi lui avoir posé la question ?

Les joues de Mirrie se parèrent d'une rougeur des plus séduisantes.

— Il l'avait mise sur le tapis pour m'embêter, et j'ai voulu lui faire comprendre que je m'en fichais, de ses amies à la gomme. Cette fille-là n'avait pas à lui révéler que mon oncle avait modifié son testament. Me Maudsley l'aurait renvoyée, s'il l'avait su. Je ne voulais pas savoir ce qu'elle lui avait dit, à ce goujat !

Au long de ses années d'expérience, il était arrivé plus souvent qu'à son tour à Frank Abbott de recevoir les confidences de demoiselles, essentiellement de ses cousines. Sans cela, le raisonnement de Mirrie lui eût paru obscur. Mais, vu les circonstances, il comprenait parfaitement que Turner avait mentionné la fille de l'étude Maudsley pour la faire rager, et que Mirrie l'avait remis à sa place.

Il jugea le moment opportun pour pousser plus loin l'interrogatoire, une confidence pouvant en entraîner une autre.

— Une chose encore. Vous vous rappelez, le soir du bal, certains d'entre nous étaient réunis ici même, et nous écoutions Mr. Field nous parler de sa collection. Il a sorti les albums et nous a rapporté une anecdote au sujet d'un homme qui avait commis deux meurtres et le lui avait avoué pendant le Blitz, alors qu'ils étaient ensevelis sous un immeuble bombardé. Il avait obtenu ses empreintes en lui passant son porte-cigarettes... Au moment le plus palpitant, Georgina est entrée pour annoncer l'arrivée des premiers invités.

Mirrie le regarda, les yeux brillants.

— Oh, oui ! Quel dommage d'interrompre une histoire si passionnante ! J'aurais voulu l'entendre convenablement.

— Oui, approuva Frank en hochant la tête, il nous tenait tous en haleine, et moi aussi j'avais envie de savoir la suite. Mais plus tard dans la soirée, vous vous êtes glissée par cette porte-fenêtre afin de rejoindre Sid Turner. Il vous avait appelée à dix-neuf heures pour vous dire de venir le retrouver. Il voulait vous communiquer une nouvelle adresse où lui écrire, et comme vous aviez très envie de lui montrer votre belle robe, vous vous êtes éclipsée.

Pensant à Turner, Mirrie expliqua d'un ton de reproche :

— C'était une si jolie robe, et il ne l'a même pas regardée ! Je voulais qu'il vienne l'admirer à la lumière, mais il a refusé d'entrer.

— Quel imbécile ! Maintenant, Mirrie, je veux savoir si vous avez parlé à Sid de l'assassin, et des empreintes laissées sur l'étui à cigarettes de votre oncle.

— Pourquoi n'en aurait-elle pas fait mention ? intervint Johnny.

— Pourquoi, en effet ? dit Frank. C'était une excellente anecdote, qui l'avait subjuguée.

— Alors, ma chérie ? demanda Johnny. Tu lui en as parlé, ou pas ?

Mirrie regarda tour à tour les deux hommes.

— Eh bien, oui !

— Qu'en a-t-il pensé ?

— Il a dit que c'était une drôle d'idée de collectionner des empreintes, et qu'il y avait peut-être des gens à qui ça ne plaisait pas d'avoir les leurs dans cet album.

Frank entreprit de consigner sa déposition pour la lui faire signer. Quand ce fut fait et que les amoureux furent retournés jouer à meubler leur futur appartement, il se tourna vers Miss Silver.

— Tout accuse Turner, n'est-ce pas ? Il gardait un œil sur Mirrie, voyant en elle une héritière potentielle, et il s'était organisé pour être informé au plus vite de la signature du testament. Dès que ce fut chose faite, il avait intérêt à supprimer Jonathan. Le hic, c'est que le testament venait à peine d'être signé quand le meurtre a été commis. Turner n'a pu en avoir confirmation avant dix-sept heures, quand l'employée a quitté l'étude. Il l'a su entre dix-sept heures et vingt heures quinze, heure où Mirrie l'a appelé et où il était déjà au courant. A mon avis, le meurtre de Jonathan Field a été prémédité avec soin. Si Turner est bien l'assassin, il n'a pas perdu de temps. Mais pourquoi ? Quelle raison avait-il de se presser ?

— Plus vite il agissait, moins il risquait d'attirer les soupçons, expliqua paisiblement Miss Silver. Il avait interdit à Mirrie de lui téléphoner. Si elle ne lui avait pas désobéi et si Maggie n'avait pas surpris leur conversation, on n'aurait pu prouver qu'il connaissait l'existence du testament faisant de Mirrie une riche héritière. Or s'il ne le savait pas, il n'avait aucun mobile. Inversement, dès lors qu'on a la certitude qu'il était parfaitement au courant, son mobile apparaît clairement. Il était convaincu de pouvoir épouser Mirrie, ignorant que son ascendant sur elle était miné par les sentiments de cette petite envers Johnny. Par conséquent, il avait des raisons parfaitement logiques de vouloir agir sur-le-champ.

Adossé contre son siège, les yeux mi-clos, Frank

ne perdait pas un mot de cette leçon magistrale. On lui apprenait son métier et il ne lui serait même pas venu à l'idée de s'en offusquer. C'était le plus étonnant, avec Maudie. Elle démontait tous les rouages d'une affaire et les remettait dans l'ordre sans prétention aucune, et sans jamais donner à son interlocuteur l'impression d'être stupide. Elle voyait les choses telles qu'elles étaient et prenait l'autre par la main jusqu'à ce qu'il les discerne également sous leur vrai jour. Et il en conservait la sensation d'avoir contemplé le monde de très haut.

— Que seraient ces raisons, selon vous ?
— Je suis sûre que vous les avez déjà devinées, dit la détective en souriant. Mr. Field était d'un caractère changeant et impulsif. Nous ignorons pour l'instant ce que l'employée de Me Maudsley a pu révéler, mais elle devait en savoir long. Le notaire avait déployé tous ses efforts pour dissuader Mr. Field de signer ce testament injuste. Leur amitié de longue date avait failli être brisée. Dans ces conditions, il n'est pas difficile d'imaginer que, le ton montant, tous les employés de l'étude purent nettement se faire une idée de ce dont il était question. Deux clercs furent appelés pour servir de témoins. La jeune femme était peut-être l'un d'eux. Sid Turner avait tout lieu de craindre un nouveau revirement de la part de Mr. Field. Mettez-vous à sa place ! Nous sommes mardi, en fin d'après-midi. Le testament est signé : Mirrie est devenue une riche héritière. Si Mr. Field vit, qui dit qu'il ne changera pas d'avis ? Tandis que s'il meurt le soir, Mirrie est sûre d'avoir l'argent et Turner est sûr d'avoir Mirrie. Il croit qu'il n'a qu'à claquer des doigts pour qu'elle lui obéisse. On peut le déduire d'après le ton brutal qu'il emploie

avec elle au téléphone. Maggie en était indignée. Un homme n'adopte pas une telle attitude envers une femme sans s'attirer de reproche, à moins que cela ne soit entre eux une longue habitude.

— Vous avez sans doute raison. Vous pensez donc qu'il a voulu battre le fer pendant qu'il était chaud ?

— Je le crois, en effet. Pour un individu sans principes, ne considérant que son propre intérêt, cette ligne d'action paraît toute naturelle. Cet exemple effrayant montre où mène le mépris de la morale et de la religion.

C'était du Maudie dans son style le plus pur. Dans un coin de l'esprit de Frank, un petit diablotin moderne fit un pied de nez, mais ses habitants plus sages admirent en chœur la justesse de cette observation.

— Donc, il a pris sa motocyclette, a filé à Lenton où il a appelé Jonathan d'une cabine publique, en prétendant qu'il avait des empreintes à vendre. Après quoi il est venu et l'a abattu. Il n'a pas perdu de temps !

Miss Silver poursuivit pensivement son raisonnement.

— On ne peut savoir quand l'idée a germé en lui de tourner à son profit l'histoire de l'inconnu du Blitz, que Mirrie lui avait répétée. Peut-être n'y a-t-il vu tout d'abord qu'un prétexte pour s'introduire chez Mr. Field. Il ne devait pas éveiller sa méfiance. Sa future victime étant un collectionneur, il lui propose une pièce exceptionnelle pour l'appâter. Mr. Field mord à l'hameçon. Il prépare l'album sur sa table, et attend. L'entrevue débute probablement par une allusion à la fameuse anecdote. Nous savons que

Mr. Field se plaisait à en faire le récit. C'est peut-être seulement alors que Sid conçoit l'idée d'arracher la page et de voler les notes, afin de suggérer un tout autre mobile. Il est venu bien décidé à tuer Mr. Field et tire sans crier gare. Une fois qu'il a arraché la page, vidé l'enveloppe et quitté la maison, il est certain que personne ne fera de rapprochement entre ce crime et lui.

— Il laisse le revolver car il a un faible espoir que l'on croie au suicide. On a retrouvé les empreintes de Jonathan sur l'arme, mais pas à un emplacement naturel. C'est là, je pense, que réside la faille. Si notre homme voulait suggérer qu'un inconnu avait tué Jonathan pour détruire une preuve compromettante, il aurait dû en rester là et emporter son arme. Il aurait pu la jeter dans la Tamise une fois rentré à Londres. Eh bien, à nous deux, nous avons assemblé un joli puzzle dont toutes les pièces semblent correspondre. Reste à voir si cela tiendra. Les puzzles ont une fâcheuse tendance à se défaire dès qu'on y touche un tant soit peu. Après tout, il se peut que Turner ait un alibi en béton pour mardi soir.

La détective émit une petite toux.

— Cela, j'en suis certaine.

— Vous avez une raison particulière de le penser ?

— Ce Turner est un individu extrêmement dangereux. Il élabore ses plans avec minutie, puis il passe à l'action en joignant la rapidité à l'efficacité. Il prend la précaution d'infiltrer l'étude Maudsley. Il tient Mirrie sous sa coupe. Il pousse même l'audace jusqu'à assister à l'enterrement ! Comment croire qu'il ne se soit pas procuré un solide alibi ? Les possibilités ne manquaient pas.

— Ma chère Miss Silver, je frémis en imaginant

les conséquences, si vous aviez tourné votre esprit vers le crime !

Cette remarque saugrenue fut ignorée, comme il se devait.

— Un détail vous intéressera peut-être, continua-t-elle.

Frank se demanda ce qui allait suivre, et il ne s'attendait à rien de tel.

— Mrs. Fabian m'a appris que cette confession d'un meurtrier sous un raid aérien, qui était l'anecdote favorite de Mr. Field, n'avait, du propre aveu de celui-ci, absolument aucun fondement réel.

— Mrs. Fabian vous a dit ça ?

— Elle n'a fait que confirmer mes doutes. L'empreinte était censée provenir de l'étui à cigarettes que Mr. Field avait passé à son compagnon d'infortune. Mr. Field avait perdu connaissance ; revenant à lui, il s'était retrouvé à l'hôpital, avec une jambe cassée. Il avait fallu le dévêtir, ôter l'argent et les objets personnels de ses poches. Comment croire qu'une empreinte digitale ait pu rester intacte après de telles manipulations ? En fait, la confession était plausible, mais cette histoire d'empreinte était contraire à la raison et au bon sens. Lorsque j'en fis l'observation à Mrs. Fabian, elle me révéla que l'empreinte, sur la page arrachée, était celle du propre index de Jonathan Field.

— Quel diable d'homme ! s'écria Frank en éclatant de rire.

— Nul doute qu'il savourait intérieurement cette excellente plaisanterie. En tout cas, cela nous permet d'affirmer que cette page fut arrachée à seule fin de détourner les soupçons.

— Et cela nous ramène du même coup à Sid

Turner. Il a vraiment joué de malchance ! Qui aurait imaginé que Jonathan détruirait un testament qu'il avait signé seulement quelques heures plus tôt ?

Miss Silver le considéra d'un air grave.

— Sid Turner est un individu dangereux et sans scrupule. Je ne serai tranquille que lorsque je le saurai derrière les barreaux.

34

Pour une fois dans sa vie, Sid Turner aurait été d'accord avec un policier. Il était poursuivi par la déveine. Alors qu'il avait envisagé tous les détails imaginables, qu'il avait paré à toute éventualité, la seule chose capable de réduire ses plans à néant s'était produite. Jonathan Field avait détruit son testament; les espoirs de Mirrie, et les siens du même coup, étaient partis en fumée. Eh bien, inutile de lutter contre le sort ou de se lamenter. Il n'y avait pas que Mirrie sur la terre. Les filles nanties d'un petit pécule ne manquaient pas et, s'il voulait jouer la carte de la sécurité, Aggie Marsh était un parti intéressant. Elle n'était plus de première jeunesse, mais pas désagréable à regarder et bonne pâte comme pas deux. Bert Marsh lui avait laissé le pub et vingt-cinq mille livres. Turner le savait de source sûre car il était allé à Somerset House consulter le testament. Il pensait déjà très sérieusement à elle avant que Field retrouve Mirrie et l'emmène loin de l'orphelinat. Faute de grives, on mange des merles. Aggie ne lui dirait pas non, mais il avait tout intérêt à faire vite. Grâce à sa minutieuse préparation, il était insoupçonnable — un alibi pour le mardi soir et, tant que

Mirrie tiendrait sa langue, aucun lien avec l'affaire de Field End. La petite aurait beaucoup trop peur pour le trahir. Pendant quelques secondes, tandis qu'il considérait la possibilité que Mirrie soit trop bavarde, ses pensées devinrent terriblement sombres. Mais non... elle savait depuis longtemps un tas de choses sur son compte et elle n'avait jamais parlé. D'ailleurs, elle avait elle-même tout intérêt à tenir sa langue... Oui, Mirrie aurait trop peur d'être mouillée si elle le dénonçait.

Il était parvenu à cette conclusion réconfortante quand sa logeuse, Mrs. Jenkins, cria au bas de l'escalier : « On vous demande au téléphone, Mr. Turner ! » Il descendit pour répondre. L'appareil se trouvant dans le salon, il ferma la porte avant de prendre la communication. C'était peut-être Aggie. Il avait été question d'un petit souper en tête à tête, ce soir-là, et cela n'aurait pas déplu à Turner.

Ce n'était pas Aggie, mais Bertha Cummins.

— C'est toi, Sid ? Il faut que je te voie tout de suite... Non, non, il ne s'agit pas de moi, mais de toi. Il s'est passé des choses, au bureau... Nous avons eu la visite d'un inspecteur de Scotland Yard et...

— Tais-toi ! lâcha-t-il précipitamment.

Quelles pipelettes, les bonnes femmes ! Elle tenta encore de lui dire quelque chose, mais le ton sec de Turner l'arrêta net :

— Je ne comprends rien, il y a de la friture sur la ligne. Rejoins-moi au coin de West Street d'ici vingt minutes. On pourra aller au ciné.

Il raccrocha et partit la retrouver.

Bertha Cummins sortit de la cabine d'où elle l'avait appelé. Dans n'importe quelle grande ville, on voyait des centaines de femmes comme elle — nettes mais quelconques, minces mais sans grâce, les traits fins mais insipides. L'efficacité même, qu'elles fussent secrétaires, gérantes ou clercs de notaire. Bertha avait de ces peaux au teint neutre qui sont une base idéale pour le maquillage, mais qu'elle se contentait de nettoyer à l'eau et au savon et de couvrir d'un léger voile de poudre lorsqu'il faisait chaud. Elle ne portait ni rouge à lèvres ni vernis à ongles. Ses vêtements étaient aussi ternes que toute sa personne. Elle avait quarante-quatre ans et aucun homme, hormis quelque parent âgé, ne l'avait embrassée avant le mois dernier, quand elle avait laissé tomber son parapluie en sortant du bureau et que Sid Turner le lui avait ramassé.

Bertha s'était laissé raccompagner. Maintenant encore, elle ne comprenait pas comment elle en était arrivée là. Il s'était montré extrêmement poli ; ils avaient échangé quelques remarques sur les objets qui bizarrement vous échappent des doigts ; il avait marché à côté d'elle le long de la rue, et quand elle s'était tournée vers lui pour le remercier une dernière fois en lui disant au revoir, il l'avait contemplée avec ce merveilleux sourire, et il lui avait dit : « Je serais très heureux si cet au revoir n'était pas un adieu. » Les jours suivants, il avait semblé tout naturel de prendre un thé ensemble, d'aller au cinéma... Bien vite, il lui confia combien il se sentait seul, et elle lui laissa tenir sa main.

Ensuite, il vint l'attendre tous les soirs, pas au bas du bureau mais au coin de la rue. Personne n'avait jamais fait la cour à Bertha auparavant. Elle n'arrivait pas à croire qu'il l'aimait, toutefois il réussit à l'en convaincre. Les barrières tombèrent une à une. Elle se sentait comme sur un nuage, émerveillée qu'il pût s'intéresser à tout ce qui la concernait. Elle avait hésité à lui parler de son travail, pensant que cela l'ennuierait, mais bien au contraire il était captivé par ce sujet. Et peu à peu, elle lui raconta tout ce qui se passait à l'étude. Puisqu'il ne connaissait aucun des clients, quelle importance ? Elle lui relata la scène qui avait eu lieu lorsque Jonathan Field était venu modifier son testament. Les dernières barrières étaient tombées pour de bon.

Sid l'attendait au coin de West Street. Elle remarqua son expression peu amène avant de l'avoir rejoint. Il n'éleva pas la voix, mais dit d'un ton cinglant :

— Ne raconte plus jamais des trucs pareils au téléphone, ou on ne se revoit plus !

— Quels trucs ?

— Tu m'as bien entendu. Ne parlons pas ici, il y a trop de monde. On va prendre le prochain bus séparément et on descendra au quatrième arrêt. Il ne faut pas que les gens voient qu'on est ensemble.

Ils atterrirent dans un café presque désert. Quand la serveuse eut apporté du thé et des petits gâteaux, plus rien ne troubla leur intimité. Bertha avalait sa première gorgée, savourant le thé fort et réconfortant, quand Sid l'interrogea :

— Bon, alors, qu'est-ce que c'est, cette histoire d'inspecteur de police ?

Elle reposa sa tasse car sa main tremblait trop pour pouvoir la tenir.

— Il est arrivé après la pause du déjeuner. Il a vu Me Maudsley et, aussitôt après son départ, mon patron m'a convoquée dans son bureau. Furieux, il m'a appris qu'il y avait eu des fuites à l'étude et qu'il comptait bien découvrir la responsable. Je ne savais plus où me mettre tant j'avais honte.

Sid montra ostensiblement qu'il se souciait de ses sentiments comme de la dernière pluie.

— Qu'est-ce qu'il a dit, au juste ?

— C'est au sujet de cette jeune fille, Mirrie Field... répondit-elle sans pouvoir dominer le tremblement de sa voix. Tu n'aurais pas dû lui téléphoner. Il fallait attendre la lecture et l'authentification du testament. Cela, j'aurais pu te le dire.

— Quand je voudrai que tu m'apprennes à mener mes affaires, je te ferai signe, répliqua-t-il d'une voix sourde et menaçante. Et alors, où est le problème, avec Mirrie Field ?

— Quelqu'un a écouté votre conversation. Dans leur village, ils ont une ligne groupée... Tu l'ignorais, visiblement. N'importe qui n'a qu'à décrocher pour écouter la communication destinée à maison voisine. C'est ce qui s'est passé quand tu parlais à Mirrie Field. Elle t'a annoncé que le testament avait été signé, et tu as répondu que tu le savais déjà, grâce à une amie en haut lieu. Quand la police lui a demandé si elle voyait de qui tu voulais parler, elle a dit que c'était une employée de l'étude Maudsley. Oh ! Comment as-tu pu lui parler de moi ! Je n'avais encore jamais commis d'indiscrétion, et je ne l'aurais fait pour personne d'autre au monde. Cela t'intéressait, alors je te l'ai confié, mais je n'avais pas idée que tu me trahirais !

— Assez pleurniché ! Maudsley te soupçonne-t-il ?

— Oh, non, c'est bien le pire ! Il me fait confiance et croit que c'est Jenny Gregg.

— Alors tu n'as pas de raison d'en faire un drame, dit-il en riant. Tu es tranquille, c'est Jenny qui sera virée, voilà tout. Si une fille a la langue trop bien pendue, que veux-tu que la police y fasse ?

Turner la considéra, presque apitoyé par la stupidité de cette femme. Heureusement qu'il n'aurait plus longtemps à la fréquenter. Il aimait les filles souriantes et faciles à vivre. Conscience professionnelle oblige, il était capable de courtiser n'importe qui s'il le fallait, mais cette femme maigre et nerveuse, avec ses scrupules et ses yeux cernés au regard blessé, ce serait un soulagement d'en être débarrassé.

Bertha n'avait pas travaillé vingt-cinq ans pour rien dans une étude de notaire, et elle avait très peur.

— Sid, tu ne comprends pas ce que cela signifie ? Je ne pense ni à moi ni à Jenny Gregg. Si la police pose toutes ces questions, c'est qu'on te soupçonne.

— Ils n'ont rien contre moi, riposta-t-il avec mépris. Je connais Mirrie depuis qu'elle est toute gosse. Elle vivait chez ma sœur. Nous sommes presque parents. Toi et moi, nous nous sommes rencontrés, nous nous sommes aimés et un jour, par hasard, tu as prononcé le nom de Mr. Field en indiquant qu'il laissait beaucoup d'argent à une certaine Mirrie. Que veux-tu que la police y fasse ?

— Je perdrai mon emploi et je n'en retrouverai jamais d'autre.

— Bon, bon, pas besoin de donner de nom. Je me bornerai à dire que je l'ai su par une fille du bureau. S'ils insistent, je ferai le parfait gentleman qui refuse de trahir une demoiselle. Ne t'inquiète pas pour ton boulot. Personne n'ira penser que c'est toi, la petite amie, alors qu'il y en a des plus jeunes dans les parages. Jenny, c'est la blonde ?

— Oui.

Elle se sentait transie de froid et comme engourdie. Plus tard, elle se rappellerait ces paroles et en conserverait la cicatrice. Mais pour l'instant elle n'éprouvait rien que cette torpeur glacée.

— Mieux vaut qu'on ne nous voie pas ensemble. Rentre chez toi et prends de l'aspirine, ou ce que tu voudras, mais surtout arrête de faire cette tête de martyre. Raconte aux gens que tu as la migraine, sinon ils se demanderont ce qui t'arrive.

— Tu n'as pas l'air de t'en rendre compte, mais les policiers croient que tu avais intérêt à te débarrasser de Mr. Field. Ils cherchent le rôle que tu as joué dans cette affaire. Ils pensent qu'on l'a tué parce qu'il avait signé le testament. Ils soupçonnent que tu es allé là-bas et que tu l'as abattu dans la nuit de mardi à mercredi, parce que Mirrie Field était désormais son héritière. A mon avis, elle leur a répété tout ce qu'elle savait.

— Elle ne sait rien, et d'ailleurs il n'y a rien à savoir. Pour ce qui est de mardi soir, mes logeurs confirmeront à tes fouineurs de policiers que je suis passé prendre mon imperméable vers vingt et une heures. En descendant, je me suis pris le pied dans le tapis et j'ai fait une mauvaise chute. Ils sont arrivés en courant et m'ont trouvé, complètement assommé, au pied de l'escalier. Tom a dû me donner du brandy et m'aider à remonter me coucher. Mrs. Jenkins m'a donné deux somnifères qui m'ont mis K.-O. jusqu'au matin. J'avais un sacré mal de crâne, mais rien de cassé. Ils m'ont dit de taper sur le plancher en cas de besoin, mais j'ai dormi comme une souche. Qu'est-ce que la police pourra répondre à ça ?

Les yeux sombres de Bertha étaient restés fixés sur lui, le dévisageant, le sondant.

— Tu as une motocyclette, je crois ?

— Et alors ?
— Où est-elle garée ?
— Dans un appentis, au fond de la cour. Où veux-tu en venir ? demanda-t-il avec colère. Tu ne crois quand même pas que je suis tombé, qu'on a dû m'aider à me coucher, et qu'ensuite je me suis levé frais comme un gardon pour prendre ma moto, aller dans un trou perdu et tuer un type que je ne connaissais ni d'Ève ni d'Adam ?

En son for intérieur, elle pensa : « Je crois que tu n'es pas tombé », mais évita tout commentaire. Elle continua d'observer Sid et de réfléchir. Il pouvait avoir simulé cette chute. Il lui aurait suffi de jeter un objet lourd dans l'escalier, de dévaler les dernières marches bruyamment et d'appeler à l'aide. Ensuite, n'étant pas blessé, rien ne l'empêchait de sortir par la fenêtre de sa chambre. La motocyclette n'était peut-être pas garée dans l'appentis. Il avait pu la laisser à proximité, la faire rouler sans allumer le contact, puis démarrer au passage d'un camion sur la route. Les images défilaient dans sa tête, malgré elle. Sid s'en douta-t-il ? Soudain, son attitude changea du tout au tout. Retrouvant le sourire charmeur qui creusait des petits plis au coin de ses paupières, il tourna légèrement sa chaise et glissa sa main sous le bras de Bertha, pour le caresser avec cette douceur qui lui avait fait battre le cœur.

Mais ce soir-là, elle avait trop froid pour y être sensible — trop froid, et surtout trop peur. Plus tard viendraient le chagrin et la honte, mais pour le moment elle n'avait conscience que de sa terreur, aussi aiguë que le froid qui l'envahissait.

Pour la première fois depuis qu'ils se connaissaient, elle compta les minutes qui la séparaient de l'instant où elle pourrait échapper à son regard, et à ses mains. C'était bien le seul soulagement qu'elle pouvait encore espérer.

35

Frank Abbott passa à Field End le lundi matin. Il demanda à voir Miss Silver, qui arriva aussitôt, son sac à ouvrage au bras. Le châle duveteux avait atteint les deux tiers de sa taille définitive et était enveloppé dans un grand carré de batiste — une de ces fines serviettes blanches à impressions géométriques, autrefois destinées à la toilette du visage et définitivement supplantées par les lingettes démaquillantes. Comme l'indiquait l'inscription brodée dans le coin en caractères passés, cette serviette, qui avait fait partie du trousseau d'une tante, datait de 1875.

Miss Silver déroula le châle, étendit le carré de batiste sur ses genoux, puis consacra toute son attention à Frank.

— L'enquête sur Sid Turner a-t-elle donné des résultats ?

Le policier haussa légèrement les épaules.

— A part semer l'inquiétude et la confusion à l'étude Maudsley, aucun. Sauf si l'on considère qu'avoir un parfait alibi pour la nuit du meurtre est en soi assez louche.

Miss Silver inséra la seconde aiguille dans le

nuage de laine blanche et se mit à tricoter avec sa dextérité habituelle.

— Sid Turner a donc un alibi !

— Certainement, comme vous le supposiez. Blake est monté à Pigeon Hill et a interrogé ses logeurs : un cheminot en retraite et son épouse — sur eux, rien à dire. Turner habite là-bas depuis environ six mois. Mr. Jenkins dit que c'est un brave type et Mrs. Jenkins le trouve très charmant. Voici en quoi consiste l'alibi : il est venu chercher son imper vers vingt et une heures mardi soir et il est tombé dans l'escalier. Les Jenkins l'ont retrouvé, inconscient, par terre dans le vestibule. Ils l'ont ranimé avec du brandy et Jenkins l'a aidé à se coucher. Il n'avait rien de cassé et n'a pas voulu de médecin. Mrs. Jenkins lui a donné deux aspirines et lui a recommandé de taper au plancher s'il avait besoin d'autre chose. Il a répondu qu'il lui fallait simplement une bonne nuit de sommeil, alors ils l'ont laissé se reposer. Comme vous êtes sur le point de le faire remarquer, notre homme aurait pu s'éclipser par la fenêtre et, en moto, arriver à Lenton à temps pour appeler Jonathan d'une cabine.

Mais la détective fit entendre une petite toux dubitative.

— Turner aurait joué serré, car il prenait le risque que les Jenkins montent s'assurer qu'il allait bien avant de se coucher.

— Non, d'après Blake, il n'y avait aucun risque. Le couple dort au rez-de-chaussée et Jenkins évite autant que possible d'emprunter l'escalier, car il boite — c'est d'ailleurs pourquoi il a quitté les chemins de fer. Quant à Mrs. Jenkins, elle dépasse les cent kilos.

Les aiguilles de la vieille dame cliquetaient avec vivacité.

— L'inspecteur Blake a-t-il vu Sid Turner ?
— Il n'était pas chez lui, mais Mrs. Jenkins s'est fait un plaisir de le renseigner. Elle a dit qu'elle ne serait pas étonnée que son locataire soit au *Three Pigeons*. Très intime avec la patronne, une certaine Mrs. Marsh. Celle-ci a perdu son mari il y a un an, et certains pensent qu'elle va se mettre avec Turner. Il assurerait ainsi son avenir. Le mari a laissé un joli magot, sans parler du pub.
— Et donc l'inspecteur Blake est passé au *Three Pigeons*. Y a-t-il trouvé Turner ?
— Oui, au milieu d'une foule de clients. Et savez-vous pourquoi ? Je vous le donne en mille : on fêtait les fiançailles de Turner et de Mrs. Marsh — tournée générale dans une ambiance on ne peut plus joviale. Le bonhomme ne perd pas de temps !
— Si l'une des employées de Me Maudsley était liée avec lui au point de trahir le secret professionnel, ne pensez-vous pas qu'elle l'a averti de la visite de l'inspecteur à l'étude ? demanda Miss Silver d'un air pensif.
— C'est probable. Pourquoi ?
— Annoncer ses fiançailles avec Mrs. Marsh serait alors une manœuvre habile, nous incitant à douter qu'il ait eu des vues sur Mirrie et sur son héritage.
— Peut-être. On peut également imaginer que, Mirrie n'étant plus un parti intéressant, Turner se soit rabattu sur Mrs. Marsh qui, en dehors de son compte en banque et de son commerce florissant, ne manque pas d'attraits. D'après Blake, Turner jubilait au point de friser l'insolence. Pressé de rendre compte de ses faits et gestes mardi soir, il a fourni le même témoignage que ses logeurs. Il s'est tâté le crâne en préten-

dant que la bosse avait disparu, mais que l'endroit était encore sensible. Sa chute l'avait complètement sonné. Une fois au lit, il n'avait eu aucun désir d'en sortir. Voilà ce que nous avons, c'est-à-dire presque rien. Tout ce que nous pouvons prouver, c'est qu'il savait que Jonathan avait signé un testament en faveur de Mirrie. Pour Maggie Bell, celui qui a pris rendez-vous avec Jonathan par téléphone à vingt-deux heures trente le soir du meurtre avait la même voix que l'homme que Mirrie avait appelé à vingt heures quinze. Mirrie admet qu'elle a appelé Turner, et le numéro où le joindre en cas d'urgence est celui du pub de Mrs. Marsh. Mais Maggie ne fait qu'exprimer une opinion subjective, et même si cela constituait une preuve recevable, ce dont je doute, un jury n'en tiendrait compte que dans la mesure où elle serait étayée par des éléments beaucoup plus concluants. Voyez-vous, nous ne pouvons prouver que Turner a mis les pieds dans ce bureau, ce qui est indispensable pour entamer la procédure d'instruction. Certes, il a un mobile, mais comment démontrer qu'il se trouvait dans cette pièce mardi soir ?

Miss Silver, qui l'avait écouté avec un regard brillant d'intelligence, posa la masse vaporeuse de laine blanche sur ses genoux.

— Grâce à l'album ! s'exclama-t-elle.
— L'album ?
— Si c'est bien Turner qui en a arraché une page, il n'a pu le faire sans manipuler l'album et y laisser des traces !
— Vous pensez bien qu'on les a toutes relevées. C'étaient, d'un bout à l'autre, les propres empreintes de Jonathan.
— Seulement les siennes, en êtes-vous sûr ?

— Tout à fait.

— Mais, Frank, cela est en soi très suspect. Quelqu'un a pourtant bien arraché cette page et a sorti les notes de l'enveloppe !

— Eh bien, le meurtrier était prévoyant. Il portait des gants, ou alors il a pris soin d'envelopper sa main dans un mouchoir.

La détective insista soudain avec une ardeur inhabituelle :

— Réfléchissez mieux, Frank ! En le voyant garder ses gants, Mr. Field aurait conçu des soupçons et n'aurait pas hésité à sonner, réveillant toute la maison. Le plan exigeait d'endormir sa méfiance, de l'inciter à sortir l'album, si ce n'était déjà fait, et à s'installer à sa table de travail. Le meurtrier ne pouvait se permettre de porter des gants ! Il a pu, comme vous le suggérez, protéger ses mains après son crime, mais durant l'entrevue celles-ci sont restées nues. Quelles que soient ses précautions, à un moment ou à un autre il a bien dû toucher un objet, ne serait-ce que sa chaise, ou la table... Parmi les empreintes relevées dans cette pièce mercredi matin, n'y en a-t-il aucune que l'on n'ait pu identifier ?

— Vous voulez dire... ?

— Je me souviens d'un détail auquel j'aurais dû songer plus tôt. Quand je bavardais avec Sid Turner, après les obsèques, nous nous trouvions près du buffet. Pendant la première partie de notre conversation, il tenait son verre. Il en buvait une gorgée, puis le faisait passer d'une main dans l'autre. Ses gestes étaient nerveux, saccadés. En réponse à ses questions, je lui ai laissé entendre que Georgina était la principale légataire de Mr. Field. Il devait être sur des charbons ardents, ne sachant si Mirrie l'avait dupé et se demandant ce qu'était devenu le testament qui faisait d'elle une riche héritière.

— Oui. Il a dû passer un sale quart d'heure !

— Quand Sid Turner eut posé son verre, sa nervosité s'accentua de façon flagrante. Il enfouit ses mains au fond de ses poches pour les en ressortir immédiatement. Tout en suggérant que Mr. Field avait pu être assassiné parce qu'il détenait des preuves compromettantes, il se mit à pianoter sur le buffet. Il paraissait marquer un rythme, mais d'une manière inhabituelle, sur laquelle je souhaite attirer votre attention. Il pianotait non pas sur le meuble, mais à l'envers, sous le rebord. Alors, Frank, je me demande s'il n'aurait pas de même laissé ses empreintes dans cette pièce, sous l'accoudoir du fauteuil ou sous le rebord du bureau. S'agissait-il d'un tic de sa part ? Toujours est-il que je l'ai vu faire ce geste machinal dans un moment de tension, et comme je viens de me le rappeler, j'ai cru bon de vous le signaler.

— Mais c'est très intéressant ! Je vais vérifier ça avec Smith. Il faisait effectivement des recherches sur des empreintes non identifiées.

— Si l'on prouve que Sid Turner est entré dans cette pièce, on aura démontré qu'il a eu la possibilité d'assassiner Jonathan Field.

Frank Abbott téléphona au commissariat de Lenton. Avant que l'inspecteur Smith ne prenne la communication, il y eut quelques allées et venues, pendant lesquelles Miss Silver continua son ouvrage.

— C'est vous, Smith ? Ici Abbott. Parmi les empreintes relevées à Field End, je crois que certaines n'ont pu être identifiées ? Il était question d'un ouvrier venu mesurer les fenêtres pour des rideaux, c'est bien ça ? Vous pensiez qu'il pouvait s'agir des siennes, mais il était difficile à retrouver car il avait quitté son travail... Vous avez réussi à le contacter ?... Oui ? Parfait ! Alors, qu'est-ce que ça donne ? C'étaient ses empreintes, en fin de compte ?... Non ? Bien, bien, bien... Je vais passer y jeter un coup d'œil. A tout à l'heure.

36

Bertha Cummins avait toujours mis un point d'honneur à arriver en avance à son travail. Ce mardi matin, une semaine jour pour jour après que Jonathan Field fut venu signer ses dernières volontés, ne fit pas exception à la règle. Elle aurait d'ailleurs pu être là deux bonnes heures plus tôt, puisqu'elle n'avait pas fermé l'œil de la nuit. Elle possédait sa propre clef. Lorsqu'elle fut entrée, qu'elle eut ôté son chapeau, son manteau et ses gants et qu'elle eut lissé sa coiffure déjà impeccable, elle s'assit pour attendre Jenny Gregg et Florrie Hackett, qui seraient ponctuelles, mais pas en avance. Me Maudsley ne viendrait pas avant la demie au plus tôt, et en son absence Bertha s'occupait de tout.

Les pensées qui l'avaient tenue éveillée continuaient de la tourmenter. Si, la nuit passée, quelques larmes avaient filtré sous ses paupières crispées, ce matin-là ses yeux étaient aussi secs que le désert de sa vie et que ses espoirs réduits en poussière. Elle ne reverrait jamais Sid Turner. Elle fut prise d'un frisson en songeant qu'elle avait gâché toute son existence pour un homme qui ne lui inspirait plus que du dégoût. Pendant qu'elle lui parlait, au fond du salon de thé, bon nombre de constatations s'étaient imposées à elle avec une effroyable évidence. Il ne l'aimait pas, il ne l'avait jamais aimée. Il n'en avait qu'après l'argent et ne pensait qu'à lui. Maintenant qu'il s'était bien servi d'elle, il la laisserait tomber.

C'est lui qui avait assassiné Jonathan Field.

Les deux secrétaires arrivèrent en même temps. Jenny était une jolie blonde aux cheveux flous et au teint de pêche. Elle s'était poudrée pour cacher qu'elle avait pleuré, mais cela se voyait encore. Tout marquait, sur une peau aussi fine. Elle s'installa derrière son bureau et se mit au travail.

Quand Me Maudsley arriva, il passa directement dans son cabinet.

— Dans une minute il va sonner, et dès que j'entrerai il m'annoncera que je suis licenciée, dit Jenny d'une petite voix aiguë.

— Tu trouveras facilement une nouvelle place, répondit Florrie pour la consoler.

— Pas sans références, objecta Jenny en écrasant une larme. Ils voudront savoir ce que j'ai fait avant. Je travaille ici depuis trois ans. Ils se demanderont pourquoi je suis partie, et quand Maudsley leur apprendra que j'ai trahi le secret professionnel, tu crois qu'ils auront très envie de m'engager ? Je ne peux pas me permettre d'être au chômage, avec maman dans cet état-là. Et je te jure que je n'ai jamais commis la moindre indiscrétion, dit-elle en prenant son mouchoir pour s'essuyer les yeux.

Le timbre de l'interphone résonna dans le bureau. Bertha était restée devant la fenêtre, feignant de regarder dehors. En se tournant, elle vit que Florrie avait passé son bras autour des épaules de Jenny.

— Je vais voir ce que désire Me Maudsley, dit-elle aux deux jeunes filles. De toute façon, j'ai à lui parler.

Elle franchit la porte capitonnée et la referma derrière elle. Son patron était assis à son bureau. Il leva les yeux et son visage contrarié s'éclaira légèrement à sa vue.

— Oh, c'est vous, Miss Cummins. Bonjour ! Envoyez-moi Miss Gregg. Je préfère régler cela sans attendre. Autant en finir tout de suite avec cette pénible entrevue.

Bertha resta debout devant lui, effleurant du bout des doigts la surface du bureau.

— Maître, qu'est-ce qui vous rend si sûr que cette indiscrétion était le fait de Miss Gregg ?

Il la considéra, les sourcils froncés.

— Tout un ensemble de choses. C'est, par excellence, le type de fille facile à baratiner. Jolie, pas beaucoup de cervelle, des yeux qui en disent long. Cela fait combien de temps qu'elle est ici ? Trois ans, et nous n'avons jamais eu à nous en plaindre. Naturellement, vous veilliez au grain. Mais plus d'une fois, dans la rue, je l'ai vue pouffer de rire en écoutant un jeune homme ou un autre lui débiter des fadaises. De plus, elle s'est trahie quand je lui ai parlé d'une fuite. J'avais à peine dit deux mots qu'elle a éclaté en sanglots.

Bertha se força à conserver un ton détaché :

— Il est compréhensible qu'elle ait peur de perdre son emploi. Elle a une mère impotente, dont elle est le seul soutien.

— Vraiment, Miss Cummins, cela n'entre pas en ligne de compte ! Cette étude n'est pas une institution charitable. Vous n'espérez tout de même pas que je vais fermer les yeux sur un manquement aussi grave ?

— Non. Mais Miss Gregg n'est pas la fautive, maître. C'est moi.

Stupéfait, l'homme de loi la fixa sans mot dire. Il l'avait parfaitement entendue, mais son esprit refusait d'assimiler ses paroles. En l'observant, il prit conscience de sa pâleur et de ses yeux cernés. Plutôt que d'admettre qu'elle disait vrai, il se raccrocha à l'idée qu'elle était malade. Il était habitué à la voir plutôt pâlotte, mais ce matin-là, la seule comparaison qui s'imposait à son esprit, c'est qu'elle avait l'air d'un cadavre ambulant.

— Miss Cummins, vous êtes souffrante !

— Non, maître. C'est bien moi et non Miss Gregg qui ai commis cette regrettable indiscrétion.

L'invraisemblable vérité commença enfin à s'imposer au cerveau du notaire.

— Savez-vous bien ce que vous dites ?

— Oui. J'ai parlé du testament à cet homme.

— Je n'arrive pas à y croire !

— C'est pourtant vrai.

— Qu'est-ce qui vous a poussée à agir ainsi ? Ce n'est pas... l'argent ?

— Oh, non ! protesta-t-elle en secouant la tête. J'ai cru qu'il m'aimait. Il mentait bien. Je me suis imaginée qu'il voulait savoir ce qui se passait à l'étude parce que je comptais pour lui. C'était la première fois qu'un homme s'intéressait à moi. Il paraissait sincère. Je sais, à présent, qu'il cherchait seulement à savoir... où en était le... testament.

Le débit de sa voix ralentit et devint de plus en plus faible, comme un vieux disque usé sur un phonographe.

Jamais Me Maudsley n'avait éprouvé un tel choc. S'il y avait en ce monde un être dont il eût répondu de l'intégrité, c'était Miss Cummins. Il devait mettre un terme à ce pénible entretien, se ressaisir, considérer les mesures à adopter. Pensant soudain à Jenny Gregg, il bondit sur ce prétexte :

— Il faut que je voie Miss Gregg. Elle a dû être très éprouvée. Voyons, que vais-je lui dire ? Savez-vous si elle a eu l'impression d'être directement mise en cause ?

— Elle sait qu'on la soupçonne et en souffre terriblement.

Même à cet instant, le notaire ne pouvait se défaire de l'habitude de consulter Bertha.

— Et si je les recevais en même temps, Miss Hackett et elle, pour leur exprimer ma certitude qu'elles ne sont pas responsables ? Après les avoir vues, je sonnerai pour que vous veniez. Ah ! Au fait, Mr. Atkins sera là à onze heures pour la dissolution de son entreprise familiale. Vous deviez me préparer un mémorandum afin que je lui résume le tout en deux mots.

— Je m'en occupe, dit-elle comme si ce n'était qu'un jour ordinaire.

Mais, en quittant la pièce, elle pensait que c'était peut-être la dernière fois qu'elle en sortait en qualité d'employée. Me Maudsley, la sachant si peu digne de confiance, lui signifierait son congé sans tarder.

Jenny et Florrie entrèrent et il leur fit part de ce qu'il avait à leur dire aussi brièvement que possible. Elles revinrent, radieuses et ignorant qu'une autre supportait le blâme auquel elles avaient échappé.

— Je suis sûre que vous nous avez défendues. C'est bien ça, n'est-ce pas, Miss Cummins ?

— J'ai fait de mon mieux, Jenny.

— Le patron est un tout autre homme, ce matin,

renchérit Florrie. Il nous a dit de ne plus y penser. Merci, Miss Cummins !

Assise à son bureau, Bertha mit en ordre ses notes sur la société Atkins et attendit l'appel de Me Maudsley en accomplissant sa besogne comme si de rien n'était, tout en se répétant que c'était la dernière fois. Demain, plus de travail, plus de salaire. Elle n'avait pas beaucoup d'économies, ayant fait face à ce qu'elle considérait comme des obligations : une jeune sœur, restée veuve avec quatre enfants... Elle n'avait jamais su dire non à Louie, dont les sollicitations n'avaient pas de fin.

Adossé contre son fauteuil, Me Maudsley tentait de mettre de l'ordre dans ses pensées. Cette nouvelle lui avait asséné un véritable coup de massue. Dans son esprit défilaient les vingt-cinq années durant lesquelles la timide stagiaire de dix-neuf ans était devenue une collaboratrice hors pair. Pendant tout ce temps, non seulement elle n'avait jamais failli à ses devoirs, mais elle y avait apporté une conscience professionnelle irréprochable. Quant à sa probité, il aurait plutôt douté de la sienne que de celle de Bertha.

Maintenant, évidemment, il faudrait la renvoyer.

La réaction du notaire à cette idée fut aussi spontanée que véhémente. Miss Cummins était irremplaçable ! Il connaissait d'expérience les désagréments engendrés par son absence, lors de ses congés annuels, et il se souvint avec consternation des six semaines où elle était restée chez elle, immobilisée par une jambe dans le plâtre. Six semaines sans pouvoir mettre la main sur ses dossiers ! Sans elle, il ne trouvait plus rien. Il ne savait plus où était passé un mémorandum d'une importance capitale dans l'affaire Smithers. Par bonheur, Miss Cummins était revenue juste à temps pour le lui retrouver. Il n'avait jamais à se soucier de ce genre de détail. Elle y pensait pour lui. Elle n'oubliait rien, ne négligeait rien. Miss Cummins était dévouée, compétente — en un mot, indispensable. Il la revit tout à coup, debout en face de lui, lui avouant qu'une fois en vingt-cinq années elle avait trahi un secret. Il se souvint de sa pâleur, tandis qu'elle attendait le verdict. En ce moment même, elle l'attendait encore.

Indispensable...

Ce mot, synonyme de solidité et de bon sens, se détachait dans l'esprit de Me Maudsley, l'emportant sur toute autre considération. L'homme de loi tendit la main vers le bouton de l'interphone.

37

Ce même mardi matin, en descendant de sa chambre, Miss Silver découvrit qu'un message laconique avait été déposé pour elle dans la boîte aux lettres :

Je vais à Londres comparer les empreintes. Possibilités intéressantes. Deux ou trois pourraient être celles de S.T. Rien à voir avec l'ouvrier des rideaux. On a découvert une série d'empreintes un peu floues juste sous le rebord du bureau. Blake s'est procuré celles de S.T. Je vous tiens au courant.

Suivait un *F.A.* griffonné à la hâte, et c'était tout.

Miss Silver entra dans la salle à manger. N'y trouvant personne, elle relut le message avant de le jeter au feu. Le facteur venait de passer et elle s'absorba dans la lecture d'une lettre de sa nièce Gladys Robinson, qui était la sœur d'Ethel Burkett mais dont le caractère était diamétralement opposé. Comme Gladys écrivait seulement pour demander de l'aide lorsqu'elle s'était fourrée dans des difficultés, la vieille dame ne s'attendait pas à de bonnes nouvelles en décachetant l'enveloppe.

Chère tantine,
Je crois que personne n'a plus d'influence que toi sur Andrew. Il n'est absolument pas raisonnable. Toutes mes amies me demandent comment j'arrive à le supporter. Il ne me donne pas assez d'argent pour tenir la maison et il a beau soutenir le contraire, ça n'y change rien. Betty Morgan dit que...

Miss Silver n'eut pas besoin d'aller plus loin. Le contenu des lettres variait peu depuis de longues années. Toujours les mêmes récriminations contre le mari, le manque d'argent. Toujours l'amie qui l'encourageait en dépit du bon sens. Une mauvaise conseillère, éliminée récemment, paraissait déjà remplacée. Le nom de Betty Morgan était nouveau. Quel dommage, songea Miss Silver, que Gladys n'eût pas une demi-douzaine de bambins pour l'occuper! Elle se reprit à l'idée que la Providence, dans son infinie sagesse, avait sans doute hésité à les confier aux soins d'une telle mère. La vieille dame rangea la lettre dans l'enveloppe, qu'elle glissa dans son sac à ouvrage, et se tourna pour souhaiter le bonjour au capitaine Hallam.

Le mot « bonjour », bien que consacré par l'usage, n'est pas toujours de circonstance. Il ne paraissait guère probable qu'Anthony attendît grand-chose de bon du jour qui commençait. La veille, il était rentré tard à Field End et arborait à présent une mine taciturne. Georgina, entrant dans la pièce un moment après, lui dit :

— Oh, tu es là ?

Après quoi les deux jeunes gens n'eurent apparemment rien d'autre à formuler. Par bonheur, Johnny et Mirrie, eux, avaient beaucoup à dire, et l'on pouvait toujours compter sur Mrs. Fabian, qui arriva la dernière, pour entretenir la conversation.

Johnny avait reçu une lettre d'un ami lui indiquant un très beau petit garage à Pigeon Hill. Mirrie était tour à tour enchantée par la description de l'appartement qui l'accompagnait, puis rebutée par l'idée de retourner vivre dans cette banlieue qu'elle détestait. Ils se chamaillèrent avec animation pendant tout le petit déjeuner.

— Chérie, pense à ton bonheur de pouvoir rendre visite à tante Grace et oncle Albert!

— Jamais de la vie!

Johnny secoua la tête d'un air réprobateur.

— Il ne faut pas couper les ponts avec sa famille. On ne sait jamais, des fois qu'on aurait besoin d'un petit billet de cinq livres.

— Tante Grace ne lâcherait pas une pièce de cinq pence.

— Attends que j'exerce sur elle mon influence bienfaisante.

Mirrie lui lança un regard à fendre le cœur.

— Je ne veux pas remettre les pieds là-bas!

— Mais, chérie, ce n'est pas du tout dans le même coin. Écoute : l'appartement est un trois-pièces, avec une petite cuisine. Je ferais mieux d'y aller par le prochain train, sinon l'affaire nous passera sous le nez.

Mrs. Fabian, qui préparait le thé et oubliait de remplir la théière, recommanda à Johnny d'être prudent et de ne rien décider sans consulter un notaire.

— Car tu sais, mon chéri, il y a des gens très malhonnêtes, et il faut se méfier de tout. Parfois, on est forcé de verser un dédommagement pour un bout de lino déchiré dans la salle de bains. J'ai connu une Mrs. Marchbanks qui avait déniché un appartement ravissant, seulement une des chaises était cassée, et le revêtement du couloir était en fibres de coco — un vrai nid à poussière. Pas du tout ce qu'il fallait à mon amie. Je crois qu'il y avait encore un autre problème, je ne me souviens plus très bien... En tout cas, on lui a réclamé un loyer faramineux. Son notaire lui a dit que c'était du vol et qu'elle ne devait pas faire affaire avec ces gens-là.

— Très bien, maman, j'ai compris. Pas de fibres de coco et pas de chaise cassée. Nous irons dans les salles de ventes nous meubler à peu de frais.

Mirrie et lui dévorèrent gaiement un copieux petit déjeuner. Georgina but la moitié d'une tasse de thé infect et émietta un toast. Anthony mangea une saucisse avec une expression maussade que celle-ci ne méritait pas, et avala le jus épais exprimé de la théière d'un air de dire : « Puisqu'il faut mourir, finissons-en ! » Miss Silver, qui bavardait aimablement, songea que les jeunes avaient un talent incomparable pour se rendre très malheureux.

Frank Abbott téléphona à quatorze heures. Il demanda la détective et s'exprima à mots couverts pour ne pas être compris de Maggie Bell.

— C'est vous, Miss Silver ? Je voulais simplement vous confirmer que ce sont les mêmes. Notre ami est entré là-bas, pas de doute. Blake et moi, nous comptons passer le prendre cet après-midi. Touchez du bois !

Il raccrocha sans laisser le temps à la vieille dame de lui exposer ses vues en matière de sottes superstitions.

A Pigeon Hill, Johnny attendait un bus qui le déposerait à cent mètres du garage Rooke, juste au carrefour après le *Blue Lion*. Sa belle humeur fut un peu douchée à la vue de Sid Turner sortant d'un petit estaminet de l'autre côté de la rue. N'ayant aucun désir d'approfondir sa connaissance, Johnny tourna la tête. En dépit des agréments que pouvaient offrir le garage et l'appartement, il songea que Mirrie ne devait pas risquer de se cogner contre Turner en faisant ses courses à Pigeon Hill. Cette impression désagréable s'estompa quand, au premier contact avec Rooke, il éprouva de la sympathie pour lui, et pour les conditions auxquelles il était prêt à lui céder son garage. Son inquiétude n'en avait pas moins été réelle et n'avait pas fini de le tourmenter.

Il ignorait que Sid Turner l'avait également aperçu. Sur le moment, Turner n'y accorda pas grand intérêt, bien qu'il conservât envers Johnny une rancune cuisante. Il s'en souviendrait plus tard, et cette rencontre fortuite revêtirait alors une importance capitale. Mais, pour l'instant, les policiers et leur enquête ne lui causaient pas sérieusement d'inquiétude. Ils furèteraient un peu, puis finiraient par se lasser. Même s'ils le soupçonnaient, sans preuve ils étaient coincés. Ils ne pouvaient strictement rien contre lui. Mais Turner était pris d'une colère noire chaque fois qu'il songeait à Mirrie. Ah, les femmes ! Incapables de tenir leur langue, même quand elles risquaient des ennuis en étant trop bavardes. Elles étaient bien toutes pareilles !

Pourtant, il était moins à l'aise quand il pensait à Bertha Cummins. Il était prêt à parier qu'elle irait pleurnicher sur l'épaule du vieux Maudsley.

Cette idée ne le contraria pas longtemps, sûr qu'il était d'avoir d'ores et déjà tiré son épingle du jeu. Tout ce que Bertha pourrait dire à Maudsley qu'il ne sût déjà, c'est que c'était elle, et non Jenny Gregg, qui avait commis cette indiscrétion. Elle perdrait sa place, et bon courage pour en trouver une autre ! Mais, en tout état de cause, il ne voyait pas comment elle pourrait lui porter préjudice. La police savait que Mirrie lui avait parlé du testament. Et après ? Il était le frère de sa tante, et un vieil ami. Pourquoi ne l'aurait-elle pas mis au courant ? C'est elle qui s'était ridiculisée en parlant trop. Mais elle avait fait une grossière erreur en le dénonçant. Après certaine petite scène dans une allée, il aurait cru qu'elle aurait plus de jugeote. L'heure était peut-être venue de lui donner une nouvelle leçon.

38

Peu après l'ouverture du pub, le mardi soir, Aggie Marsh sortit de son salon confortable et traversa l'étroit corridor pour ouvrir la porte donnant derrière le comptoir. Elle rayonnait de bonheur. Certes, elle aurait préféré rester avec Sid, mais les affaires avant le plaisir. Et puis, il ne fallait pas qu'il se permette trop de libertés avec elle. Aggie Marsh était une femme respectable, qu'il se le tienne pour dit. Aussi, elle avait remis de l'ordre dans ses cheveux et rajusté sa robe avant d'aller donner un coup de main à Molly Docherty. Mais à peine avait-elle entrouvert la porte qu'elle entendit prononcer le nom de Sid. Instinctivement, elle recula et tendit l'oreille. Molly, une robuste rousse doublée d'une excellente serveuse, riait de bon cœur.

— Sûr qu'il viendra, puisqu'ils sont fiancés ! Mais savoir s'il est là maintenant, à cette minute même, je ne pourrais pas vous le dire. Moi, en tout cas, je ne l'ai pas vu.

Aggie referma doucement la porte et regagna le salon, où Sid arrangeait sa cravate devant le miroir doré qui trônait au-dessus de la cheminée.

— Qu'est-ce qui se passe ?

— Deux types demandent après toi, au bar. L'un d'eux est le policier en civil qui est déjà venu hier soir. Mais l'autre est nouveau.

— Qu'est-ce qu'ils me veulent?

— Je ne suis pas restée assez longtemps pour l'entendre. Molly a dit qu'elle ne t'avait pas vu, et comme je ne savais pas si tu voulais leur parler...

— Pas question! Ils ne peuvent pas me ficher la paix? Je ne sais rien et ils ne me feront pas dire le contraire. Occupe-les, distrais-les un moment. Je sortirai par-derrière.

Sans lui laisser le temps de répliquer, il passa en la bousculant et disparut sans même l'embrasser ou lui dire quand il reviendrait. Figée sur place, elle se rappela que son pauvre Bert n'avait jamais eu de sympathie pour Sid Turner. Trop malin pour être honnête et trop âpre au gain, voilà ce que Bert avait coutume de dire. Il lui disait aussi qu'elle avait le cœur trop tendre, que, si elle ne se méfiait pas, elle aurait des ennuis quand il ne serait plus là. Bert savait jauger les gens, et ils avaient été très unis...

Elle entra dans le bar et salua calmement les deux policiers.

— Bonsoir, messieurs.

— Inspecteur Abbott et inspecteur Blake. Nous sommes en service, Mrs. Marsh. Nous recherchons Sidney Turner.

C'était une femme aimable et séduisante — de beaux cheveux blonds, une jolie peau, des rondeurs harmonieuses. Le teint démontra qu'il ne devait rien aux fards en devenant soudain très pâle.

— Pour quelle raison le cherchez-vous?

— Pour obtenir des renseignements en rapport avec la mort de Jonathan Field.

Il n'y avait que deux clients dans le bar, des jeunes qui plaisantaient avec Molly.

— Je ne comprends pas ce que Sid a à voir là-dedans, mais, de toute façon, il n'est pas ici.

— Très bien, Mrs. Marsh, dit Abbott. Je suis convaincu que vous n'entraveriez pas une enquête judiciaire. Vous êtes la propriétaire de cet établissement, n'est-ce pas? Je dois vous informer que nous avons un mandat d'amener contre Turner.

La porte du couloir était restée entrebâillée. Sid avait-il écouté? Était-il parti?

— Pourquoi? voulut savoir Aggie.

— Pour meurtre avec préméditation, répondit le grand policier blond.

Elle eut l'impression d'avoir reçu une gifle. Le *Three Pigeons* avait toujours été une maison respectable. Bert y avait veillé. Un meurtre... Quel mot terrible! Elle aurait dû écouter son mari, se rappeler ses sages conseils au lieu de se fier à Sid. Bert l'avait prévenue, mais non, elle n'avait pas voulu en tenir compte. Aggie dit d'une voix lente et morne :

— Je regrette, je ne peux rien pour vous.

Derrière le pub, il y avait une cour entourée d'un mur, et dans ce mur une porte donnant sur une petite allée. Sid Turner la suivit jusqu'au bout et se retrouva dans une rue bordée de maisons doubles, proprettes et confortables, avec des rideaux en dentelle aux fenêtres et bon nombre d'aspidistras.

Quand il fut à bonne distance du *Three Pigeons*, il tenta de faire le point. Il s'était attardé pour découvrir ce que la police lui voulait, mais à la mention d'un mandat d'amener, il avait filé sans demander son reste. Après avoir montré une confiance aveugle, il fut pris de panique. Que faire? Où aller? Comment s'échapper ? Il n'osait retourner chez ses logeurs, de peur qu'on n'y ait organisé une souricière. Tom Jenkins l'avait regardé d'un drôle d'air, une ou deux fois. Non, mieux valait ne plus retourner là-bas. Par conséquent, il pouvait faire une croix sur sa moto et sur son argent. Il n'irait pas très loin, avec quelques livres en poche. Il devait pourtant quitter Londres au plus vite ! Turner entra dans le premier pub venu, commanda un verre et chercha un moyen de se tirer de ce pétrin.

Certains plans s'élaborent et prennent forme peu à peu, d'autres se présentent à l'esprit pour ainsi dire tout prêts. Celui qu'imagina Sid relevait de la seconde catégorie. Quel était le dernier endroit au monde où l'on irait le chercher ? Field End. Dès qu'il eut trouvé ce point de départ, tout le reste en découla, n'attendant plus qu'à être exécuté. Field End, le moyen de se procurer de l'argent, la satisfaction d'infliger une bonne leçon à Mirrie, l'astuce géniale qui la pousserait à se jeter dans la gueule du loup — tout y était jusqu'au moindre détail. Turner vida son verre et sortit pour trouver une voiture.

39

A Field End, on dînait à dix-neuf heures trente, concession à la modernité à laquelle Jonathan avait consenti, convaincu par les arguments des Stokes et par sa propre objectivité.

— Vingt heures ou vingt heures trente, c'était parfait avec tout un personnel à demeure, monsieur. Mais les gens de maison qui rentrent chez eux le soir ne veulent pas rester pour la vaisselle et, vu le nombre de couverts, Mrs. Stokes et moi ne pouvons pas en venir à bout. Tandis que si le dîner était servi à dix-neuf heures trente...

Jonathan dînait après vingt heures depuis sa plus tendre enfance, cependant il avait cédé de bonne grâce.

Quand la demie sonna sans que Mirrie eût paru, Georgina monta voir ce qui retenait la jeune fille. Elle revint en courant pour dire que Mirrie ne s'était pas changée et n'était plus dans sa chambre. Son grand manteau avait disparu, ainsi qu'une paire de bottes. On chercha dans toute la maison, et il devint évident que Mirrie était partie.

Miss Silver alla interroger le majordome.

— Il semble que Miss Mirrie soit sortie. Y a-t-il eu des coups de fil?

— Quelqu'un a appelé pour Mr. Johnny, vers les dix-huit heures trente.

— Mais Miss Mirrie, elle, n'a reçu aucun appel?

— Si, Miss, un peu plus tard.

— A-t-elle pris la communication?

— Je l'ai informée qu'un monsieur la demandait au téléphone et elle est allée dans le bureau pour lui parler.

— Ensuite, êtes-vous retourné à l'office?

— Pas tout de suite, Miss. Mrs. Fabian est sortie du salon et m'a demandé si Mrs. Stokes avait prévu les œufs pour les conserves, et si nous prenions les mêmes que d'habitude ou si nous changions. Cela m'a un petit peu retardé parce que, si je puis me permettre, rien ne contrarie davantage Mrs. Stokes que le changement. J'essayais de faire comprendre son point de vue à Mrs. Fabian, aussi, le temps que je retourne à l'office, Miss Mirrie avait fini de téléphoner et mon propre poste, qui était resté décroché, émettait cet affreux signal strident. Un système on ne peut plus désagréable.

Manifestement, personne n'avait revu Mirrie après dix-neuf heures, quand Georgina l'avait croisée dans l'escalier en montant s'habiller pour le dîner.

Maud Silver alla dans le bureau et téléphona à Maggie.

— Miss Bell, ici Miss Silver. Vous vous rappelez? Je suis venue vous voir dimanche dernier. Votre aide m'a été si précieuse que j'aimerais faire à nouveau appel à vous. Nous sommes très inquiets au sujet de Mirrie. Elle a reçu un coup de fil il y a moins d'une heure, à la suite de quoi elle est sortie sans dire à personne où elle allait. Je me demandais si, par hasard, vous ne sauriez pas qui l'a appelée.

Maggie ne demandait pas mieux que de se rendre utile.

— Oh, mais oui, Miss Silver! C'était Mr. Johnny.
— Johnny Fabian?
— Oui. Vous n'avez pas d'inquiétude à avoir. Il a dit : « C'est Johnny », et Miss Mirrie a dit : « Je t'entends à peine. La ligne est très mauvaise, on dirait que tu es à des milliers de kilomètres. Et le garage? Raconte-moi vite. C'est ce que tu cherchais? Il y a vraiment un appartement au-dessus, comme tu le disais? Est-ce que tu pourras l'acheter? Oh, mon chéri, parle, je meurs d'impatience! » Mais Mr. Johnny a répondu : « Écoute, c'est un peu particulier et tu vas devoir faire exactement ce que je te dis, ou il n'y aura pas de garage, pas d'appartement et pas de mariage. Je dois verser un acompte. Il me faut l'argent ce soir sans quoi un autre emportera l'affaire. Quelle somme peux-tu réunir? » Elle lui a proposé d'aller à la banque demain, mais il a répondu que ça ne marcherait pas, qu'il devait avoir l'argent ce soir même. Alors, elle a expliqué qu'elle n'avait que dix livres dans sa chambre, mais que Miss Georgina lui en prêterait peut-être. Mr. Johnny a insisté pour qu'elle n'en parle absolument à personne. C'était leur secret à tous les deux, parce que si les autres étaient au courant, ils poseraient des questions, ils discuteraient alors qu'il n'y avait pas de temps à perdre. Mr. Johnny comptait revenir prendre l'argent et retourner là-bas pour ne pas laisser passer cette aubaine. Il lui a dit de préparer les dix livres et de l'attendre devant le portail un peu avant sept heures et demie. A ce moment-là, il lui raconterait tout. Elle

devait également prendre les perles qu'elle portait au bal, parce que le propriétaire les accepterait peut-être en caution, jusqu'à ce qu'ils aient réuni l'argent. Il a bien insisté : « Et surtout, pas un mot à personne ! », puis il a raccroché.

Maggie, qui avait répété cette conversation avec un plaisir manifeste, conclut :

— Ça m'a paru drôle.

Aussitôt, comme elle prenait conscience de ce qu'elle venait de dire, toute sa satisfaction d'avoir été maligne et d'avoir pu se rendre utile fut gâchée. Un silence pesant s'était installé à l'autre bout du fil. Puis elle entendit Miss Silver lui demander :

— Miss Bell, êtes-vous certaine que c'était bien Mr. Johnny ?

Maggie eut l'impression que le ciel lui tombait sur la tête.

— Il a dit : « C'est Johnny », et Miss Mirrie avait du mal à l'entendre tant la ligne était mauvaise.

— Je comprends, Miss Bell, mais avez-vous reconnu sa voix ?

A bien y réfléchir, cela aurait pu être la voix de n'importe qui. Elle avait dû se concentrer rien que pour saisir ce qu'il disait. En réalité, c'était un murmure à peine audible. Quand Maggie eut fourni ces précisions à Miss Silver, celle-ci la remercia gravement et raccrocha. C'était le moment que Maggie détestait plus que tout : la ligne redevenait silencieuse, les autres s'en retournaient vaquer à leurs occupations, tandis qu'elle devait rester sur son divan avec cette douleur lancinante dans le dos.

En sortant du bureau, la détective vit Georgina et Anthony dans le hall. Ils l'attendaient sans échanger un mot. Mais avant qu'elle ait eu le temps de rien dire, la porte d'entrée s'ouvrit. Johnny entra et les regarda tour à tour.

— Qu'est-ce qui se passe ?

Depuis sa petite enfance, Johnny faisait preuve d'une remarquable vivacité d'esprit. Quelque chose clochait, cela se sentait rien qu'à l'expression de Miss Silver.

— Mr. Fabian, lui demanda la vieille dame, savez-vous où est Mirrie ?

40

Peu avant dix-neuf heures trente, Mirrie se faufila dans l'escalier de service et sortit par la porte latérale. Elle se sentait transportée de bonheur. Johnny et elle auraient leur petit appartement; elle allait l'aider à l'obtenir. Elle était très fière d'avoir pensé à tout, même à éviter l'escalier principal et le hall pour ne pas être vue. Elle n'avait pas vécu des années chez son oncle et sa tante sans apprendre à se glisser dehors à l'insu de tous. Elle avait au cou son collier de perles et les dix livres dans sa poche. Toute cette aventure était palpitante et follement romantique. Elle franchit le portail gauche et attendit Johnny, les bras croisés sur son manteau en tweed bien chaud. Il faisait nuit noire; les nuages masquaient la lune et les étoiles. Une petite bise malmenait les boucles de Mirrie. Elle aurait dû mettre un foulard, mais il était trop tard pour retourner en chercher un. Pourvu que Johnny ne tarde pas trop!

La voiture s'approcha en silence, tous feux éteints, et stoppa à côté d'elle. Le faisceau d'une torche glissa sur elle de la tête aux pieds, puis il s'éteignit avec un déclic et la portière s'ouvrit.

— Johnny!

— Vite !

A ce seul mot, proféré en un murmure, Mirrie grimpa sur le marchepied. Une main l'attira à l'intérieur et claqua la portière. Le moteur n'avait même pas été coupé. La voiture démarra en trombe et le portail disparut derrière eux. Un bras se tendit pour remonter la vitre, et, en un éclair, Mirrie sut que ce n'était pas celui de Johnny.

Elle ne dit rien, car elle était incapable d'émettre le moindre son, et même si elle avait hurlé cela n'aurait pas fait de différence. Elle s'enfonça contre son siège, muette et hébétée. L'automobile allait très vite ; si elle ouvrait la portière et tentait de sauter, elle risquait de se casser le cou ou de rester handicapée à vie, comme Maggie Bell. Elle ne voulait pas mourir, elle ne voulait pas être infirme. Il était plus simple d'attendre et de voir venir. Au bout de quelque temps, la voiture ralentit et se rangea sur le bas-côté.

— Tu as apporté l'argent ? interrogea Sid Turner.

Bien entendu, elle savait que c'était lui. Si ce n'était pas Johnny, cela ne pouvait être que Sid. C'était Sid qui lui avait dit d'apporter les dix livres et les perles. S'il avait parlé plus fort, elle l'aurait reconnu, mais il avait eu soin de chuchoter pour déguiser sa voix. Il avait dit : « C'est Johnny »... Comment aurait-elle eu l'idée d'en douter ? On ne pense pas à ce genre de choses, jusqu'à ce qu'elles arrivent.

Il l'empoigna par le bras et la secoua brutalement.

— Alors quoi, tu as perdu ta langue ? Tu as le fric, oui ou non ?

Deux grosses larmes de frayeur commencèrent à rouler sur les joues de Mirrie.

— Oui, je l'ai.

— Donne.

La somme était en belles coupures neuves qu'on lui avait remises au guichet de la banque. Elle les sortit de sa poche et les lui tendit.

— Maintenant, les perles.

Si terrorisée qu'elle fût, Mirrie était prête à opposer une résistance farouche pour garder son collier. Les mots se bloquaient dans sa gorge, mais elle parvint à articuler :

— Je... je ne les ai pas prises.

— Tu crois que tu peux me mentir, à moi? dit Sid d'une voix basse qui faisait froid dans le dos. Je te connais depuis trop longtemps, et toi, tu devrais mieux savoir à qui tu as affaire!

Il lui tâta le cou; les perles glissèrent dans une de ses mains, de l'autre il lui serra la gorge. La pression de ses doigts dura à peine quelques secondes, mais elle causa à Mirrie une peur mortelle.

— Essaie encore de jouer à ça avec moi, et voilà ce qui t'attend! Tu te rappelles la pointe de mon couteau? Ça ne t'a pas plu, hein? Maintenant il faut qu'on parle, toi et moi. Si tu fais ce que je te dis, il ne t'arrivera rien de mal, mais recommence un de tes petits tours et tu regretteras d'être venue au monde!

Dès qu'il la lâcha, elle se recroquevilla sur elle-même comme un petit animal sauvage pris au piège. Elle n'osait pas remuer, elle osait à peine respirer, obéissant à cet instinct primitif qui envoie son message le long des nerfs — ne pas bouger, disparaître sous terre... faire la morte. Mirrie resta pétrifiée sur son siège pendant que Turner rangeait les perles dans son portefeuille.

— Où on est? Je suppose que tu t'es baladée, avec ton prince charmant! Comment s'appelle cet endroit?

Si elle ne répondait pas, Sid se fâcherait. Il ne fallait surtout pas provoquer sa colère. Les lèvres figées, elle chuchota :
— Hexley.
— Il y avait un petit chemin, sur la gauche... On vient de le croiser. Qu'est-ce qu'il y a, tout au bout ?
— Rien... Une ancienne carrière de sable.

Ces mots sonnèrent agréablement aux oreilles de Turner. Une ancienne carrière envahie par la végétation était une cachette idéale. Sa rancœur, sa colère sourdes contre Mirrie s'étaient accumulées depuis la veille. Elle l'avait mené en bateau, elle l'avait snobé à l'enterrement, elle l'avait donné aux flics. Si cette rage qu'il sentait monter en lui éclatait, s'il y donnait libre cours, la carrière serait à proximité.

— C'est exactement ce qu'il nous faut. Loin de la route, on sera plus tranquilles pour parler.

Il fit marche arrière jusqu'au chemin vicinal et le suivit sur une centaine de mètres. Il n'était pas né de la dernière pluie. Personne ne l'avait jamais fait trébucher et ce n'était pas ce soir que ça allait commencer.

Quand il jugea la distance suffisante, il coupa le contact et éteignit les phares. Puis il sortit, contourna l'automobile et ouvrit la portière à Mirrie.

— Toi et moi, on a à discuter. Juste au cas où quelqu'un passerait par là et viendrait fouiner près de la voiture, on va continuer un peu à pied. Elle est loin, cette carrière ?

La jeune fille recula en tremblant.
— Je ne sais pas. On ne pourrait pas parler ici ?

Johnny lui avait montré, dans le crépuscule hivernal, l'ancienne sablière envahie par les ronces et les ajoncs. Ce lieu avait déplu à Mirrie et la terrifiait à présent. Elle ne voulait pas s'en approcher.

Sid Turner la saisit par le bras et la tira si brutalement de la voiture que le choc se répercuta à travers tout son corps. Elle se mordit les lèvres pour ne pas crier, mais trébucha tandis qu'il l'entraînait. Turner jura entre ses dents en la soutenant. Il avait sa torche dans sa poche, mais ne l'alluma pas. Le sentier sablonneux se détachait distinctement entre les buissons de bruyère, de part et d'autre. Le ciel n'est jamais totalement sombre, et c'est étonnant comme on voit bien, une fois que les yeux se sont accoutumés à l'obscurité.

Le chemin devint plus raboteux à mesure qu'ils approchaient de la carrière. La voiture était à cinquante mètres derrière eux quand Turner s'arrêta et marmonna :

— Ça ira.

Il fit faire volte-face à Mirrie.

— Dans la voiture, je t'ai demandé si tu te souvenais de la pointe du couteau sur ta gorge. Tu te rappelles pourquoi tu y avais eu droit ? Pour t'apprendre ce qui t'arriverait s'il te prenait l'envie de me donner. La mémoire te revient ? Ça ne t'a pas empêchée de raconter à la police qu'on s'était téléphoné, et ce qu'on s'était dit !

— Ce n'est pas moi, Sid, je t'assure ! C'était Maggie Bell. Elle écoute tout sur la ligne groupée. Elle n'a rien d'autre à faire que d'écouter au téléphone toute la journée. Elle est restée paralysée après un accident et elle passe sa vie sur son divan.

— Non. Tu as raconté à la police que tu m'avais appelé pour m'annoncer que ton oncle avait refait son testament, et qu'il te laissait un paquet d'argent.

— C'est Maggie qui le leur a dit ! Quand ils m'ont interrogée, ils étaient déjà au courant.

— Et ce qu'ils ne savaient pas, tu t'es empressée de le leur apprendre, juste au cas où cette Maggie aurait oublié quelque chose ! Tu mens comme tu respires quand ça t'arrange, mais tu as raconté aux flics ce qu'ils voulaient ! Tu n'aurais pas pu prétendre que Maggie Bell avait tout inventé ?

— Ça n'aurait servi à rien. Tout le monde sait qu'elle écoute.

Il lui donna une bourrade tout en la retenant par le poignet.

— Tout le monde le sait, et toi, tu me téléphones ? Sale petite garce ! Maintenant, il va falloir m'obéir. Pour commencer, tu vas tout nier en bloc ! Tu sais mentir intelligemment quand tu veux, tu t'es entraînée des années chez Grace, pas vrai ? C'est le moment ou jamais de montrer tes talents. Quoi que tu aies dit à la police, tu vas revenir dessus et tout mélanger. Tu ne sais plus quel jour tu m'as appelé. Tu ne m'as jamais appris que le vieux avait signé son testament. Compris ? Tu n'en démords plus. Et si cette Maggie Bell a une version différente, c'est elle qui ment, pas toi ! Tu ne m'as jamais appelé le mardi soir. C'était le lendemain, quand il était déjà mort, et tu m'as annoncé la date de l'enterrement. Si Maggie dit autre chose, ce sera pure invention !

Mais il ne fallait pas se leurrer. Aiguillonnée par la frayeur, Mirrie promettrait ce qu'il voulait mais ne tiendrait jamais parole. Dès qu'elle rentrerait à Field End, elle raconterait qu'il avait tenté de l'intimider pour qu'elle revienne sur son témoignage. Non, il fallait la supprimer. La rage au cœur, il songea qu'il s'en ferait une joie. Il dit de cette voix basse et menaçante, qui la terrifiait beaucoup plus que des cris :

— Inutile, je ne peux pas te faire confiance. Je

vais te montrer comment on guérit les petites filles indiscrètes. Et si je te coupais la langue ?

Il plongea la main dans sa poche pour en ressortir son couteau. Mirrie poussa un hurlement et parvint à dégager son poignet. Elle se mit à courir de toutes ses forces, désespérément, sans savoir où elle allait.

41

La porte encore ouverte derrière lui, Johnny dévisagea Anthony et Georgina, puis Miss Silver qui venait de lui demander s'il savait où était Mirrie.

— Elle n'est donc pas ici ?

Ces paroles machinales lui semblèrent aussitôt ridicules, car de toute évidence quelque chose de grave était arrivé.

La détective s'approcha de lui.

— Mr. Fabian, lui avez-vous téléphoné ?
— Pas du tout !
— Alors, quelqu'un s'est fait passer pour vous. Dès qu'on a remarqué la disparition de Mirrie, j'ai appelé Maggie Bell, qui avait tout écouté. La ligne semblait mauvaise. Mirrie a commencé par demander à celui qu'elle prenait pour vous si le garage était bien ce qu'il cherchait, s'il y avait un appartement au-dessus et s'il était possible de l'acheter. Son interlocuteur a répliqué qu'il fallait impérativement verser un acompte ce soir même, car un autre client était sur les rangs. Mirrie devait sortir discrètement avec tout l'argent qu'elle pouvait réunir et ses perles, sans en parler à personne.

— Quand ? demanda laconiquement Johnny.

— Peu avant dix-neuf heures trente.
Il consulta sa montre.
— Il y a vingt minutes.
Il fit demi-tour et sortit comme il était venu, suivi d'Anthony. Ils échangèrent quelques mots dans l'obscurité.
— Ils ont pu prendre trois directions : Lenton ou cette route, dans un sens ou dans l'autre. Séparons-nous, proposa Anthony.
— D'accord. Toi, prends la route de Lenton. C'est encore ce Sid Turner ! Il m'a vu à Pigeon Hill et sachant que je n'étais pas ici, il a tenté le tout pour le tout. S'il est en cavale, il cherche à s'éloigner le plus vite possible de Londres. Il a sûrement volé une voiture, et on peut compter sur lui pour en avoir choisi une rapide.
Pendant qu'il faisait le tour de sa vieille guimbarde pour prendre le volant, Maud Silver se glissa sur le siège du passager. Elle avait pris le premier cache-col qui lui était tombé sous la main dans le vestiaire du couloir et un manteau qu'utilisait Mrs. Fabian pour se promener dans le jardin ou aller poster une lettre, de l'autre côté de la route. Le fait que la vieille dame était sortie sans chapeau et avec ses chaussons d'intérieur brodés de perles témoignait de l'urgence de la situation. Elle devina l'anxiété de Johnny rien qu'à la gravité avec laquelle il lui dit :
— Je dois vous demander de descendre. Je ne peux pas vous emmener.
Elle lui opposa les mots mêmes qu'il était sur le point de prononcer :
— Il n'y a pas une seconde à perdre ! Ne craignez rien pour moi, Mr. Fabian. Je pourrai vous être utile. J'ai une vue excellente et je me suis munie d'une lampe électrique.

Johnny n'insista pas. « Pas une seconde à perdre... » Ces paroles résonnaient dans sa tête. Peut-être était-il déjà trop tard... Non, il chassa résolument cette idée de son esprit et se concentra sur sa vieille auto, pour en tirer le maximum. Ils dépassèrent à toute allure les maisons dispersées de Field End et filèrent en direction d'Hexley.

Johnny n'aurait su dire pourquoi dès le premier instant ce lieu s'était imposé à lui. Il aurait dû s'appuyer sur le raisonnement, la logique. Il en était incapable. Il pouvait écouter son instinct ou faire abstraction de ses émotions pour se borner à conduire, mais il ne pouvait plus penser. Dans la pénombre à sa gauche, Miss Silver déclara :

— J'ai tout lieu de croire qu'un mandat d'amener est lancé contre Sid Turner. L'inspecteur Abbott et l'inspecteur Blake comptaient l'arrêter cet après-midi. On dirait que Turner a été averti et s'est enfui. Comme vous le disiez au capitaine Hallam, il a probablement volé un véhicule. Il n'a aucun intérêt à faire du mal à Mirrie, mais il ne traversera sûrement pas une grande agglomération, de peur qu'elle ne parvienne à attirer l'attention. Après l'avoir dépouillée de l'argent et des perles, la solution la plus évidente consisterait à la déposer en rase campagne, d'où elle mettrait du temps à rentrer. Il souhaite naturellement prendre le plus d'avance possible.

L'esprit de Johnny resta imperméable à ces paroles pleines de sang-froid. Entre la détective et lui planait un terrible non-dit. Turner n'avait qu'un seul moyen pour s'assurer que Mirrie ne parlerait plus : le meurtre, aussi vieux que Caïn, parcourant toute l'histoire des nations de la terre tel un fil écarlate. Johnny ne voulait pas y penser.

Ils grimpèrent la longue côte conduisant à Hexley, sombre sous le ciel noir. Miss Silver sentait le vent glacé sur son visage tandis qu'elle se penchait par la fenêtre pour scruter le bas-côté. Elle distingua le chemin vicinal qui partait vers la gauche.

— Mr. Fabian, il y a un sentier...

Mais déjà il avait freiné. Il descendit de voiture, imité par la détective qui demanda :

— Où mène-t-il ?

— A une ancienne sablière.

Comme pour ponctuer ces mots, le cri aigu de Mirrie perça les ténèbres.

42

En fuyant, Mirrie n'était pas en état de réfléchir ou d'élaborer un plan. Cédant à une panique aveugle, elle suivait le sentier droit vers la carrière. Ce fut seulement quand son pied avança dans le vide et qu'elle perdit l'équilibre qu'une pensée précise surgit dans sa tête, sous sa forme la plus simple, la plus élémentaire : « Je tombe. » Au contact du sol, elle perdit connaissance.

La première chose dont elle eut conscience ensuite fut un picotement. Elle ne reprit pas ses esprits d'un seul coup. Elle avait été profondément commotionnée, par la frayeur autant que par la chute. Le picotement devint plus aigu. Son visage et ses mains étaient écorchés et son épaule lui faisait mal. Làhaut, Sid l'appelait tout doucement. Pétrifiée, elle vit un petit disque de lumière danser près d'elle. Sid la cherchait avec sa torche... C'étaient des ajoncs qui la piquaient. Elle avait roulé sur elle-même, glissé puis dégringolé le long de la pente, et gisait entre des fourrés qui la dissimulaient. La lumière passa audessus d'eux et disparut. La peur qui paralysait Mirrie s'atténua. Prostrée et tremblante, elle priait pour que Sid ne la trouve pas. Si dorénavant elle se conduisait toujours bien, si elle ne mentait plus et si elle n'oubliait pas de dire ses prières, peut-être Dieu ferait-il en sorte de la sauver.

Elle se redressa avec précaution. Elle se sentait raide et endolorie, mais n'avait rien de cassé. A travers les buissons, elle vit le faisceau de la lampe s'écarter vers la gauche, balayer les petits chemins bordés de ronces et d'ajoncs, le flanc jaune de l'excavation. Sid s'éloignait. Tout en longeant le bord de la carrière, il l'appelait tout bas :

— Mirrie, où es-tu, petite sotte ? Tu sais bien que c'était une blague. Tu n'as quand même pas peur de Sid, ton vieux copain ! Réponds-moi et je t'aiderai à remonter. Tu ne voudrais pas me mettre en colère, n'est-ce pas ? Mirrie !

Elle rampa pour sortir des fourrés. S'il continuait à faire le tour de la carrière, si, pendant qu'il se trouvait de l'autre côté, elle pouvait s'échapper et regagner la route... Elle n'était pas tombée très loin du sommet. S'il l'entendait, il reviendrait avec son couteau. Mirrie savait que c'était son arme que Sid avait voulu sortir de sa poche. Un couteau à cran d'arrêt, qui s'ouvrait avec un claquement sec. Cette fois, il ne se contenterait pas de lui faire peur. Il la tuerait.

Son grand manteau entravait ses mouvements. Elle l'enleva pour grimper la pente, qui à cet endroit n'était pas très escarpée. Elle progressait peu à peu, vers la droite ou la gauche suivant le relief du terrain. Juste au moment où elle atteignait le sommet, le faisceau vacillant et la voix de Sid commencèrent à revenir vers elle. Elle escalada le rebord — un genou puis l'autre, un pied... Si elle se levait, il la verrait. Si elle ne se levait pas, elle ne pourrait s'enfuir. Le disque de lumière s'arrêterait sur elle, Sid l'attraperait et...

Elle se redressa et dévala le sentier en courant, trébuchant dans les ornières. Elle ne pensait pas : « Il ne faut pas que je tombe », elle le ressentait au fond de ses entrailles avec une effrayante intensité. Si elle perdait l'équilibre, si elle glissait, si elle faisait un faux pas, le couteau se planterait dans son dos. Elle tendait les mains devant elle, et ce fut ce qui lui évita de heurter le capot de la voiture. Elle poussa un cri, ses ongles raclèrent la carrosserie et, malgré sa respiration haletante qui résonnait dans ses oreilles, elle entendit des pas la poursuivre. Dans un dernier effort désespéré, elle s'écarta de la voiture et la contourna à tâtons. Elle se cogna contre l'aile mais se remit à courir vers la route en trébuchant.

Elle tomba dans les bras de Johnny. « Mirrie ! Oh, Mirrie ! » murmura-t-il en la serrant contre lui, et elle répéta « Johnny ! » encore et encore, comme si ce seul prénom avait le pouvoir de la protéger tant qu'elle le prononcerait. Ils restèrent enlacés au bord du chemin.

Miss Silver, montant à une allure plus mesurée, les aperçut et détourna d'eux le rayon de sa lampe électrique, qui perça l'obscurité. Soudain elle s'écria :

— La voiture... Attention !

En entendant le ronflement du moteur, Johnny réagit instinctivement. D'un bond, il entraîna Mirrie dans la bruyère avant que la silhouette noire de la voiture ne passe devant eux pour regagner la route. Elle freina et évita de justesse celle de Johnny, puis se retrouva sur le macadam et emporta Sid Turner au loin.

Miss Silver, qui s'était également réfugiée sur le bas-côté, s'adressa à Mirrie avec sollicitude :

— Ma chère enfant, vous n'avez pas de mal ?

C'est vraiment providentiel que Mr. Fabian ait eu la présence d'esprit de venir ici. Maintenant vous ne risquez plus rien, aussi tâchez de vous remettre. Il faut alerter la police sans tarder, dit-elle ensuite à Johnny. J'ai essayé de relever au passage le numéro d'immatriculation, mais la plaque était couverte de boue.

— Turner se débarrassera de cette voiture dès qu'il le pourra. Il l'a sûrement volée, donc le numéro ne nous aurait pas aidé à retrouver sa trace. Et il nous aurait semés même si nous avions pu tenter de le suivre. Il en a choisi une rapide, tant qu'à faire.

Ils montèrent dans la vieille guimbarde de Johnny et retournèrent à Field End. Au moment précis où ils entraient dans le hall illuminé, Sid Turner prenait un virage sur les chapeaux de roues au coin de Jessop's Lane pour tourner dans la route principale, et heurtait de plein fouet le bus d'Hexton. Par bonheur, celui-ci était presque vide. Le conducteur en réchappa par miracle et aucun des rares passagers ne fut grièvement blessé. Certes, la vieille Mrs. Brazely perdit son dentier et ne voulut jamais admettre que son gendre n'avait pas marché dessus exprès. Mais, comme le dit le conducteur du bus, la voiture était bonne pour la casse et Turner était mort.

43

Anthony téléphona de Lenton. A l'intonation de Johnny, il comprit immédiatement que Mirrie était saine et sauve.

— Et dépêchez-vous de rentrer, ou vous n'aurez plus rien à manger ! On va passer à table et je dévorerais un bœuf.

Anthony raccrocha et sortit de la cabine pour se retrouver nez à nez avec Georgina. Il ne s'attendait pas à la trouver si près. Elle avait insisté pour l'accompagner, mais ils avaient à peine échangé un mot.

— Alors ? demanda-t-elle en le prenant par le bras.

— Elle va bien. Ils l'ont ramenée à Field End.

Ils restèrent face à face. Elle avait laissé sa main sur la manche d'Anthony et levait son visage vers lui. La lumière glauque d'un réverbère donnait à sa chevelure des reflets d'argent. Elle était tête nue, un manteau sur les épaules. On ne voyait sur elle aucune couleur, ni sur son visage, ni sur ses lèvres, ni dans le pâle éclat de ses cheveux. Seuls ses yeux rivés sur ceux d'Anthony étaient sombres.

— Dieu merci ! soupira-t-elle.

Elle ôta sa main, s'écarta de lui et ils reprirent la

route. Mais dès qu'ils eurent quitté la ville, elle dit avec détermination :

— Anthony, j'ai à te parler. Veux-tu t'arrêter un moment ?

— Pas ici, et pas maintenant. Ils nous attendent.

Après un silence, elle demanda :

— Cela compte à ce point pour toi ?

— Je crois que nous devrions rentrer.

Elle sentit que si elle le laissait se dérober à cet instant, l'occasion serait perdue à jamais.

— Accepterais-tu de t'arrêter malgré tout, si je te disais que c'est très important pour moi ?

Ils avaient été si proches, et pendant si longtemps, qu'elle perçut sa résistance. Soudain celle-ci faiblit et la voiture ralentit, puis stoppa. Anthony lui annonça sans se tourner vers elle :

— Demain je partirai. Je ne suis revenu que pour prendre mes affaires.

— Oui, je me doutais que tu en avais l'intention. Tu n'as pas eu l'impression d'avoir quelque chose à me dire ?

— Je comptais t'écrire.

— Tu avais peur de m'expliquer en face que tu t'étais emballé... que tu ne m'aimais pas autant que je le pensais.

— C'est faux et tu le sais.

— Je sais que tu m'as dit que tu m'aimais. Mais tu n'étais pas sincère. Tu as seulement voulu me réconforter, parce que mon oncle m'avait blessée. Maintenant, évidemment, je n'ai plus besoin d'être consolée.

— Georgina !

— Nous voilà bien avancés, n'est-ce pas ? Je croyais que tu m'aimais. Tu le croyais aussi. Je veux savoir depuis quand c'est terminé. Tu es tombé amoureux d'une autre ?

— Tu sais bien que non.

— Bien sûr ! dit-elle avec une véhémence qui fit trembler sa voix. Sinon, je ne te parlerais pas ainsi. Il y a longtemps que tu m'aimes. Quand cela a commencé, je l'ai su tout de suite, et si c'était fini je le saurais aussi. Ce n'est pas fini. Tu nous sacrifies simplement sur l'autel de ton orgueil, et moi, je trouve cela non seulement cruel, mais complètement stupide.

— Tu n'y comprends rien.

— Si, je comprends parfaitement. Tout le monde comprend, sauf toi. Même mon oncle avait compris. Le dernier soir, il m'a confié qu'il avait toujours espéré nous voir mariés un jour car nous serions très heureux. Il a dit aussi qu'il te ferait un legs généreux, pour te témoigner sa confiance et son estime.

Anthony se tourna vers elle pour la première fois.

— Il a dit ça ? Alors, c'est cela qu'il avait en tête ? J'ai cru...

— Oui, quoi donc ?

— J'ai pensé que... Non, peu importe... Cela avait l'air...

— Tu as cru qu'il te demandait à sa façon de t'effacer, et que ton honneur était en jeu.

— Non, non, bien sûr que non !

— Je le savais. Vois-tu, j'ai toujours su ce que tu pensais — du moins, jusqu'à ces derniers temps. Mais tu as commencé à t'emmurer dans ton silence, et je ne peux plus t'atteindre...

La voix brisée, Georgina se détourna et cacha son visage dans ses mains, contre la vitre. Anthony sentit que s'il la touchait, il ne pourrait plus résister. Dès qu'il l'aurait prise dans ses bras, sa fierté et sa détermination fondraient comme neige au soleil. Alors il resta immobile, à l'écouter pleurer.

Ce fut de courte durée.

Elle se redressa et s'adossa contre son siège.

— Je crois que tu ne tenais pas beaucoup à moi. Je voulais te dire que ta fierté n'aurait pas subi un affront si terrible, après tout. D'après Me Maudsley, je ne peux rien donner à Mirrie du capital. En revanche, j'ai le droit de lui allouer une rente de cinq cents livres par an si je le désire, et c'est ce que je vais faire. Je ne sais pas combien il restera après les droits de succession, mais il faudra encore soustraire la rente de cousine Anna, et les impôts à payer sur la rente de Mirrie. Adieu, Anthony.

Elle s'était expliquée d'une voix douce et lasse. Elle ouvrit la portière et descendit. Comme Anthony résistait à l'envie de la regarder, il ne prit vraiment conscience de son départ que lorsqu'il la vit s'éloigner sur la route, dans l'obscurité.

Il fut alors saisi d'une colère à la mesure du conflit qui se jouait en lui. Comme ça, elle le plantait là ? Elle préférait faire cinq kilomètres à pied, toute seule sur la route de Lenton, plutôt que de rester un instant de plus à côté de lui ! Ne savait-elle pas qu'il leur était impossible de se quitter ? Il s'y était efforcé corps et âme, mais il s'avouait vaincu. Avant qu'elle ait parcouru deux cents mètres, il avait bondi de la voiture en claquant la portière derrière lui.

Georgina l'entendit, mais continua à marcher sans accélérer ni ralentir le pas. Si elle avait été seule, elle n'aurait pas marché autrement. Et quand Anthony l'attrapa par le bras, elle ne tourna même pas la tête.

— Reviens tout de suite et monte dans la voiture !

Elle sentit son cœur battre la chamade en entendant ce ton rageur. Si cette route était leur champ de bataille, Georgina était prête à lutter quelle que soit l'issue. Seul le sentiment d'être perdue dans une solitude glacée, sans aucune voix pour lui parler ou lui répondre, l'avait menée au point de rupture. Furieux, Anthony ne lui faisait pas peur. Elle n'avait peur de rien tant qu'il était là, et non à des années-lumière, dans un enfer qu'il s'imposait lui-même.

— Tu m'entends, oui ou non ? Reviens immédiatement !

— Non merci, je préfère marcher, répondit-elle froidement, comme s'il n'était pour elle qu'un étranger.

— Georgina, es-tu devenue folle ?

— Je me le demande. Cela n'aurait-il pas un rapport avec toi ?

Anthony connut alors une effarante résurgence des émotions de l'homme primitif. Il n'y avait guère, après tout, qu'un petit demi-million d'années entre lui et le pithécanthrope qui assommait sa femelle d'un coup de pierre avant de la traîner, inconsciente, jusqu'à leur caverne. Expérience ô combien gratifiante ! Mais les siècles avaient accompli leur œuvre civilisatrice. Il se contenta de l'agripper violemment par les épaules pour l'obliger à s'arrêter et à lui faire face.

— Ne te conduis pas comme une idiote !

— Ah oui ! Toi, tu peux t'en aller, mais moi je n'en ai pas le droit ? remarqua-t-elle très bas.

— Ne me quitte pas, Georgina. Je ne supporterai pas de vivre sans toi.

Elle se mit soudain à rire tout doucement.

— Mais, chéri, personne ne t'y oblige, tu sais. A part toi.

Il posa la tête sur l'épaule de Georgina, et ils restèrent ainsi jusqu'à ce que les phares éblouissants d'une voiture les tirent de leur rêve.

44

Ainsi, l'amour se trouvait au bout du voyage. Anthony et Georgina avaient un air si radieux, à leur retour, que personne ne pouvait s'y méprendre. Mrs. Fabian était enchantée.

— Et ce cher Jonathan aurait été ravi, lui aussi. Peut-être l'est-il en ce moment même, d'ailleurs. Qui sait ? Il avait beaucoup d'affection pour Anthony et cette nouvelle lui aurait fait très plaisir. Tant de jeunes filles se fiancent avec un garçon qu'elles ne connaissent que depuis quelques semaines, et encore ! On ne peut s'étonner que cela tourne mal. En revanche, avec quelqu'un que l'on connaît pratiquement depuis le berceau, on se sent en confiance. La vieille Mrs. Warren me rappelait justement un proverbe cher à sa grand-mère : « Qui épouse un étranger épouse le danger ; qui se marie chez soi, rien de mal n'en sortira. »

— Bravo ! lui dit Johnny. Mais maintenant, tu vas devoir trouver une jolie citation pour Mirrie et moi.

Mrs. Fabian sourit aimablement et répondit que, pour le moment, elle ne voyait qu'une chanson écossaise dont elle croyait se rappeler le début :

— *Petite jolie, petite fleur,*
Petite mignonne, si tu étais à moi,
Je te garderais contre mon cœur,
De peur de te perdre, mon trésor.

« Et souviens-toi de ce sage conseil, mon cher enfant, car une jeune fille a besoin qu'on s'occupe beaucoup d'elle, surtout si elle est très jolie.

Elle adressa un sourire rayonnant à Mirrie et ajouta :

— Il y a au moins quarante ans que je n'ai pas entendu cette chanson. Ma mère avait des cousins en Écosse, dont un était doté d'une remarquable voix de ténor. Il était venu séjourner chez nous et nous avait chanté des ballades écossaises, jusqu'à ce que mon père en soit incommodé et réclame une chanson anglaise, pour changer. Ce fut extrêmement embarrassant, car il avait ronchonné contre cette « musique barbare de cornemuseux ». Le cousin Alec n'était pas content du tout et n'a plus jamais voulu chanter. Comme j'étais gênée !

Frank Abbott rendit visite à Miss Silver le lendemain matin. Il apprit qu'elle avait promis de revenir à Abbottsleigh en juin, pour un double mariage.

— Je rentre à Londres cet après-midi, mais Georgina a beaucoup insisté pour que j'assiste à cette cérémonie.

Une lueur espiègle brilla dans l'œil de Frank.

— Extraordinaire, la fascination que les événements morbides exercent sur le prétendu sexe faible. Du temps des exécutions capitales, les trois quarts du public étaient des femmes.

Miss Silver ajoutait la touche finale au châle blanc, sous forme d'une fine bordure au crochet. Elle leva les yeux vers l'inspecteur et lui sourit.

— Faut-il en conclure que vous ne viendrez pas au mariage ?

— Eh bien, Anthony m'a demandé d'être son garçon d'honneur, et comme le dossier sera bouclé d'ici là, je n'ai aucune raison de refuser.

— Aucune, en effet. Ce sera un plaisir de vous rencontrer lors d'une occasion purement mondaine.

Frank se carra contre le dossier de son fauteuil.

— Nous pouvons tous nous réjouir que l'affaire se soit si bien terminée. Certains moments ont été extrêmement pénibles, et si Turner ne s'était pas tué dans cet accident, la perspective du procès planerait encore sur nos têtes. Mirrie aurait pu passer un mauvais quart d'heure face aux voyous que l'avocat de la défense n'aurait pas manqué de citer à la barre. Enfin, tout cela appartient au passé ! Ce que je voudrais bien savoir, c'est comment vous avez deviné que cette histoire d'empreintes n'était qu'une diversion.

— Il est toujours difficile de dire à quel moment précis une vague impression devient plus définie. Vous, vous étiez présent lorsque Jonathan avait relaté cette sombre histoire d'assassin avouant ses forfaits à l'heure de la mort, tandis que je ne l'ai entendue que par personnes interposées, sans l'emphase dramatique dont il avait sans doute auréolé son récit.

Frank admit en éclatant de rire :

— Oh, il a su être diablement convaincant, le vieux farceur ! Vous auriez dû nous voir ! On était suspendus à ses lèvres, et on a tout gobé ! Il avait l'art de la mise en scène et nous a gratifiés d'un spectacle de premier ordre.

— Oui, justement, cette histoire était un peu trop théâtrale. Toutefois, il convenait d'y accorder une attention scrupuleuse, et un ou deux détails me sautèrent aux yeux. D'après Mr. Field, aussitôt après que le meurtrier lui eut rendu l'étui à cigarettes, une seconde bombe tomba à proximité et il perdit conscience. A son réveil, il se retrouva dans un hôpital, avec une jambe cassée. Si j'avais déjà du mal à croire que des traces de doigts eussent résisté à toutes les manipulations subies par le contenu de ses poches, il me paraissait tout aussi douteux qu'une empreinte fût le mobile d'un meurtre, alors que le seul témoignage était celui d'un homme sorti inconscient d'un monceau de décombres, où aucun autre corps n'avait été découvert.

Étant parvenue au terme de cette phrase formidable, Miss Silver marqua une pause pour tirer sur la pelote rangée dans son sac à ouvrage. Avant que Frank ait pu émettre un commentaire, elle ajouta :

— Et comme le dit si bien Lord Tennyson :

La fin et le commencement troublent
La raison ; maintes choses rendent perplexe
Par leurs actions, leurs poids et contrepoids.

« Dès le moment où Maggie Bell m'informa que Mirrie avait rendez-vous avec Sid Turner le soir du bal, il devint évident qu'elle avait eu l'occasion de lui répéter cette histoire, qui avait produit sur elle une vive impression. Cela, vous-même et Georgina me l'avez clairement confirmé. Le choix se posait ainsi : fallait-il croire que Jonathan avait été assassiné afin de détruire l'empreinte, ou pour l'empêcher d'annuler le testament faisant de Mirrie son héritière ? Entre ces deux mobiles, je ne jugeais le premier ni suffisant ni crédible. Mais si Mirrie avait répété l'anecdote à Turner quelques heures après l'avoir entendue, comme nous savons que ce fut le cas, elle avait pu lui donner l'idée d'exploiter la passion du collectionneur pour obtenir une entrevue. Le mardi soir, le testament en faveur de Mirrie était signé, mais pouvait à tout moment être remplacé par un autre. Donc, Jonathan Field devait disparaître. Grâce à Maggie, nous savons que Sid Turner obtint un rendez-vous en dépit de l'heure tardive, en faisant miroiter une pièce exceptionnelle. Il entra par la terrasse et accomplit son noir dessein. Sans doute les deux hommes échangèrent-ils quelques menus propos. Jonathan ne se doutait de rien. Il avait sorti son album et lui montra ses empreintes les plus remarquables. Peut-être fit-il lui-même allusion à l'épisode du Blitz, ou Turner mit-il le sujet sur le tapis. Quoi qu'il en soit, l'album était ouvert à cette page particulière et le meurtrier saisit cette occasion de détourner les soupçons. En arrachant la page, en détruisant les notes utilisées par sa victime pour étayer cette prétendue histoire de confession, Sid Turner espérait orienter la police sur une fausse piste. Il ne courait aucun danger tant qu'on ne discernait pas de lien entre lui, le testament et les intérêts de Mirrie.

— C'est certain, approuva Frank. Et son amie à l'étude lui avait fait comprendre que ce testament ne serait sans doute pas le dernier. Maudsley n'avait pas dissimulé son indignation devant l'injustice commise par Jonathan en déshéritant Georgina. Celui-ci avait agi impulsivement et reviendrait probablement sur sa décision dès qu'il aurait eu le temps de réfléchir. Si Turner voulait mettre le grappin sur sa riche héritière, il avait intérêt à agir rapidement, car ce document ne serait pas valable longtemps. On peut dire qu'il a eu du flair ! Malheureusement pour lui, il est arrivé quelques heures trop tard et le testament était déjà détruit.

Il a donc commis un meurtre pour rien, et le bus d'Hexton a évité du travail au bourreau. Eh bien, dit-il en se levant, à présent je dois partir. Oserai-je m'inviter chez vous dimanche prochain, à l'heure du thé ?

Miss Silver lui adressa un sourire indulgent.

— Mais je vous en prie, mon cher Frank. Il nous reste un délicieux pot de miel que Lisle Jerningham nous a donné, et Hannah a découvert une nouvelle recette de petits pains qu'elle se fera un plaisir d'expérimenter en votre honneur.

Cet ouvrage a été réalisé par la
SOCIÉTÉ NOUVELLE FIRMIN-DIDOT
Mesnil-sur-l'Estrée
pour le compte des Éditions 10/18
en -novembre 1998

Imprimé en France
Dépôt légal : juin 1998
N° d'édition : 2899 - N° d'impression : 44880
Nouveau tirage : novembre 1998